HENDRIK BERG
Dunkler Grund

AF203589

GOLDMANN
Lesen erleben

Hendrik Berg

Dunkler Grund

Ein Nordsee-Krimi

GOLDMANN

MIX
Papier aus verantwor-
tungsvollen Quellen
FSC® C014496
FSC
www.fsc.org

Penguin Random House Verlagsgruppe FSC® N001967

2. Auflage
Originalausgabe April 2021
Copyright © 2021 by Wilhelm Goldmann Verlag, München,
in der Penguin Random House Verlagsgruppe GmbH,
Neumarkter Str. 28, 81673 München
Umschlaggestaltung: UNO Werbeagentur, München
Umschlagmotive: FinePic®, München; mauritius images/Ingo Boelter
Redaktion: Heiko Arntz
KS · Herstellung: ik
Satz: GGP Media GmbH, Pößneck
Druck und Bindung: GGP Media GmbH, Pößneck
Printed in Germany
ISBN: 978-3-442-49189-6
www.goldmann-verlag.de

Besuchen Sie den Goldmann Verlag im Netz

Ein einziger Schrei – die Stadt ist versunken,
Und Hunderttausende sind ertrunken.
Wo gestern noch Lärm und lustiger Tisch,
Schwamm andern Tags der stumme Fisch.
Heut bin ich über Rungholt gefahren,
Die Stadt ging unter vor sechshundert Jahren.
Trutz, Blanke Hans!

Detlev von Liliencron

1

Krumme lag auf dem Rücken, blinzelte nach oben in die Sonne.

Für einen Moment hatte er die Orientierung verloren. Diese Ruhe. Kein Geräusch war zu hören. Selbst die Möwen waren verschwunden, ebenso das Gurgeln des Wassers unter dem Boot.

War er überhaupt noch auf dem Meer? Er spürte keine Bewegung, nicht das kleinste Auf und Ab. Aber er konnte das Knirschen der Taue am Mast hören, die frische Nordseeluft riechen.

Was passierte hier? Es fühlte sich nicht real an, als würde er träumen.

Leider war es genau das: ein Albtraum. Er war immer noch Gefangener dieses Irren.

Leise stöhnend drehte er sich auf die Seite. Die Qualen der vergangenen Stunden hatten Spuren hinterlassen. Der Schlag mit dem Schraubenschlüssel. Das Pochen im Kopf. Dazu die unerträglichen Schmerzen des gebrochenen Arms. So schlimm, dass er für einen Moment die Besinnung verloren hatte.

Er wollte aufstehen. Versuchte ächzend, sich mit dem gesunden Arm auf den nassen Holzplanken abzustützen. Aber er rutschte immer wieder weg.

Was für ein schrecklicher, nicht enden wollender Tag! Wie hatte er nur in diese Situation geraten können? Wieso hatte er nicht aufgepasst? Dabei war er ein erfahrener Kriminalkommissar und kannte sich mit gefährlichen Menschen aus. Er hätte es besser wissen müssen.

Er war noch immer auf den Knien, als er Schritte hörte, das knirschende Leder schwerer Stiefel. Erschrocken hielt er die Hand schützend vor sein Gesicht, blinzelte gegen das helle Sonnenlicht.

Vor ihm stand ein großer Mann. Einen Moment lang schaute er schweigend zu ihm herab. Dann zog er eine gewaltige Pistole hinter seinem Rücken hervor.

»Es hat doch alles keinen Sinn«, sagte er mit traurigem, starrem Lächeln. Und zielte auf Krummes Gesicht.

2

Waldhusen, nordfriesische Uthlande, Januar 1362

Ein stiller, kalter Morgen und die seltsame Ahnung, dass die Welt bald eine andere sein würde. Die kühle Luft prickelte auf ihrer Haut, schmeckte nach Salz und Meer. Es roch nach feuchtem Gras, nach Torf und fruchtbarer schwarzer Marscherde. Das Rauschen des Schilfs, die kleinen Wellen, die leise plätschernd über das grau schimmernde Wasser des weiten Koogs liefen – als würde Gott selbst mit der Hand sanft über seine Welt streichen.

Beeke hob den Kopf und blinzelte durch den Morgendunst in den Himmel. Die frühe Sonne in ihrem Rücken durchbrach die Wolken, und für einen kurzen Augenblick war die junge Frau in warmes Licht getaucht. Sie schloss die Augen, genoss diesen Moment zwischen Vergangenheit und Zukunft, der nur ihr allein gehörte.

Sie lächelte, strich sich die langen blonden Haare aus dem Gesicht, als sie eine kräftige Brise aus dem Osten erfasste. Ließ die Gedanken treiben und schob die andere Hand über ihren noch flachen Bauch, streichelte das zarte Leben, das in ihr heranwuchs.

Doch was bedeutete diese Stille, die wie eine Decke über der Natur lag, so berauschend und bedrohlich zugleich?

Ein Krächzen, ganz in der Nähe. Sie öffnete die Augen und erblickte einen Reiher, der nicht weit von ihr entfernt auf langen Beinen durch die stumme Welt stakste. Für einen Moment trafen sich ihre Blicke. Seine Augen glänzten wie nasse Kohle. Ein kurzes Blinzeln, und der große Vogel erhob sich flatternd in die Lüfte. Ein paar schiefe Flügelschläge dicht über dem Wasser, dann gewann er in langen, eleganten Schwüngen langsam an Höhe. Beeke beobachtete, wie er sich einem Schwarm Wildgänse anschloss. In einem langgestreckten Pfeil strebten die Vögel laut klagend landeinwärts, weg vom Meer, Richtung Geest.

Beeke streckte die Hand aus und drehte sie langsam, sah, wie sich ihre Härchen auf der Haut aufstellten.

Seltsam. Sie empfand eine Spannung, als würde alles um sie herum den Atem anhalten. Ein Sturm zog auf. Nicht ungewöhnlich in dieser Jahreszeit. Aber heute war etwas anders, die Welt veränderte sich, sie hatte nur keine Ahnung, wie.

Beeke fröstelte, als die Sonne wieder hinter dem Wolkenschleier verschwand. Sie zog ihr fast bis zu den Knöcheln reichendes Leinenkleid enger zusammen.

Ein Kinderlachen holte sie aus ihren Gedanken. Sie riss sich vom Anblick des Panoramas der endlosen Marsch los, wandte sich um. Luider, ihr sechsjähriger Sohn. Er spielte im Windschatten der kleinen Hütte. Beeke lächelte.

Langsam ging sie auf ihr Heim zu, fühlte das scharfe Seegras an den nackten Knöcheln über ihren einfachen Sandalen. Beim Eingang war von dem aufkommenden Wind kaum etwas zu spüren. Sie schaute Richtung Dorf, aber ein dichtes, dunstverhangenes Birkenwäldchen ließ die ersten Hütten von Waldhusen nur erahnen. Es blieb der Eindruck, dass sie hier in den Uthlanden allein auf der Welt waren.

Luider saß auf dem von der Nacht immer noch feuchten Gras. Seine blonden Locken leuchteten wie ein Sonnenkranz um den Kopf. Er hatte sich entschlossen, sein trockenes Brot, das sie ihm am Morgen gegeben hatte, nicht selbst zu essen. Stattdessen riss er es auseinander und verfütterte es an ein paar Möwen. Laut schimpfend flatterten sie um ihn herum und stritten sich um jeden einzelnen Brocken.

»Du weißt, dass es bis heute Nachmittag nichts anderes mehr gibt?«, fragte sie ihn.

Aber Luider beachtete sie gar nicht. Immer wieder warf er den großen Vögeln Brotkrumen vor die gelben Füße.

Beeke trat in ihre Hütte. Nur ein kleiner, windschiefer Verschlag in der Unendlichkeit der Uthlande. Die Wände hatte Oke aus Lehm und Stroh gebaut. Ein einfaches Heim. Der Geruch nach Kohl, Asche und Salz. Aber Beeke war glücklich hier. Mit dem Reet auf dem schrägen Dach erinnerte es sie an ein Schaf, das sich vor dem rauen Nordwind hinter dem Stackdeich versteckte.

Beeke nahm den Besen und begann, den Boden zu fegen. Den Dreck zu beseitigen. Vor allem Asche und

Kohlesplitter, die von der Feuerstelle auf den Steinen und dem festgetretenen Sandboden gelandet waren.

Seltsam. Selbst hier im Halbdunkel ihres kleinen Zuhauses spürte sie die bedrohliche Stille, die sich wie ein Kissen auf alles gelegt hatte. Sie schüttelte den Kopf, fühlte einen heftigen Druck auf den Ohren. Genau wie damals, als sie als Kind bei der Überfahrt nach Tating auf der anderen Seite des Heverstroms vom Ewer ihres Großvaters ins eisige Wasser gefallen und fast ertrunken war.

Erneut vernahm sie Luiders Lachen. Warum diese dunklen Gedanken? Sie hatte Oke, einen treuen, fleißigen Mann. Ein eigenes Heim, das zwar etwas abseits vom Dorf stand, aber dafür genug Platz bot für ein kleines Feld, auf dem sie Salat, Rüben und Kräuter anpflanzen und auf dem Markt verkaufen konnte. Und sie hatte einen Sohn, einen hübschen Knaben, den sie über alles liebte. Und der bald noch ein Geschwisterchen bekommen würde. Wieder streichelte sie über ihren Bauch.

»Wer bist du denn?«, hörte sie auf einmal Luiders freundliche Kinderstimme. Dann wieder Stille, keine Antwort. Beeke holte Luft, wer störte sie hier draußen? Sie umfasste den Holzstock des Besens mit beiden Händen, um nachzusehen, was vor der Hütte geschah, als sich knarrend die Holztür öffnete und ein dicker Mann eintrat. Er musste sich bücken, um sich nicht den Kopf zu stoßen. Erst als er sich schnaufend aufrichtete, konnte sie sein Gesicht sehen. Beeke hatte ihn schon vorher erkannt. Niemand sonst in den Uthlanden trug ein so kostbares Gewand. Goldene Knöpfe auf der edlen Joppe aus Hirschleder, ein Halstuch aus Seide. An der Seite ein prächtiger Dolch. Oke hatte ihr verraten, dass er im fernen Arabien geschmiedet worden war.

»Meister Gebhardt?«, stammelte sie.

»Moin, Beeke.« Der dicke Mann wischte sich mit einem weißen Tuch den Schweiß von der Stirn, steckte es anschließend aber nicht weg, sondern hielt es sich mit angeekelter Miene unter die Nase.

»Was wollt Ihr?« Beekes Stimme zitterte. Sie erinnerte sich an den Zwischenfall vor zwei Tagen auf dem Markt in Rungholt. Olaf, ein Freund von Oke, hatte betrunken über Gebhardts Leibesfülle gespottet. Oke hatte zu denen gehört, die am lautesten gelacht hatten. Gebhardt, der sich in der Nähe mit einem Kaufmann unterhielt, hatte vor Wut gekocht, die Fäuste geballt, hatte aber nichts gesagt.

Er hatte nur sie, Beeke, angestarrt, obwohl sie versucht hatte, sich hinter Okes Rücken zu verstecken.

Schon oft waren ihr seine begehrlichen Blicke aufgefallen. Am liebsten wäre sie gar nicht mehr mit auf den Markt gegangen. Später hatte sie Oke heftige Vorwürfe wegen seines dummen Verhaltens gemacht. Aber ihr Mann hatte nur verächtlich mit den Schultern gezuckt und gesagt, sie solle sich nicht immer so viele Sorgen machen.

Jetzt war Gebhardt hier, in ihrem Haus. Mit abschätziger Miene schaute er sich um und blickte stumm aus dem einzigen Fenster.

»Was wollt Ihr?«, wiederholte Beeke ihre Frage.

»Wo ist Oke?«, fragte Gebhardt, ohne sie anzuschauen. Sein Blick war an den schmutzigen Holztellern hängengeblieben, die sich auf einer niedrigen Bank stapelten.

»Nicht da.«

Er wandte sich zu ihr um. »Wo steckt er?«

Beekes Augen zuckten nervös. »Er arbeitet im Torf.«

Gebhardt musterte sie. Sein Blick glitt mit einem Lächeln über ihren Körper. Unwillkürlich verschränkte Beeke ihre Arme vor der Brust. Konnte es sein, dass Gebhardt gar nicht wegen Oke gekommen war? Er musste doch wissen, dass er tagsüber arbeitete.

»Mudder!«

Luiders Stimme klang ängstlich, aber seltsam dumpf von der anderen Seite der Wand.

»Ja, was ist denn?«

»Der böse Mann soll weggehen!«

Beeke fröstelte bei den Worten. »Habt Ihr gehört? Selbst mein Sohn will, dass Ihr verschwindet.«

Gebhardt bleckte die Zähne zu einem hässlichen Grinsen. Er mochte ein reicher Mann sein, der Handel mit der ganzen Welt trieb, aber seine Zähne waren trotzdem schwarze Ruinen.

»Ich glaube nicht, dass er von mir redet«, sagte er.

Beeke verstand sofort, was er meinte.

»Luider!« Sie wollte sich an dem Kaufmann vorbei aus dem Haus drängen. Doch ein mächtiger Schatten versperrte ihr den Weg. Nickels, Gebhardts Handlanger. In den Uthlanden wurde er »die Hand« genannt.

14

Man erzählte sich, Nickels habe einmal einen Ochsen auf dem Markt in Husum mit einem einzigen Schlag niedergestreckt. Beeke glaubte nicht, dass ein Mensch so stark sein konnte. Aber Nickels sah mit dem schwarzen Ledermantel, den tief liegenden Augen unter den buschigen Brauen, mit der grimmigen Miene und vor allem mit seinen riesigen, fleischigen Händen auch nicht wie ein Mensch aus. Eher wie ein Bote aus der Hölle.

»Lasst mich raus zu meinem Kind!«, rief sie.

Erneut versuchte sie hinauszugelangen. Doch Nickels rückte nicht von der Stelle.

»Beruhig dich, Weib«, schimpfte Gebhardt, packte sie am Arm und zog sie zurück ins Haus, »dem Kleinen geschieht nichts.«

»Bitte, geht! Lasst uns in Ruhe! Wir haben Euch nichts getan.«

Gebhardt schüttelte den Kopf. »Dein Mann hat mich vor allen Leuten zum Gespött gemacht.«

»Aber Oke hat doch gar nichts gesagt.«

»Er hat gelacht. Dieser armselige Bastard hat sich über mich lustig gemacht. Dafür wird er büßen.«

Beeke versuchte sich loszureißen, doch ohne Erfolg. Schließlich gab sie auf. Als Gebhardt spürte, dass sie keinen Widerstand mehr leistete, stieß er sie von sich.

Beeke stolperte rückwärts gegen die Wand. »Ich bitte Euch«, sagte sie, so ruhig sie konnte, und sah dabei demütig zu Boden. »Was kümmert Euch das dumme Gerede von einfachen Leuten wie uns?«

Gebhardt trat dicht zu ihr. Er lächelte. Dann strich

er ihr mit seiner nach Tabak stinkenden Hand über die Haare. Sie erstarrte. »Du hast recht, dein Mann ist nur ein dummer Nichtsnutz. Ich könnte ihn zertreten wie einen Wurm.«

Gebhardts Hand packte ihre Schulter. Plötzlich spürte Beeke seine schmierigen Finger an ihrem nackten Hals. Sie hielt die Luft an.

»Oder ich zeige ihn an. Sage irgendeinem dummen Büttel, dass er mich bestohlen hat. Dann kommt dein Mann an den Pranger.«

»Aber Oke würde doch niemals stehlen.«

Gebhardt grinste. »Ich bin sicher, nach einer Nacht auf der Streckbank wird er zugeben, Petrus persönlich den Himmelsschlüssel gestohlen zu haben.«

»Bitte!« Sie flüsterte. »Warum …?«

»Ich will zu meiner Mutter!«, hörte sie Luider jammern. Aber Nickels hatte den Eingang versperrt und ließ den Jungen nicht herein. Verzweifelt suchte Beeke nach einem Ausweg. Aber ihr wollte nichts einfallen.

»Keine Angst, dein Balg interessiert mich nicht.« Gebhardt beugte sich vor, schnüffelte wie ein fettes Schwein an ihren Haaren. »Und auch Nickels wird ihm nichts tun. Zumindest nicht, wenn ich es ihm nicht befehle.«

Derweil schob sich seine Hand langsam weiter nach unten und umfasste ihre Brust. Beeke stockte der Atem.

»Und auch deinem Mann muss nichts passieren.« Im Halbdunkel der kleinen Hütte klang seine Stimme wie das Zischen einer Schlange. »Nicht wenn du tust, was man von dir verlangt.«

Eine Träne lief ihr über die Wange, als sie ihm in die böse funkelnden Augen sah und sich seine mit Ringen besetzte Hand brutal in ihre Brust krallte.

3

Husum

Gegenwart

Ein abnehmender Mond beschien den Yachthafen. Schwarzes Wasser schlug gegen die Boote, die an dem langen Holzsteg festgemacht hatten. Ein LKW fuhr über die nahe Zugbrücke, am Stadtkern vorbei. Ein fast leerer Güterzug verließ die Stadt nach Süden Richtung Hamburg. In der wieder einsetzenden Stille war das leise Quaken einer Ente zu hören. Eine Möwe kauerte, den Kopf in ihr Gefieder gezogen, auf einem fauligen Poller, der aus dem trüben Wasser ragte. Zu dieser späten Stunde war diese Ecke des Hafens wie ausgestorben. Falls sich irgendwo ein Mensch auf den Segelyachten aufhielt, hatte er sich schon lange schlafen gelegt. Bis auf die Notbeleuchtung war nirgends ein Licht zu sehen.

Ein Transporter erschien auf der Zufahrt zu einer benachbarten Lagerhalle, die den Yachthafen Richtung des Außenhafens abgrenzte, und blieb dort im Schatten stehen. Ein Mann öffnete die Wagentür und stieg aus. Er schaute sich eine Weile um, aber nirgends war ein Mensch zu sehen.

Dann schob er die Seitentür des Wagens auf, zog einen großen Plastiksack heraus und versuchte, ihn sich auf die Schulter zu legen. Erst im zweiten Anlauf gelang es dem Mann zu verhindern, dass der Sack auf den Asphalt fiel.

Schließlich ging er mit dem Plastiksack in beiden Armen über eine unbeleuchtete Rasenfläche zum Steg. Der Sack nahm ihm die Sicht. Als er die wenigen Stufen zu den Stegen hinunterging, glitt er auf den nassen Planken aus und verlor das Gleichgewicht. Mit einem dumpfen Poltern schlug der Sack auf die Holzbretter.

Der Mann fluchte leise. Völlig aus der Puste, entschied er sich, seine Strategie zu ändern und den schweren Sack lieber hinter sich herzuziehen. Schnaufend machte er sich an die Arbeit, ging rückwärts weiter über den Steg. Dass er jetzt viel mehr Lärm verursachte, war nicht zu ändern.

Er war noch nicht weit gekommen, als in der Kabine eines Motorbootes ein Licht anging. Rascheln und ein empörtes Murmeln waren zu hören. Der Vorhang am Backbordfenster wurde zur Seite geschoben.

Der Mann kauerte sich neben den Sack und rührte sich nicht. Er hoffte, seine Silhouette würde mit dem Schatten des Bootes hinter ihm verschmelzen. Und tatsächlich – nach einer Weile wurde die Gardine wieder zugezogen, die Lampe ausgeschaltet. Trotzdem verharrte der Mann in seiner Position. Als sich nach einer kleinen Ewigkeit nichts mehr im Innern des Bootes rührte, atmete er erleichtert durch.

Seufzend entschied er sich, den Sack doch mit beiden Armen zu tragen, egal wie schwer er war. Schnaufend stapfte er weiter über den Steg. Sein Ziel lag ganz am anderen Ende – ein rund fünfzehn Meter langes Segelboot, komplett aus Holz.

Als er es endlich erreicht hatte, setzte der Mann seine Last vorsichtig ab. Nach Luft ringend überlegte er, wie er vorgehen sollte. Schließlich kletterte er auf das Schiff und machte sich an der Decksluke zu schaffen. Sie stand einen Spaltbreit offen. Es dauerte eine Weile, bis es ihm gelang, die Luke komplett zu öffnen.

Dann trat er an die Bordwand, beugte sich vor, bis er den Plastiksack zu fassen bekam, und zerrte ihn ächzend über die Reling. Er hatte ihn bereits fast auf dem Schiff, als der Sack an einem Haken hängenblieb – und aufriss. Eine blutbeschmierte Hand rutschte aus der Öffnung.

Der Mann fluchte erneut. Mit einem Ruck befreite er den Sack, schob ihn auf das Bootsdeck und wuchtete ihn hinein in die offene Luke. Der Sack rutschte hinunter, als plötzlich ein lautes Scheppern aus dem Inneren der Yacht erklang. Erschrocken warf der Mann sich auf den Umlauf neben der Reling, verharrte dort im Schatten, bewegte sich nicht.

Doch er hatte Glück. Niemand hatte ihn gehört, auf keinem der anderen Boote rührte sich etwas.

Nach einer Weile rappelte er sich auf. Er schaute nachdenklich in die offene Luke. Dann drückte er sie wieder nach unten, verließ die Yacht und kurz darauf mit dem Lieferwagen auch den kleinen Hafen. Nur die auf dem Poller schlafende Möwe hatte für einen Moment zu ihm aufgeschaut.

4

»So, jetzt wollen wir doch mal sehen, was wir heute gelernt haben«, sagte die große schlanke Frau mit den Wanderschuhen, der kurzen Trekkinghose und dem sportlichen Hoodie. Ihr Blick wanderte über die Gruppe der Kursteilnehmer, die sich zusammen mit ihren Hunden im Halbkreis aufgestellt hatten. Dann nickte sie einem Jungen zu. »Malte, du fängst an!«

Mit vor Aufregung geröteten Wangen suchte der Junge den Blickkontakt seines Hundes, der brav neben ihm im Gras saß – Olly, eine junge englische Bulldogge. Das Tier erwiderte seinen Blick mit halboffenem Maul, aus dem der Speichel auf den Boden troff. Malte nickte, dann gingen sie los und drehten eine kleine Runde auf der Wiese.

»Sehr gut, ganz toll«, rief Steffi, die Hundelehrerin. »Das macht ihr super!«

Der kleine Junge und sein Hund hatten die Ausgangsposition bei der Gruppe wieder erreicht. Malte blieb stehen, und Olly nahm sofort gehorsam neben ihm Platz, den Kopf aufmerksam auf sein Herrchen gerichtet. Zur Belohnung bekam er ein kleines Wurststückchen, das er mit einem Happs verschlang. Alle anderen applaudierten.

»Habt ihr gesehen?«, wandte sich Steffi an die übrigen Kursteilnehmer. »Olly ist brav neben Malte gegangen, immer im richtigen Tempo. Die Leine hing die ganze Zeit locker in der Luft. Olly hat nicht ein einziges Mal ungeduldig in irgendeine Richtung gezogen. Sehr gut. So muss das sein.« Steffi lächelte. »Wie sieht's aus? Wollen wir alle zusammen mal eine Runde drehen?«

Sechs der sieben Kursteilnehmer waren Kinder, wie Malte um die zehn Jahre alt, zusammen mit ihren Hunden: zwei Labradoren, einem frechen Rauhaardackel, einem Mops, einem knuffigen Bernhardiner und Olly, der kleinen Bulldogge – allesamt gerade dem Welpenalter entwachsen. Der siebte Kursteilnehmer war Krumme. Er schaute mit einiger Skepsis zu Sonny herunter, seinem Hund, der ebenfalls noch wie ein Baby aussah. Allerdings wie ein ziemlich großes Baby. Kein Wunder, denn seine Eltern waren Gloria, eine Neufundländerin, Hütehündin in einem Schäferhof auf der Halbinsel Eiderstedt, und Watson, eine Mischung aus Leonberger und Bernhardiner – so genau wusste Krumme das nicht. Watson gehörte seiner Nachbarin Netti, aber Krumme und seine Freundin Marianne waren in den letzten Jahren so etwas wie sein Zweitherrchen und -frauchen geworden. Gemeinsam mit dem fast kalbgroßen Hund hatten sie schon einige Abenteuer erlebt.

Nun hatten sie ihren eigenen Hund. Sonny. Nach Watson hatten sie überlegt, auch ihm einen Namen zu geben, der etwas mit Krummes Beruf als Kommissar bei der Husumer Kripo zu tun hatte. »Holmes« hatte Krummes dreißig Jahre jüngere Kollegin Pat vorgeschlagen, die jetzt zusammen mit Marianne bei den Eltern hinter der Absperrung stand. Columbo, Kojak und sogar Derrick waren im Gespräch gewesen. Schließlich hatte sich Marianne mit ihrem Wunsch durchgesetzt. Sonny – wie Sonny Crockett, der von Don Johnson gespielte Kommissar in der amerikanischen Fernsehserie *Miami Vice*, einem Idol ihrer Jugend.

Wie sein Vater war Sonny gutmütig, aber doch eigenwillig. Nachdem er beim wilden Spielen ihr Wohnzimmer in Trümmer gelegt hatte, war klar: Sonny brauchte professionelle Hilfe. Er musste in die Hundeschule. Leider hatte Krumme die Anmeldung verschlafen. Am Ende gab es keinen anderen freien Platz mehr als in diesem Kinderkurs – bei Steffi, die hauptberuflich ebenfalls in der Husumer Polizeidirektion arbeitete, aber nicht wie Pat und Krumme bei der Kripo, sondern als Kommissarin bei der Schutzpolizei.

Krumme war alles andere als begeistert gewesen. »Ein Kinderkurs? Mit Hunden? Das habe ich ja noch nie gehört!«

»Ich auch nicht«, hatte Marianne zugegeben, während sie die Website studierte. »Ist eine neue Idee. Damit die Kleinen und ihre Hunde von Anfang an eine gemeinsame Verbindung aufbauen können.«

»Und da soll ich mitmachen? Auf keinen Fall! Ich mache mich doch nicht lächerlich.«

»Stell dich nicht so an. Es geht nicht um dich, sondern um den Hund. Außerdem wird das bestimmt sehr süß.«

Süß war es hier an diesem sonnigen Dienstagmorgen auf einer Wiese in Husums Norden, das musste Krumme zugeben. Beobachtet von ihren Eltern hörten alle Kinder Steffi mit großem Ernst zu und hatten im Laufe der ersten Stunde mit ihren Hunden bereits ein paar wichtige Lektionen gelernt.

Nur Sonny tat sich ein bisschen schwer. Lag es an seinem ungestümen Temperament? Oder an seinem in Hundedingen immer noch unsicheren und unerfahrenen Herrchen? Jedenfalls gab es für Sonny auf der Wiese so viele Dinge zu entdecken. Blätter, Maulwurfshügel oder Vögel, alles war aufregender, als sich auf Steffis Schulstunde zu konzentrieren.

Entsprechend groß war Krummes Anspannung bei der abschließenden Übung.

»Also los!«, rief Steffi den Kindern und ihm zu. »Zeigt euren Eltern, was eure kleinen Freunde heute gelernt haben!«

Die Gruppe setzte sich in Bewegung. Gemeinsam tippelten die Kinder mit ihren Hunden in einem großen Bogen über die Wiese.

Nur Sonny hatte keine Lust. Statt auf Krummes auffordernden Blick hin loszumarschieren, legte er sich glücklich hechelnd auf den Rücken und wollte gestreichelt werden.

Steffi lächelte. »Probleme, Herr Kollege?«

Krumme verzog das Gesicht, sah, wie ihm Marianne

und Pat freundlich zuwinkten, während die danebenstehenden Eltern sich bestens amüsierten.

»Keine Probleme«, brummte Krumme und kniete sich neben Sonny. »Mein Kleiner, komm, lass mich jetzt nicht hängen«, flüsterte er nervös und gab dem Hund einen Klaps auf den Hintern.

Sofort sprang Sonny auf. Aber statt brav mit ihm spazieren zu gehen, sprang er ausgelassen um ihn herum.

»Nein, nicht! Bei Fuß! Kommst du wohl her!«, rief Krumme erschrocken. Verzweifelt versuchte er, ihn mit beiden Händen einzufangen. Aber Sonny wollte nicht kommen, sondern spielen. Bevor Krumme sich die Leine schnappen konnte, schoss er davon und rannte seinen Artgenossen freudig bellend hinterher.

Sofort vergaßen die Hunde, was sie heute gelernt hatten. Einige rissen sich von ihren kleinen Herrchen und Frauchen los. Andere zerrten sie mit überraschender Kraft hinter sich her. Warum langsam spazieren gehen, wenn man mit neuen Kumpels spielen konnte? Wo es eben eine geordnete Kolonne gab, herrschte auf einmal das Chaos: umherspringende Welpen, die, angeführt von Sonny, von einer Seite der Wiese zur anderen jagten, verfolgt von verzweifelten Kindern, die sich beim Versuch, ihre Lieblinge wieder einzufangen, gegenseitig über den Haufen rannten. Einige blieben schluchzend auf dem Boden liegen, worauf es ihre Eltern nicht mehr hinter der Absperrung hielt. Aufgeregt stürmten sie an der hilflosen Steffi vorbei auf die Wiese, wollten helfen, machten das Chaos aber nur noch schlimmer.

Nur Krumme hatte sich nicht von der Stelle bewegt. Er schaute sich das Treiben eine Weile fassungslos an, dann vergrub er voller Scham das Gesicht in den Händen.

»War doch super fürs erste Mal!«, sagte Marianne lächelnd, als sie kurz darauf zurück zu den Autos gingen. Zusammen mit Sonny, der sich von ihr problemlos zum Parkplatz führen ließ, an der Leine, ohne jedes Gezerre.

»Sehr witzig«, brummte Krumme. »Ein Vater hat mir Prügel angedroht, wenn ich mit Sonny noch mal zum Hundetraining komme.«

»Ach was«, warf Pat ein, die sie zum Auto begleitete. »Er war nur erschrocken, weil seine Tochter sich die Knie aufgeschlagen hat. Ich habe mit ihm geredet. Er hat sich wieder beruhigt.«

»Wirklich?«

»Aber natürlich.« Pat grinste. Sie zeigte zu Sonny. »Aber vielleicht braucht der Kleine noch ein bisschen Nachhilfe bis zum nächsten Mal.«

Krumme stöhnte. »Was für eine Katastrophe!« Verlegen schaute er zu einer empörten Mutter, deren schluchzende Tochter ihren kleinen Rauhaardackel fest im Arm hielt und einen großen Bogen um Sonny machte.

Pats Handy meldete sich. Sie ging dran und trat ein wenig zur Seite, um in Ruhe sprechen zu können. Derweil öffnete Marianne die Wagentür ihres Golfs. Sonny hüpfte freundlich hechelnd in das Auto. Ob er sich bewusst war, was für ein Unheil er angerichtet hatte? Wohl nicht. Unbekümmert saß er auf dem Rücksitz und nagte an seinem Plüschtier, einer Mischung aus einem verknoteten Lappen und einer Seeschlange.

Krumme dachte daran, wie schwierig es war, Watson in dieses Auto zu bekommen. Das große Tier füllte praktisch den kompletten Innenraum aus. Einmal hatte der Hund auf der Rückbank Krumme derart abgelenkt, dass er bei Rot über eine Ampel gefahren war und von feixenden Kollegen der Verkehrspolizei einen saftigen Strafzettel kassiert hatte. Trotzdem war das nur halb so peinlich gewesen wie sein heutiger Auftritt.

»Vielleicht ist es mir nicht bestimmt, die Person am anderen Ende einer Hundeleine zu sein«, erklärte er niedergeschlagen.

»Blödsinn.« Marianne griff nach seiner Hand und drückte sie. »Mach dir keine Gedanken. Kleine Hunde sind wie Kinder, sie wollen vor allem spielen. Natürlich ist es schwer, da die Kontrolle zu behalten.«

Krumme schnaufte. »Aber die anderen Kinder hatten keine Probleme mit ihren Hunden.«

Marianne grinste. »Du bist ja auch kein Kind mehr, Theo. Du musst Sonny einfach zeigen, wer von euch der Chef ist, dann wird er auch spuren.«

»Wenn hier jemand der Chef ist, dann du. Auf dich hört er. Du bist sein Alphatier. Das ist bei Watson auch nicht anders.«

»Hör auf zu jammern. Sonny liebt dich heiß und innig, vom ersten Moment an. Er ist vor allem dein Hund, nicht meiner.«

»Meinst du?«

»Schau ihn dir doch an.«

Krumme blickte nachdenklich zu Sonny, der ihn aus dem Auto heraus freundlich anschaute und jetzt neugierig den Kopf schief legte. Krumme lächelte. Süß war er, keine Frage, dachte er. Offensichtlich konnte Sonny seine Gedanken lesen, denn sofort sprang er im Auto vor der Scheibe herum und bellte aufgeregt.

»So, genug gespielt, Theo.« Pat kam wieder zu ihnen zurück. Mit besorgter Miene hielt sie ihr Handy hoch. »Das war Krüger.«

»Euer Chef?«, fragte Marianne.

Pat nickte und blickte zu Krumme. »Wir müssen los. Es gibt Arbeit.«

5

Auch im malerischen Husumer Binnenhafen direkt in der Altstadt lagen einige Segelschiffe. Doch der eigentliche Yachthafen befand sich auf der anderen Seite einer Hebebrücke, nur einen kurzen Fußweg entfernt in einer eher unscheinbaren Ecke des industriell geprägten Außenhafens – ganz in der Nähe zur Polizeidirektion. Der Vorteil für alle Segler: Man konnte – bei Flut – am Fischmarkt, den Lagerhallen und den weithin sichtbaren Speichern vorbei direkt in den Heverstrom und damit in die Nordsee fahren.

Krumme hatte an den Yachthafen dennoch nicht die besten Erinnerungen. Vor zwei Jahren hatte Bernd, ein schnöseliger Anlageberater und früherer Verehrer Mariannes, ihn und Marianne von hier aus mit auf eine Segeltour genommen, auf seiner Yacht. Ein eher unerfreulicher Ausflug, der für Krumme mit einem unfreiwilligen Bad in den eiskalten Fluten der Nordsee vor St. Peter-Ording geendet hatte.

Aber daran wollte Krumme jetzt nicht denken. Heute ging es nicht um einen Segelausflug. Nachdem sie Marianne und Sonny zu Hause in der Nordstadt abgesetzt hatten, waren Pat und Krumme mit dem Auto direkt ans Hafengelände gefahren.

Krumme atmete tief durch, als sie aus dem Golf ausstiegen. Bei der Hundeschule hatte noch ein Dunstschleier die Sonne verborgen. Der hatte sich inzwischen verzogen und einem strahlend blauen Himmel Platz gemacht. Ein angenehmer Frühlingstag. Es roch nach Nordsee und – hier in direkter Hafennähe – nach Fisch. Die in Husum geborene Pat rümpfte die Nase, aber Krumme liebte dieses spezielle Aroma. Die Nähe zum Meer war einer der Gründe dafür, dass er vor knapp vier Jahren seinen Job bei der Berliner Kriminalpolizei in Neukölln aufgegeben und sich eine neue Stelle hier in Nordfriesland gesucht hatte.

»Die Kollegen von der Spurensicherung sind auch schon da«, stellte Pat fest und zeigte auf einen blauen Passat-Kombi.

Krumme drückte den Rücken durch. »Schauen wir mal.«

Obwohl der Yachthafen etwas abseits von den üblichen Touristenattraktionen lag, hatten sich schon ein paar Schaulustige eingefunden. Dichtgedrängt standen sie vor dem mit einem rot-weißen Flatterband abgesperrten Bootssteg und reckten die Hälse.

Krumme und Pat mussten sich bis zum Steg durchdrängeln. Dabei half es, dass die wie immer komplett in Schwarz gekleidete Pat mindestens einen Kopf größer war als die meisten Anwesenden. Irritiert traten die Leute beiseite. Einige tuschelten, andere kicherten. Sie waren in der Tat ein ungleiches Paar – ein älterer Herr mit Rückenproblemen und zerzaustem Haarkranz und eine junge Frau von fast zwei Metern Größe.

Wo sie auftauchten, sorgten sie für Aufsehen. Krumme war es egal. Sollten die Leute denken, was sie wollten.

»Moin«, begrüßte er den Kollegen Köhler von der Spurensicherung, einen mürrischen Mann, nur ein wenig jünger als Krumme und mit einer ähnlichen Frisur. Sein besonderes Merkmal waren seine buschigen Brauen, unter denen seine Augen kaum zu erkennen waren.

»Moin«, brummte Köhler, ohne aufzuschauen. Gerade war er dabei, auf Knien den Bootssteg nach Spuren abzusuchen.

»Ich habe gehört, wir haben eine Leiche?«, erkundigte sich Krumme.

»Ach was?«, brummte Köhler. »Tatsächlich? Und ich wollte hier nur mal ein bisschen sauber machen.«

Er zeigte zu einer großen Segelyacht am Ende des Stegs, wo ein uniformierter Kollege Stellung bezogen hatte. Genau wie er zogen sich Krumme und Pat Handschuhe und weiße Schutzanzüge über, stiegen um Köhler herum und marschierten zu dem Boot.

Das Segelschiff am Ende des Stegs war eine richtige Schönheit. Krumme war kein Experte, hatte in Berlin auf dem Wannsee und mittlerweile auch hier auf der Nordsee zusammen mit Marianne ein paarmal gesegelt, aber immer nur in kleinen Jollen. Die *Symphony* dagegen war fast ein Großsegler, ein Zweimaster, fünfzehn Meter lang und bestand komplett aus poliertem, in der Vormittagssonne glänzendem Holz.

»Moin, Theo«, begrüßte ihn der Kollege Kurt Breuer, ein Polizeihauptwachtmeister mit leicht gerötetem Gesicht, was nicht an der nordfriesischen Sonne lag, sondern an den regelmäßigen Feierabendbierchen. »Und schon wieder haben wir eine Leiche im Hafen, schlimm.«

Eine leichte Übertreibung. Es stimmte, sie hatten vor gut einem Jahr eine männliche Leiche bei den alten Speichern aus dem Wasser gezogen, zu einem Eisklumpen gefroren und grässlich entstellt. Seitdem hatte es in Husum aber keine Tötungsdelikte mehr gegeben. Nordfriesland war eben nicht Berlin. Zum Glück, wie er fand.

Krumme und Pat kletterten vorsichtig über die Reling an Bord. Sie wollten nach hinten zur Kajütentür gehen, als Breuer sich meldete. »Sie ist hier«, sagte er und zeigte auf eine offen stehende Decksluke.

Die beiden Polizisten wandten sich um. Dann kamen sie zurück zu Breuer und schauten durch die Öffnung hinab in den Innenraum der Yacht.

Pat schlug betroffen die Hand vor den Mund, und auch Krumme seufzte bedrückt. Von unten starrten sie die weit aufgerissenen Augen einer toten Frau an – einer jungen Frau mit halblangen blonden Haaren, die in einem wirren Kranz um ihr bleiches Gesicht lagen. Irgendjemand hatte sie in einen blauen Müllsack gesteckt und dann durch die Luke in das Schiff geworfen. Die Tüte war an mehreren Stellen gerissen, der blutverschmierte Körper zum Teil herausgerutscht. Nun lag sie mit verdrehten Gliedern auf dem Boden zwischen der Sitzecke und dem Esstisch.

»Die arme Frau«, sagte Breuer.

»Was ist passiert?«, fragte Pat mit bebender Stimme.

Krumme sah zu ihr. Obwohl sie jetzt schon vier Jahre bei der Polizei war und so einige Tote gesehen hatte, nahm der Anblick von Gewaltopfern sie noch immer mit. Andere Kollegen machten Witze darüber, Krumme fand das eher sympathisch.

Er betrachtete die Tote. »Sieht nicht so aus, als wäre sie einfach nur gestolpert und durch die offene Luke gefallen«, sagte er.

»Die Gerichtsmedizin ist auf dem Weg«, erklärte Breuer. »So lange fassen wir nichts an.« Er zeigte auf die Blutflecke auf dem Boden. »Keine Ahnung, ob sie erschossen oder erstochen wurde.«

»Oder erschlagen? Schaut euch die Hämatome am Kopf an.« Krumme setzte seine Brille auf, konnte auf die Distanz aber auch nicht mehr erkennen. »Komm, wir müssen runter«, sagte er zu Pat. »Vielleicht finden wir irgendeinen Hinweis darauf, wer die Frau ist.«

Pat sah noch immer in das Innere des Boots: »Sie heißt Nantje«, sagte sie mit tonloser Stimme.

Krumme und Breuer drehten sich erstaunt zu ihr um.

»Du kennst sie?«

Pat zuckte mit den Schultern. »Nicht direkt. Sie ist die Frau von Sebastian Schreiber.«

Krumme zog die Augenbrauen hoch. »Sebastian Schreiber? Wie das Schickimickirestaurant in der Altstadt?«

Pat nickte. »Ja, das Fischrestaurant. Ob das Schickimicki ist, weiß ich nicht.«

Er zog die Nase kraus. Seit einem Jahr war das »Schreibers« das angesagteste Restaurant in Husum. Er war schon einige Male mit Marianne daran vorbeispaziert, hatte sich angesichts der hohen Preise aber nicht entscheiden können hineinzugehen. Was Marianne sehr schade fand.

»Aber gut laufen tut der Laden schon.« Breuer kratzte sich an der dicken Nase. »Sonst könnte er sich nie so eine Yacht leisten.«

Krumme sah ihn überrascht an. »Soll das heißen ...?«

»Ja, das Schiff hier gehört Schreiber.«

Krumme sah zu Pat. Die schüttelte den Kopf. »Das habe ich nicht gewusst.«

»Weiß er schon Bescheid, dass seine Frau ...?«

Breuer schüttelte den Kopf. »Vom Hafenmeister haben wir eine Festnetznummer bekommen. Er ist aber nicht drangegangen.«

Krumme warf Pat erneut einen Blick zu. Die nickte, holte ihr Handy hervor und ordnete einen Streifenwagen ab, um bei Schreibers Haus nach dem Rechten zu sehen.

»Wer hat die Frau gefunden?«, fragte Krumme Breuer.

»Der Hafenmeister. Ist vorne in seinem Büro, wenn du mit ihm reden willst.«

Krumme nickte. »Aber erst gucken wir uns das Schiff von innen an.«

Gemeinsam mit Pat ging er zum Heck und stieg die enge Treppe hinunter in die Kabine. Krumme wusste, dass Pat trotz ihrer Größe durch ihr Tanztraining durchaus zu geschmeidigen Bewegungen imstande war. Aber jetzt musste sie den Kopf ganz tief einziehen, um durch den engen Eingang und die steile Treppe nach unten zu gelangen.

Krumme hockte sich in eine Ecke, versuchte wie immer, erst die Atmosphäre eines Raums aufzunehmen, bevor er begann, die Details zu untersuchen.

Obwohl die Yacht von außen so groß wirkte, war im Innern doch alles eng wie in einer etwas zu groß geratenen Puppenstube. Eng, aber edel – die Tische, Bänke, die Einbauküche, der Teppich, alles war vom Feinsten. Tropenhölzer, neueste Technik, glänzende Messingbeschläge. Schreibers Restaurant schien tatsächlich gut zu laufen. Auch dem Geruch nach zu urteilen, war die Yacht nagelneu und kaum benutzt.

Nur die verrenkte Leiche der toten, blutverschmierten Frau im Plastiksack passte nicht ins schöne Bild. Auf absurde Weise fiel jetzt durch die offene Luke an der Decke ein breiter Sonnenstrahl in die halbdunkle Kabine und tauchte die Tote in ein dramatisches, irgendwie unangemessenes Licht.

Pat fotografierte wie immer mit ihrem Handy. Sicher hatten auch Köhler und seine Kollegen von der Spurensicherung entsprechende Aufnahmen im Kasten. Aber Krumme wusste, dass Pat ihre Fotos später auf ihren Rechner übertrug, sie mit irgendwelchen Programmen bearbeitete und sortierte, was sich schon mehrmals als große Hilfe herausgestellt hatte.

»Ich glaube, wir können davon ausgehen, dass das hier nicht der Tatort ist. Umgebracht wurde die arme

Frau woanders«, sagte er, während er begann, sich auf dem Boden im Umfeld der Leiche umzusehen.

»Und dann hat er sie einfach wie Abfall durch die Luke geschmissen«, sagte Pat mit Verachtung in der Stimme und machte ein weiteres Foto.

»War die Kabinentür offen, als ihr gekommen seid?«, rief er Breuer zu, der auf dem Deck neben der offenen Luke stand.

»Nein. Die war abgeschlossen«, kam die Antwort von oben. »Wir mussten sie aufbrechen.«

Krumme hockte sich hin, betrachtete die Tote nachdenklich. Für einen Augenblick verspürte er tiefe Trauer. Eben noch war er an einem wunderbaren Frühlingsmorgen mit Sonny und den anderen Hundewelpen auf einer grünen Wiese herumgelaufen. Jetzt stand er unweit vom schönen Husumer Zentrum im Innern einer sündhaft teuren Segelyacht vor einer toten und offensichtlich misshandelten Frau. Bei seiner früheren Arbeit bei der Neuköllner Sitte hatte er schlimmer zugerichtete Opfer gesehen. Aber das war etwas völlig anderes gewesen. Berlin war eine Großstadt, in deren dunklen Ecken sich viele unheimliche Überraschungen versteckten. Aber hier in den freundlichen Norden gehörte so ein Anblick einfach nicht hin.

»Alles in Ordnung, Theo?«, erkundigte sich Pat.

»Hast du deine Fotos?«

Sie nickte.

Krumme richtete sich auf und streckte ächzend den Rücken. »Dann lass uns mal mit dem Hafenmeister reden.«

Als sie über den Steg zurückgingen, kam ihnen Doktor Fleischer mit einem Kollegen aus der Gerichtsmedizin entgegen. Fleischer, der außerhalb seines Sezierraums noch hagerer wirkte, als er ohnehin schon war, hatte wie immer eine Zigarette im Mund. Krumme wollte ihm erklären, wie der aktuelle Stand der Dinge war, aber Fleischer winkte mit einem heiseren Husten ab.

»Wir kommen schon klar.«

»Kriegen wir den Bericht noch heute?«

»Mal sehen.« Fleischer schnippte seine Kippe in das Hafenwasser und erwischte dabei fast eine Ente. Mit Absicht, da war Krumme sicher.

Das Büro des Hafenmeisters befand sich in einem einfachen Gebäude an der Südseite des Hafenbeckens. Als Pat und Krumme den geräumigen Raum betraten, herrschte überraschend ausgelassene Stimmung. Der Mann mit dem gemütlichen Seebärenbauch und dem grauen Kinnbart hieß Ulf Jensen und trank mit zwei Gästen gerade Schnäpschen – am späten Vormittag!

»Auf den Schreck, Herr Kommissar«, erklärte er Krumme gutgelaunt, »wollen Sie auch einen Lütten?«

Krumme lehnte energisch den Kopf schüttelnd ab und sah dabei vorwurfsvoll zu dem Kollegen aus dem Präsidium, Polizeihauptwachtmeister Lothar Petersen, einem Bodybuilder mit kurzen, gegelten, im Sonnenlicht schimmernden Haaren. Grinsend hielt er sein Gläschen hoch: »Meins war nur halbvoll. Bin ja im Dienst.«

Die dritte Person im Raum hockte mit durchgedrücktem Rücken auf einem Plastikstuhl vor Jensens Schreibtisch, ein hagerer, rund siebzig Jahre alter Mann mit ledriger, von der Sonne gegerbter Haut. Ein vom Rauchen gelbgefärbter Schnauzer quoll ihm weit über den Mund. Er stellte sich als Gerald Hübner vor und hatte in der Nacht auf seinem Boot im Yachthafen geschlafen.

»Verrat dem Kommissar mal, was du heute Nacht gesehen hast, Gerald«, forderte ihn der Hafenmeister auf.

»Den Mörder. Ich habe ihn gehört«, verkündete er stolz, mit heftig wackelndem Schnauzer, unter dem der Mund kaum zu erkennen war.

»Nur gehört?«

»So um zwei Uhr morgens. Hab geschlummert wie ein Murmeltier, dahinten in der *Paula II*, das ist mein Boot. Da hat es auf einmal wie verrückt gescheppert. Ich war sofort wach. Hab mir die Rübe total an der Kabinendecke gestoßen.«

»Und?«

»Ich habe durch den Vorhang geluschert, aber …« Er schüttelte den Kopf.

»Aber was?« Krumme wurde langsam ungeduldig.

»Nichts. Ich war eine Weile still wie eine Scholle im Sand. Aber kein Pieps mehr, nichts.«

Krumme verzog den Mund, schwieg aber.

»Um zwei Uhr? Sind Sie sicher?«, fragte Pat mit gezücktem Handy, auf dem sie sich wie immer Notizen machte.

»Ja, min Deern, hab einen großen Wecker in meiner Koje.«

»Sie haben gesagt, Sie hätten was gesehen?«, hakte Krumme nach. »Aber das haben Sie nicht?«

»Nee, nur gehört. Aber das muss der Mörder gewesen sein. Der ist hier rumgeschlichen. Aber das konnt ich da ja nicht ahnen.«

»Gibt es hier im Yachthafen vielleicht irgendwo eine Überwachungskamera?«, wollte Krumme wissen.

Jensen sah ihn mit verständnisloser Miene an. »'ne Kamera? Nö, so'n Quatsch haben wir hier nicht.«

Krumme überlegte, sah, dass Pat sich eine Notiz machte.

»Noch ein Schnäpschen?«, fragte Jensen und goss seinem Kumpel Hübner nach, während Petersen dieses Mal ablehnte.

Krumme wandte sich an den Hafenmeister. »Sie haben die Tote gefunden?«

»Jo.« Jensen stieß mit Schnauzer-Gerald an und stürzte dann den Schnaps runter. »Als ich meinen Rundgang gemacht habe.«

»Und wie? Die Leiche lag im Boot, und die Kabine war verschlossen.«

»Stimmt.« Jensen nickte, schaute versonnen über das Wasser in die Ferne.

»Und?« Krumme seufzte. »Was hat dann Ihren Verdacht erregt?«

»Na das Blut. Nur so Tropfen. Aber das war eine lange Spur. Wenn man gute Augen hat, sieht man das sofort.«

»Und wie haben Sie die Tote entdeckt? Haben Sie die Luke aufgebrochen?«

»Nee, die stand wie immer etwas offen. Konnte sie ganz leicht hochklappen. Und dann habe ich runtergeguckt.« Jensen stöhnte. »Meine Güte, was für ein Schlamassel. In bin hier seit zwanzig Jahren, aber so was … Die arme Nantje.«

»Kannten Sie Frau Schreiber besser?«

»Geht so. War 'ne seute Deern. Aber mit dem Segeln hatte sie es nicht so. Im Gegensatz zu Sebastian.«

»Ihrem Mann?«

»Der kommt regelmäßig, um nach dem Boot zu gucken. Wenn er nicht gerade so viel in seinem Restaurant zu tun hat.«

»Mein Kollege hat versucht, ihn anzurufen, hat ihn aber nicht erreicht. Eine Handynummer haben Sie nicht?«

Jensen tippte auf eine Spindel mit Karteikarten. »Bedaure«, sagte er und schüttelte den Kopf.

»Wann haben Sie ihn zum letzten Mal gesehen?«

Jensen überlegte, schaute hilfesuchend zu seinem Kumpel.

»Gestern war er hier, oder?«, sagte Hübner.

Jensen nickte. »Gestern Vormittag.«

»Allein?«, fragte Krumme.

»Ja.«

»Hat er irgendwas erwähnt, was im Zusammenhang mit dem Verbrechen von Interesse sein könnte?«

Jensen sah ihn verständnislos an. »Was soll er denn erwähnt haben?«

Sein Kumpel mit dem Schnauzer hob die Hand wie in der Schule. »Mir hat er wat vertellt.« Er lächelte.

Krumme sah ihn auffordernd an: »Und?«

»Dass er morgen einen Törn machen will.«

»Morgen? Am Mittwoch? Wohin denn?«

Hübner zuckte mit den Schultern. »Einfach ein bisschen raus.«

»Alleine?«

»Keine Ahnung. Das müssen Sie ihn fragen. So gut kennen wir uns nicht.«

Kurz darauf verließen sie das Büro des Hafenmeisters.

»Immerhin«, sagte Krumme, »wir wissen die genaue Zeit, wann die Tote hierhergebracht wurde.«

Pat nickte. »Ich habe mir schon eine Notiz gemacht. Selbst wenn es hier keine Überwachungskamera gibt, irgendwo in der Nähe wird es bestimmt eine geben. Ist schließlich ein Industriegebiet.«

»Es gibt nur eine Zufahrt zu dieser Ecke des Hafens. Ich bin ganz sicher, dass es da eine Kamera gibt. Frag mal beim Hafenamt nach, vielleicht können die uns weiterhelfen.«

Dann waren sie wieder bei der *Symphony*. Fleischer hatte mit Breuer und seinem Kollegen aus der Pathologie Nantje Schreibers Leiche geborgen und auf eine Trage gelegt. Während Pat mit dem Hafenamt und den Kollegen telefonierte, die zu Schreibers Haus gefahren waren, fragte Krumme den Pathologen nach der Todesursache.

Fleischer zündete sich eine neue Zigarette an. »Details kann ich Ihnen erst nach der genauen Untersuchung verraten.« Er hustete heftig, beugte sich dafür kurz über das Wasser und wischte sich dann mit dem Handrücken den Mund ab. »Nur so viel: Ihr wurde mit einem Messer in den Oberkörper gestochen. Sie hat noch andere Verletzungen, aber auf den ersten Blick würde ich sagen, dass die ihr *post mortem* zugefügt wurden. Hämatome am Kopf und an den Schultern. Vielleicht vom Sturz durch die Luke auf den Boden.«

Damit verabschiedete er sich und zog heftig qualmend ab. Krumme sah ihm nachdenklich nach, als Pat zu ihm trat. »Die Kollegen sind bei dem Haus von Nantjes Mann. Aber da ist er auch nicht.«

»Wir müssen ihn unbedingt finden«, sagte Krumme.

Pat nickte. Ihm fiel auf, dass sie bedrückt dreinschaute.

»Keine Sorge, ich sage ihm das mit seiner Frau. Oder kennst du ihn so gut, dass du das übernehmen willst?«

Pat schüttelte den Kopf und hob abwehrend die Hände.

Krumme nickte. Dann sah er auf die Uhr. Fast ein Uhr. »Vielleicht sollten wir es in seinem Restaurant probieren? Ist doch praktisch auf der anderen Straßenseite. Außerdem habe ich Hunger.«

6

Broder hielt inne, um sich mit dem Handrücken den Schweiß aus dem Gesicht zu wischen. Dann lehnte er sich seufzend an den Mast seines Kutters. Drei Enten watschelten leise quakend über die Rasenfläche neben der langen Hafenmole herum, während einige Möwen ihre Kreise über seinem Kutter drehten, in der Hoffnung, dass hier im Hafen etwas für sie abfallen würde. Es roch nach Meer, frischem Gras – und nach Krabben. Was sich auch nicht ändern würde, egal wie lange er seinen Kutter schrubbte.

Für einen kurzen Augenblick genoss er die Ruhe, die auf Pellworm herrschte und die durch das gleichmäßige Rauschen der nahen Nordsee nur verstärkt wurde. Weiter vorne an der Hafenmole waren ein paar Urlauber unterwegs mit ihren Kindern, die vergnügt Steinchen ins Hafenbecken warfen oder Fangen vor dem »Hafen Pub« spielten. Doch das alles war weit weg. Broders Kutter, die *Nele,* lag am anderen Ende des Kais. Hierhin verirrte sich nur selten jemand. Und das war auch gut so.

Broder machte sich wieder an die Arbeit. Zog mit einem Eimer an einer Leine Wasser herauf, schüttete es auf die Holzplanken und schrubbte das Deck. Gleichmäßig, mit routinierten Bewegungen. Sein halbes Leben lang fuhr er mit seinem Krabbenkutter auf die Nordsee. Das Säubern, Abspülen und Schrubben des Bootes gehörte am Ende immer dazu.

Kurti, sein junger Fischereigehilfe, war heute zu einer Geburtstagsfeier eingeladen. Kein Problem für Broder, der auf seinem Kutter am liebsten selbst Klarschiff machte.

Trotzdem schien Broder mit einer unsichtbaren Person zu reden. Sein Mund formte Worte, die nur er hören konnte. Er nickte immer wieder, schüttelte energisch den Kopf, verärgert über einen stummen Widerspruch. Lächelte dann gedankenverloren, schien sich mit leiser Wehmut in den müden Augen an vergangenes Glück zu erinnern.

Schließlich verstaute er den Eimer und den Schrubber. Er streckte den Rücken und stemmte die Hände ächzend in die Hüfte. Zufrieden betrachtete er sein Werk. Die Stimme in seinem Kopf schien zu schweigen. Für einen Augenblick hatte er nur Augen für seine *Nele*.

Er atmete tief durch und wischte dann die verschwitzten Hände an seiner kurzen Hose ab. Broder trug immer kurze Hosen – im Sommer, Herbst und Winter, und jetzt im Frühling sowieso. Dazu einen blauen Pullover und meist schwere Arbeitsstiefel. Nur zum Schrubben hatte er sich Gummistiefel übergezogen, die gleichen wie seit fünfzehn Jahren.

»Moin, Broder«, meldete sich eine tiefe Stimme von der Kaimauer.

Broder drehte sich um. Dort stand ein bärtiger, kräftig gebauter Mann, die Hände tief in den Taschen seiner blauen Latzhose. Otto Klose. Genau wie Broder war er auf Pellworm aufgewachsen. Die beiden waren schon als kleine Buttjer über die Marschwiesen gelaufen und hatten die Schafe von Ottos Vater gejagt.

Heute ging alles etwas ruhiger zur Sache.

»Moin, Otto.«

»Wie war die Fahrt?«, fragte sein Freund.

»Geht so.«

»Nichts gefangen?«

»Nur ein bisschen.« Broder klopfte mit seiner großen Hand gegen die Kajütentür. »Der Diesel macht Probleme. Mussten schon nach der Hälfte abbrechen. Hatten Glück, dass wir es überhaupt zurück in den Hafen geschafft haben.«

»So'n Schiet.«

»Kannste wohl sagen.«

Für einen Moment schwiegen die beiden und schauten versonnen zu der Gruppe Touristen. Ein kleines Mädchen weinte bitterlich, weil ihr das Eis beim Spielen auf den Boden gefallen war.

»Wollte nur fragen, wie's mit dem Tor aussieht.«

Wie viele Insulaner hatte Broder mehrere Jobs, war nicht nur Kutterkapitän, sondern auch Maler und Schlosser. Und vor allem der einzige Tischler auf Pellworm.

»Alles fertig. Morgen baue ich dir das Ding wieder ein.«

Otto nickte zufrieden, verabschiedete sich, indem er

kurz den Finger an die Stirn hielt, und marschierte dann zurück Richtung Parkplatz. Broder wusste, dass dort eine kleine Kutsche stand, mit der Otto Urlauber über die Insel fuhr. Nötig hatte er es nicht, denn Ottos Familie besaß seit vielen Generationen einen der größten Höfe auf Pellworm.

Broder schaute seinem Kumpel eine Weile hinterher und ging dann in die Kajüte, wo in der Ecke eine kleine schmutzige, aber funktionstüchtige Kaffeemaschine stand. Er nahm sich einen leeren Becher und wollte sich gerade etwas einschenken, als er eine andere Idee hatte. Er öffnete einen kleinen Schrank, holte eine Flasche Korn heraus und goss sich reichlich davon in ein kleines Wasserglas. Dann stellte er sich an die offene Tür, schaute hinaus Richtung Meer. In der Ferne näherte sich eine Fähre, dahinter, auf der anderen Seite des Heverstroms, war die dünne Küstenlinie der Halbinsel Eiderstedt zu erkennen.

Broders mächtiger Brustkorb hob sich, als er die frische Luft einsog. Dann nahm er einen Schluck Korn in den Mund, behielt ihn eine Weile wie einen guten Wein prüfend im Mund und ließ ihn schließlich mit geschlossenen Augen die Kehle hinunterrinnen.

Broder stöhnte zufrieden. Er betrachtete das Glas, in dem kaum noch etwas war. Er trank den Rest in einem Zug und griff erneut nach der Flasche und schenkte sich noch einmal großzügig ein.

Mit dem Glas in der linken Hand folgte sein Blick einem Entenpärchen, das in friedlicher Eintracht durch das Hafenbecken Richtung offene See schwamm.

Broder strich mit der freien Hand über den strubbeligen Vollbart. Sein Blick verlor sich in der Leere, mit den Gedanken war er bereits wieder woanders. Erneut bewegte sich sein Mund in einem stummen Zwiegespräch. Unvermittelt verfinsterte sich seine Miene. Im nächsten Moment schlug er mit der geballten Faust und einem leisen Schrei gegen die Kajütenwand, so heftig, dass am alten Holz die Farbe abblätterte.

Erschrocken von seinem Gewaltausbruch rieb er sich mit der jetzt blutigen Hand übers Gesicht. Er stöhnte gequält, versuchte, ruhig ein- und auszuatmen. Nach einer Weile hatte er sich wieder beruhigt. Mit gesenktem Haupt ging er zurück in die Kajüte und stellte das Glas ab.

Er hob den Kopf und blickte zum Regal, das über der Kaffeemaschine hing und in dem sich allerlei Krimskrams befand – ein Becher mit Stiften, ein kleines Radio, eine rostige Schere, ein Taschenmesser und Angelköder. Dort lag auch ein zerknitterter Umschlag. Mit starrer Miene nahm Broder ihn in die Hand und zog mehrere Fotos heraus. Auf allen war dieselbe Person zu sehen. Eine junge Frau mit halblangen blonden Haaren. Auf sämtlichen Bildern lächelte sie ihn freundlich an oder schnitt freche Grimassen.

Ein verträumtes Lächeln trat auf Broders Gesicht. Er seufzte und griff nun nach einem gerahmten Foto, das mit der Vorderseite nach unten in dem Regal gelegen hatte. Den Holzrahmen hatte er selbst angefertigt, geschliffen und lackiert. Doch die Scheibe war zerbrochen. Die meisten Splitter lagen auf dem Regalbrett.

Mit zusammengepressten Lippen betrachtete Broder das Foto. Es zeigte die blonde Frau zusammen mit ihm am Deich vor der stürmischen Brandung der Nordsee. Während er linkisch, aber glücklich in die Kamera grinste, wie immer mit seiner kurzen Hose, stand die Frau entspannt mit nackten Füßen im Gras, in einem leichten Sommerkleid, lächelnd, die Haare vom Wind verwirbelt.

Broder strich zärtlich mit dem Finger über das Foto.

Blut beschmierte das Bild.

Broder betrachtete verwundert seine kaputten Knöchel, beobachtete, wie ein dicker roter Tropfen die Hand herunterlief. Er legte den Kopf schief, lächelte traurig, während in seinen Augenwinkeln eine Träne glänzte. Er strich mit dem Finger erneut über das Foto, hinterließ auf dem Papier einen weiteren blutigen Streifen, verschmierte ihn so, dass das Gesicht der jungen Frau nicht mehr zu sehen war.

Einen Moment lang betrachtete Broder sein Kunstwerk. Dann legte er das Foto zu den anderen zurück ins Regal. Er nahm das Taschenmesser und steckte es in die Hosentasche.

Als er die Kajüte verließ, empfing ihn das laute Kreischen der Möwen. Dieses Mal beachtete er sie nicht. Er schloss die Kajüte ab und verließ sein Schiff.

7

In der Husumer Altstadt befand sich direkt am Hafen ein Restaurant neben dem anderen. Außerdem gab es Fischbuden, vor denen die Touristen fast das ganze Jahr über Schlange standen. Das »Schreibers« lag etwas abseits vom Binnenhafen, nördlich in einer kleinen Gasse, an der Stelle eines ehemaligen historischen Bürgerhauses, das vor ein paar Jahren durch eine Gasexplosion völlig zerstört worden war. Der Neubau fügte sich mit seiner roten Klinkerfassade im Stil eines Hafenspeichers perfekt ins Bild der Altstadt ein und war mit seinen Stahl- und Holzelementen dennoch sehr modern. Ein beeindruckender Bau. Entsprechend wandte sich das »Schreibers« an ein gehobenes Publikum, das bereit war, für ein exzellentes Menü und guten Service ein bisschen tiefer in die Tasche zu greifen.

Als Krumme und Pat das Restaurant betraten, war es gut besetzt. Erstaunlich für einen normalen Wochentag. Offensichtlich war das »Schreibers« in dem Jahr seines Bestehens schon zu einer Husumer Institution geworden. Krumme sah sich suchend um, als eine Kellnerin zu ihnen trat.

»Kann ich Ihnen helfen?«, erkundigte sich die

schlanke junge Frau mit modischer Kurzhaarfrisur, heller Haut und dunkelrot gemalten Lippen.

»Guten Tag«, fing Krumme an, »wir suchen Herrn Schreiber.«

»Tut mir leid, der ist nicht da.«

»Wie schade. Wissen Sie, wo wir ihn finden können?«

»Keine Ahnung, wo Sebastian sich herumtreibt. Eigentlich sollte er längst hier sein. Wollen Sie vielleicht noch ein bisschen warten?«

Krumme warf Pat einen fragenden Blick zu. Die schüttelte den Kopf, machte bereits Anstalten zu gehen, als ein überraschter Ruf sie aufhielt.

»Pat? Bist du das?« Ein gut aussehender, junger Kellner kam zu ihnen, in der Hand ein Tablett mit einer Flasche Wein in einem Kühler. »Das ist ja eine Überraschung! Wir haben uns ja ewig nicht gesehen.«

Pat riss erstaunt die Augen auf. »Jakob?«

Sie blickte verwirrt zu Krumme. War es ihr peinlich, dass er einen ihrer Freunde kennenlernte? Tatsächlich kannte Krumme nur eine Person aus ihrem privaten Umfeld, und das war ihr Lebensgefährte, der gutmütige Rettungssanitäter Mike.

Nun also Jakob. Wie Krumme erfuhr, waren die beiden in Husum zusammen zur Schule gegangen, bis Pat mit ihrer Mutter nach Schleswig umgezogen war. Obwohl sie mittlerweile schon wieder länger in Husum wohnte, waren Jakob und sie sich noch nicht über den Weg gelaufen.

»Und du bist jetzt eine richtige Kommissarin?

Wahnsinn!« Jakob musterte sie beeindruckt. Pat lächelte verlegen.

Ihr Freund sah sich suchend um. »Ihr sucht jetzt sicher einen Tisch, oder?«

»Eigentlich wollten wir ja …«, fing Pat an, aber Krumme unterbrach sie mit einem kleinen Stups in die Seite.

»Ist denn noch was frei?«, fragte er.

»Hier vorne nicht«, sagte Jakob und gab den Wein an einen vorbeilaufenden Kollegen weiter. »Aber kommt mal mit in den hinteren Raum. Da gibt es noch Platz. Außerdem ist es da viel gemütlicher«, fügte er mit einem Augenzwinkern zu Pat hinzu.

Tatsächlich konnte Jakob ihnen einen Tisch direkt am Fenster organisieren, von dem aus man einen guten Überblick über das Restaurant und zu der nahen Theke hatte.

Schon draußen hatte Krumme festgestellt, dass alle Gerichte preislich weit über dem lagen, was er für gewöhnlich in einem Restaurant auszugeben bereit war. Aber da sie schon einmal hier waren, wollte er sich nicht lumpen lassen.

»Können Sie uns was empfehlen?«, fragte er.

»Den schottischen Wildlachs in Speckmantel, garniert mit grünem Spargel, sehr lecker.«

»Lachs im Speckmantel? Das habe ich ja noch nie gegessen.«

»Dann müssen Sie das unbedingt probieren. Sie werden begeistert sein.« Jakob lächelte.

Pat entschied sich für Scholle mit Bratkartoffeln und

Speck, dazu versuchte Jakob, sie zu einem weißen Burgunder zu überreden. Aber Krumme lehnte ab. »Wir sind im Dienst.«

Jakob nickte und verschwand zur Theke, um die Bestellung abzugeben.

»Hältst du es wirklich für so eine gute Idee, dass wir hier essen?«, fragte Pat leise. »Wir sind mitten in einer Mordermittlung.«

»Hast doch gehört, Schreiber sollte bald kommen. So lange können wir doch auch was futtern.«

»Sollten wir mit den Angestellten nicht lieber über Nantje sprechen?«

Krumme überlegte. Bei dem Duft nach leckerem Essen bekam er Hunger. Und wenn er Hunger hatte, konnte er nicht denken. »Nicht bevor wir nicht mit Schreiber geredet haben«, sagte er. »Er sollte doch wohl vor seinen Angestellten vom Tod seiner Frau erfahren.«

Pat sah ihn an. Dann zuckte sie mit den Schultern. »Na schön. Aber hast du die Preise gesehen?«, flüsterte sie.

»Mach dir keine Gedanken«, erwiderte Krumme. »Spesen. Übernimmt die Firma.«

Zufrieden schaute er sich um. Das Restaurant gefiel ihm. Gemütliche, lange Holzbänke und Tische wie in einer alten Hafentaverne. Angenehmes, gedämpftes Licht, offenbar freundliches Personal, von den köstlichen Düften ganz zu schweigen. Vielleicht sollte er Marianne doch mal hierher einladen. Er hatte ja gesehen, wie sehnsüchtig sie bei ihren Spaziergängen durch die Scheiben geschaut hatte. Bisher hatte er gedacht, die Fischbrötchen am Hafen würden ihr reichen. Aber wie wäre es, wenn sie mal was Neues ausprobierten? Bei dem Gedanken lächelte Krumme versonnen.

Jakob behandelte sie wie Ehrengäste und überraschte sie mit kleinen Grüßen aus der Küche. Es gab leckere Fischhäppchen »Lotte au citron«, dann Paprikaschoten gefüllt mit Thunfisch und Gambas. Krumme war begeistert. Wie schön, dass Pat diesen freundlichen jungen Mann kannte.

Seine junge Kollegin schien kaum glauben zu wollen, dass ein so attraktiver Mann wie Jakob darauf bedacht war, einen guten Eindruck bei ihr zu machen. Aber auch zu Krumme war er äußerst aufmerksam und erklärte mit viel Leidenschaft Details zu den kleinen Vorspeisen und der Einrichtung des Restaurants.

Die Hauptspeise war dann in der Tat ein Traum. Edler Wildlachs eingerollt in Speck, dazu grüner Spargel, der auf der Zunge zerging. Krumme war begeistert.

Als sie fast zu Ende gegessen hatten, betrat ein auffallend dynamischer schlanker Mann mit lichten, nach hinten gegelten blonden Haaren das Restaurant. Jeans, weißes Bürohemd, auf dem Kopf eine modische Sonnenbrille, gebräunter Teint, hohe Wangenknochen. Krumme zweifelte nicht eine Sekunde daran, dass das der Herr des Hauses war – Sebastian Schreiber.

Er beobachtete, wie sofort ein Ruck durch die Angestellten ging. Alle strengten sich noch mehr an, waren noch schneller, noch aufmerksamer. Mit einer souveränen Mischung aus Freundlichkeit und Strenge begrüßte Schreiber im Vorbeigehen Kellner und Kellnerinnen mit Vornamen, gab ihnen einen Klaps auf die Schulter, kommentierte und korrigierte diskret die Art, wie sie die Gäste bedienten.

Es waren offenbar viele Stammgäste im Restaurant. Schreiber ging von Tisch zu Tisch, hieß charmant Bekannte und Freunde willkommen, hatte für jeden ein nettes Wort.

Zu Krummes Überraschung sagte er auch zu ihnen Hallo. Doch damit nicht genug – er begrüßte Pat persönlich und erkundigte sich nach ihrer Mutter. Pat merkte, wie Krumme staunte, wurde rot und wollte ihn vorstellen, aber Schreibers Aufmerksamkeit war schon wieder woanders – bei einem jungen Kellner, der das schmutzige Geschirr von den Tischen abräumte. Aus Gründen, die sich Krumme nicht erschlossen, war Schreiber sehr unzufrieden mit der Arbeit des jungen Mannes und zog ihn diskret zur Seite. Leise, aber mit energisch funkelnden Augen redete er auf ihn ein – um sich anschließend wieder mit breitem Lächeln um einen weiteren Gast zu kümmern.

»Ein interessanter Mann, dein Freund«, stellte Krumme fest.

»Er ist nicht mein Freund.«

»Sah eben aber anders aus.«

»Du hast doch gehört, er kennt meine Mutter. Mich wundert, dass er meinen Namen wusste.«

»Hm-mh«, machte Krumme nur und sah sie skeptisch an, während er einen Schluck sündhaft teures Mineralwasser trank.

Pat verdrehte die Augen. »Was? Bist du sauer, dass ich dich nicht vorgestellt hab?«

»Schon gut, reg dich nicht auf.«

»Ich hab's versucht. Aber du hast ja gesehen, wie er ist.«

»Ja, ein vielbeschäftigter Mann.« Krumme beobachtete Schreiber, der mittlerweile seine Begrüßungsrunde beendet hatte und sich bei der Oberkellnerin mit den roten Lippen nach dem Stand der Vorbestellungen informierte. Dabei wirkte er sehr zufrieden, lächelte und strich seiner Angestellten anerkennend über den Arm.

»Ist alles zu eurer Zufriedenheit?«, erkundigte sich Jakob.

Krumme nickte. »Der Lachs war sehr, sehr lecker, vielen Dank.«

»Dachte ich mir doch, dass er Ihnen schmecken wird. Und mit deiner Scholle warst du auch zufrieden?«, fragte Jakob an Pat gewandt.

Sie nickte. Krumme betrachtete sie, merkte, wie verlegen sie nach wie vor war, wenn Jakob sie so höflich ansprach. Er hatte nicht den Eindruck, dass der junge Mann irgendwelche Hintergedanken hatte, es war offensichtlich, dass er Pat mochte und für eine gute Freundin hielt.

Krumme lächelte. Seine junge Kollegin war immer für eine Überraschung gut. Seit fast vier Jahren arbeiteten sie nun schon zusammen. Zu Anfang hatte er nur ein schüchternes, großes Mädchen erlebt, das anderen

Menschen möglichst aus dem Weg ging. Aber wie er inzwischen wusste, besaß Pat viele Talente. Was Internet und Multimedia anging, war sie ein wahres Genie. Und wie er inzwischen erlebt hatte, war seine im Dienst eher behäbige Kollegin außerdem eine hervorragende Turniertänzerin. Und nun stellte sich überdies heraus, dass Pat offenbar auch Teil der besseren Husumer Gesellschaft war.

Er schaute wieder zu Schreiber, der hinter dem Tresen irgendwelche Unterlagen prüfte. Auf Krumme machte er einen selbstbewussten, kontrollierten Eindruck. Schien er sich denn gar nicht zu fragen, wo seine Frau geblieben war?

Pat war seinem Blick gefolgt.

»Wir müssen zu ihm und ihm sagen, was mit Nantje passiert ist.«

Krumme nickte. »Kannst du mir noch etwas über ihn erzählen?«

Pat zuckte mit den Schultern. »Nicht viel. Sebastian ist in Nordfriesland geboren, wohnt jetzt oben in der Nordstadt. Kommt aus einer alteingesessenen Husumer Familie. Vor fünf oder sechs Jahren ist er mit Nantje nach Hamburg gegangen, hat dort sehr erfolgreich nach und nach drei Restaurants eröffnet. Na ja, und vor einem Jahr hat er jetzt diese Filiale in seiner Heimatstadt aufgemacht. Mehr weiß ich auch nicht.«

»Ist doch schon eine Menge. Und was weißt du über das Verhältnis der beiden, also von ihm zu seiner Frau?«

»Nichts. Habe die beiden nur mal zusammen mit meiner Mutter auf dem Markt getroffen. Mama und Sebastian sind zusammen zur Schule gegangen. Wenn du mehr über ihn wissen willst, musst du mit ihr sprechen.«

Krumme nickte, vielleicht sollte er das tun. Bei der Gelegenheit würde er auch endlich mal Pats Mutter kennenlernen. Er nahm die Serviette und wischte sich den Mund ab. Er seufzte. »Komm, wir zahlen. Wir müssen ihm endlich die traurige Nachricht überbringen.«

8

Sebastian saß hinter dem Schreibtisch in seinem Bürostuhl und starrte Theo an. Grenzenloses Entsetzen in seinem Blick, alle Farbe war aus dem Gesicht des Mannes gewichen.

»Aber das kann doch ... das kann doch nicht sein ...«

Pat blickte zu Theo, sah, wie er tief Luft holte.

»Leider doch, Herr Schreiber. Ihre Frau ist tot. Sie wurde letzte Nacht ermordet. Wir haben ihre Leiche im Husumer Hafen gefunden, in Ihrer Yacht, Herr Schreiber.«

Sebastians Miene war noch immer wie versteinert. Er sah Theo an, doch sein Blick schien ins Leere zu gehen.

Pat bewunderte ihren Kollegen dafür, wie souverän er mit solchen schwierigen Situationen umging. Jemandem mitzuteilen, dass er oder sie einen Angehörigen verloren hatte – was für ein Horror! Wahrscheinlich hatte Theo nach seinen Jahren bei der Berliner Kripo Routine in diesen Dingen. Aber Pat war sicher, egal wie lange sie bei der Polizei sein würde, sie könnte das niemals so ruhig hinkriegen wie ihr fast dreißig Jahre älterer Kollege.

Sie schaute zu Sebastian, der jetzt schluckte. »Wie ...

wie wurde sie …?« Seine Stimme war ein heiseres Flüstern.

»Die Obduktion ist noch nicht abgeschlossen«, sagte Theo, »aber wie es aussieht, wurde sie erstochen.«

Theo musterte sein Gegenüber. Neben Mitgefühl erkannte Pat auch Neugier in seinem Blick. Oder war es Skepsis?

»Aber … aber ich habe gestern doch noch … mit ihr telefoniert?«, stammelte Sebastian. Er sprach wie in Trance weiter, erzählte, dass er letzte Nacht in Hamburg in einem seiner Restaurants gewesen wäre und seine Frau noch um 21 Uhr angerufen hätte.

»Und da war sie wo?«, fragte Theo.

»Zu Hause, denke ich.«

»Hat sie das nicht gesagt?«

»Wir haben nur kurz über eine Abrechnung gesprochen. Ein paar Minuten nur.«

»War sie nicht hier, im Restaurant?«, fragte Pat.

Er schüttelte den Kopf. »Nein, ich bin sicher, Nantje war zu Hause.«

»Haben Sie sie nicht gefragt, was sie macht?«, wollte Theo wissen.

»Nein. Ich war unterwegs. Da war keine Zeit, lange zu reden.«

»Haben Sie sie auf dem Festnetz oder auf dem Handy angerufen?«, fragte Theo.

»Auf dem Handy, wieso?«

Pat tauschte einen Blick mit ihrem Kollegen.

»Weil sie dann vielleicht doch nicht zu Hause gewesen war«, sagte sie.

Sebastian stöhnte. »Hätte ich doch nur gefragt, wo sie ist. Aber wie hätte ich das alles denn ahnen sollen?«

Theo betrachtete ihn aufmerksam und nickte langsam. Dann erkundigte er sich, ob Nantje irgendwelche Feinde gehabt hatte.

»Natürlich nicht!« Sebastian sprang aufgewühlt auf, so plötzlich, dass Pat unwillkürlich einen Schritt zurücktrat. »Du kanntest sie doch auch! Nantje hatte keine Feinde! Sie war der wunderbarste, der liebenswürdigste Mensch auf der Welt.« Er raufte sich die blonden Haare. »Ich kenne niemanden, der sie nicht gemocht hat, der sie nicht geliebt hat.«

»Einen Menschen gab es offensichtlich doch«, sagte Theo mit einer Härte, die Pat gar nicht gefiel.

Sebastian lief in seinem Büro auf und ab. Pat war noch nie hier gewesen. Auch in dem Büro war alles sehr stilvoll eingerichtet. Es gab viel edles Holz und maritime Accessoires. Kupferrohre verliefen über dem Putz. Der mächtige Schreibtisch vermittelte dem Besucher das Gefühl, in einer traditionsreichen Reederei zu sitzen. An einer Wand hingen Fotos aus den Hamburger Restaurants, die Sebastian Arm in Arm mit diversen Prominenten zeigten. Auf dem Boden hinter dem Schreibtisch und in den Regalen standen dichtgedrängt zahllose Aktenordner, Beweis dafür, was es für eine Arbeit bedeutete, ein erfolgreicher Gastronom zu sein.

Sebastian lief unterdessen wie ein gehetztes Tier auf und ab, er weinte und schluchzte bitterlich. Pat sah verstört zu Boden. Einen Menschen so verzweifelt zu erleben zerriss ihr das Herz.

»Nantje ... Nantje war ... war mein Leben«, stammelte er, die Hände klagend zur Decke erhoben. »Sie war immer an meiner Seite, hat mir geholfen, das alles hier aufzubauen. Wie soll ich nur ohne sie weiterleben?«

Dann sackte er wieder auf seinen Bürostuhl, den Blick starr auf den Schreibtisch gerichtet. Er strich sich die Haare zurück und merkte dabei zerstreut, dass er immer noch die Sonnenbrille auf dem Kopf hatte. Er nahm sie ab und starrte sie niedergeschlagen an. Pat griff nach einer Flasche Mineralwasser, die auf einem Servierwagen stand, goss etwas davon in ein großes Glas und reichte es ihm. Ohne sie zu beachten, trank er es in einem Zug aus.

Es klopfte an der Tür. Die Oberkellnerin sah zu ihnen herein. Deutlich hörte man jetzt die Geräuschkulisse aus dem Gastraum.

»Entschuldigung, Sebastian ...« Sie stockte, als sie sah, wie aufgelöst ihr Chef war.

»Was ist?«, fragte der in gereiztem Tonfall.

»Ich ... ich kann später auch noch mal ...«

»Nun sag schon, was du willst«, unterbrach er sie ungeduldig.

»Der Mann von der Brauerei ist schon wieder da. Das Problem mit der Abrechnung, du weißt schon.«

Sebastian stöhnte herzzerreißend. »Sag ihm, er soll warten. Ich ... ich kümmere mich darum ... gleich.«

Die junge Frau nickte, sah dann zu Pat und Theo und schien sich zu fragen, was sie beide hier im Büro machten und ob ihr Chef eventuell Unterstützung brauchte.

»Noch was, Claudia?«

»Nein.« Sie schüttelte den Kopf.

»Dann lass uns jetzt bitte allein, ja?«

Wieder nickte sie und zog dann die Tür hinter sich zu. Sebastian atmete tief durch, versuchte offenbar, sich zu sammeln.

Theo räusperte sich. »Herr Schreiber, wann haben Sie Ihre Frau das letzte Mal gesehen?«

Sebastian sah zu ihm auf. »Gestern Nachmittag, kurz bevor ich nach Hamburg gefahren bin.«

»Hätte sie nicht auch hier im Restaurant arbeiten müssen?«, fragte Theo.

»Nein. Früher hat sie mir manchmal geholfen. Aber jetzt ist das nicht mehr nötig. Vielleicht hat sie hier gegessen. Da müssten Sie draußen die Kollegen fragen.«

Er nahm ein Foto von seiner Frau, das auf dem Schreibtisch stand, betrachtete es, stöhnte erneut auf und wischte sich mit dem Handrücken über die Augen.

Theo war noch nicht fertig. »Herr Schreiber, wenn ich richtig verstanden habe, kommen Sie jetzt direkt aus Hamburg.«

Sebastian nickte.

»Wie wäre es, wenn wir zu Ihnen nach Hause fahren? Vielleicht finden wir dort eine Antwort, was Ihre Frau gestern Abend gemacht hat.«

9

Tatsächlich war Nantje Schreiber am Abend zuvor nicht im Restaurant gewesen. Pat stand mit Theo neben Sebastian, als der seine Kollegen an der Bar fragte. Jakob war auch dabei. Natürlich bemerkte er, wie auch die anderen Mitarbeiter, dass etwas nicht stimmte. Er sah fragend zu ihr, bevor er sich dann an seinen Chef wandte.

»Ist was mit Nantje passiert?«

Sebastian atmete tief durch. »Nicht jetzt. Später. Ich muss noch mal weg.«

Pat sah, wie er litt, und bewunderte seine Selbstbeherrschung. Theo war wohl anderer Meinung und verzog keine Miene.

Schließlich verließen sie das Restaurant und gingen zu Fuß bis zu Sebastians Haus in der Theodor-Storm-Straße, die sich nur ein paar Minuten entfernt in der Nähe des Schlossparks befand. Pat wäre gern einfach schweigend neben Sebastian hergegangen, aber Theo nutzte die Gelegenheit für weitere Fragen.

»Hatte Ihre Frau feste Termine? Wie Sport? Oder irgendeinen … Stammtisch?«

Sebastian sah erstaunt zu Theo auf. »Nantje war nicht der Stammtischtyp«, stellte er kategorisch fest.

Er zuckte mit den Schultern. »Vielleicht ist sie gestern noch mit Freundinnen herumgezogen.« Niedergeschlagen wischte er sich mit dem Handrücken übers Gesicht.

Pat sah fragend zu Theo. War jetzt der richtige Moment, um nach Einzelheiten zu fragen und in die Details zu gehen? Immerhin hatte er erst vor ein paar Minuten erfahren, dass seine Frau ermordet worden war!

Aber Theo ließ sich nicht von ihrem Blick beirren. »Hat sie das öfter getan? Mit ihren Freundinnen herumziehen?«

Sebastian sah ihn verständnislos an. »Nantje ist … sie war eine selbständige Frau, verdammt. Sie konnte machen, was sie wollte.«

Theo schob die Unterlippe vor und schwieg. Pat kam ihm zu Hilfe. »Kannst du uns gleich eine Liste ihrer Freundinnen geben? Wir müssen unbedingt rauskriegen, mit wem sie letzte Nacht unterwegs war.«

Sebastian nickte. »Natürlich, klar.«

Pat lächelte ihn mitleidig an, bemerkte aber, wie Theo sie vorwurfsvoll musterte. Schnell senkte sie den Blick und machte sich eine Notiz auf ihrem Handy.

Schließlich hatten sie das Haus erreicht. Ein prachtvolles Stadthaus aus der Gründerzeit. Sie wurden schon von zwei Kolleginnen der Schutzpolizei erwartet. »Wir haben nichts angerührt«, erklärte Steffi, die Lehrerin aus der Hundeschule, die jetzt die Uniform einer Kommissarin trug. Ihre dunkelhaarige Partnerin kannte Pat nicht.

Gemeinsam mit Theo schaute Pat sich in der Wohnung um. Hohe Zimmer, teure, aber geschmackvolle Designermöbel. Spuren eines Kampfes oder eines Verbrechens gab es auf den ersten Blick nicht, auch wenn überall achtlos hingeworfene Kleidungsstücke und aufgeschlagene Zeitungen herumlagen.

»Entschuldigen Sie die Unordnung«, sagte Sebastian mit belegter Stimme. Er sah Pat an, und sie lächelte ihm mitfühlend zu.

»Fällt Ihnen irgendetwas auf, Herr Schreiber?«, fragte Theo.

»Was meinen Sie?«

»Gibt es vielleicht etwas, was hier nicht hergehört?«

Sebastian schaute sich im Wohnzimmer um. »Nein, hier sieht es genau so aus wie gestern, als ich nach Hamburg gefahren bin.«

Gemeinsam gingen sie in einen weiteren Raum. Anders als im Rest der Wohnung war hier alles aufgeräumt.

»Das ist Nantjes Zimmer«, sagte Sebastian traurig.

Pat schaute sich um. Ein dicker Sessel, daneben ein Biedermeiertisch mit einem frischen Blumenstrauß und einem Stapel Bücher. Der Blick aus einem großen Fenster ging hinaus in den Garten. Davor stand ein Schreibtisch mit mehreren Stapeln mit Akten und Modemagazinen. Alles sauber sortiert, genau wie die Bücher in einem alten Holzregal. Kein Vergleich zu Sebastians Büro im Restaurant.

Pat beobachtete, wie Theo sich alles in Ruhe anschaute, auch die Fotos auf dem Schreibtisch und im

Regal. An seiner Miene konnte sie sehen, wie es in ihm arbeitete. Er warf einen Blick durch eine offene Tür, stieß sie weiter auf. Sie sahen ein Schlafzimmer. Das Doppelbett war mit einer Tagesdecke bezogen.

Theo wandte sich zu Sebastian um. »Sieht nicht so aus, als wenn Ihre Frau letzten Abend hier gewesen ist.«

Sebastian sah ihn nur verständnislos an.

»Natürlich müssen wir warten, bis die Spurensicherung die Räume untersucht hat«, fuhr Theo fort. »Aber auf den ersten Blick sieht es nicht so aus, als hätte sich Ihre Frau in der Küche etwas zu essen gemacht, um einen Abend allein vor dem Fernseher zuzubringen.«

»Das Bett ist auch unberührt«, ergänzte Pat.

Sebastian zuckte mit den Schultern. »Dann war sie wohl unterwegs.«

Theo musterte ihn eine Weile. Dann fragte er: »Herr Schreiber, können Sie uns noch einmal genau sagen, wo und bis wann Sie in Hamburg waren? Und wann Sie wieder zurück nach Husum gekommen sind?«

Sebastian sah ihn verwirrt an. »Na, heute bin ich zurückgekommen. Vorhin, als Sie noch gegessen haben, das wissen Sie doch.«

Theo drückte den Rücken durch. »Geht es ein bisschen genauer? Die Adresse des Hotels zum Beispiel.«

Sebastian sah ihn jetzt offen feindselig an. »Entschuldigung, Herr Krummel ...«

Theo verzog keine Miene. »Kriminalhauptkommissar Krumme.«

»Sie sind nicht von hier, oder?«

»Ich bin aus Berlin hierhergezogen. Vor fast vier Jahren.«

»Berlin, genau, das habe ich mir schon gedacht.« Sebastian stieß verächtlich die Luft aus.

Theo ließ sich nicht aus der Ruhe bringen. »Hören Sie, ich weiß natürlich, wie schwierig das alles für Sie sein muss. Aber wir tun nur unsere Arbeit, um den Mörder Ihrer Frau so schnell wie möglich zu finden.«

»Und ich gehöre auch zu den Verdächtigen, oder wie?«

Theo wollte etwas sagen, aber Pat kam ihm zuvor. »Natürlich nicht, Sebastian. Solche Fragen gehören nun mal dazu. Alles Routine.«

Sie blickte zu Theo, hoffte auf ein unterstützendes Lächeln. Doch der sah nur mit verschlossener Miene zu Sebastian und wartete.

»Na schön«, brummte der endlich, »ich schreibe Ihnen alles auf. Ich habe nichts zu verbergen.« Er ging ins Wohnzimmer, wo er sich an den Tisch setzte.

Offenbar hoffte er, dass man ihn jetzt in Ruhe ließ, suchte ein Stück Papier. Theo sah sich um, nahm einen Werbebrief von einem Stapel mit alten Zeitungen und hielt Sebastian die leere Rückseite hin. »Wenn Sie so freundlich wären.«

Für einen kurzen Moment taxierten sich die beiden wie zwei Boxer. Dann schnappte Schreiber sich den Brief.

»Und denk an die Namen von Nantjes Freundinnen«, erinnerte ihn Pat.

Sebastian holte resigniert einen Kuli aus der Innentasche seines Jacketts.

»Sehr gut«, sagte Pat, als er ihr kurz darauf den Umschlag zurückgab, »dann haben wir erst mal alles, oder?«

Theo hob eine Hand. »Eine Sache noch, Herr Schreiber. Wie gesagt, die Leiche Ihrer Frau wurde in Ihrer Yacht gefunden. Haben Sie eine Idee, wie sie dorthin gekommen sein könnte?«

»Keine Ahnung. Woher soll ich das wissen?« Schreiber sah erst Theo und dann Pat verwirrt an. »Haben Sie sich die Kabinentür angeguckt? War sie aufgebrochen?«

»Nein, sie war verschlossen.«

»Dann hatte der Mörder vielleicht einen Schlüssel?«

»Hatte Ihre Frau einen?«

»Nantje?« Sebastian überlegte, schüttelte dann den Kopf. »Nein, hatte sie nicht. Sie ist nicht gern gesegelt.«

Theo schwieg, sah Sebastian weiter aufmerksam an.

»Verdammt, was weiß ich, wie der Mörder sie da reingebracht hat! Sie haben doch bestimmt Leute, die das rauskriegen können, oder nicht?«

»Haben wir«, sagte Pat und sah Theo vorwurfsvoll an und schüttelte den Kopf. *Schluss jetzt!*

»Haben Sie mit dem Hafenmeister gesprochen?«, fragte Sebastian. Er wirkte jetzt nur noch erschöpft.

»Haben wir. Er hat die Blutspur entdeckt, die zu Ihrem Schiff geführt hat.«

Sebastian legte die Stirn in Falten, schien etwas überfordert angesichts der neuen Informationen.

Theo holte sein kleines Notizbuch hervor. »Und bei dem Hafenmeister, Herr …« Theo blätterte.

»Jensen«, sagte Sebastian.

»Bei ihm war ein gewisser Gerald Hübner, der wissen wollte, dass Sie morgen eigentlich einen Segeltörn auf der Nordsee geplant haben. Ist das richtig?«

»Hatte ich eigentlich vor. Aber jetzt …« Sebastian brach ab, als er Theos fragenden Blick bemerkte. »Was soll der Quatsch? Was wollen Sie mir unterstellen?«

Pat hielt den Atem an, aber Theo hielt Sebastians wütendem Blick ruhig stand.

Sebastian sprang auf, bohrte einen drohenden Zeigefinger in Krummes Richtung. »Sie glauben, ich habe Nantje getötet und dann auf mein Schiff gebracht, um sie morgen irgendwo auf der Nordsee über Bord zu werfen?«

»Mit Glauben hat unsere Arbeit nichts zu tun, Herr Schreiber«, erklärte Theo.

»Was für ein Blödsinn! Denken Sie wirklich, ich verstecke meine tote Frau auf dem Schiff und gehe dann gemütlich zur Arbeit? Für was für einen Menschen halten Sie mich?«

»Wir müssen einfach jeder Spur nachgehen und die Faktenlage klären. Nichts für ungut.« Er sah zu Pat, die vor Scham rot bis über beide Ohren war. »Wir sind hier vorerst fertig«, sagte Theo und klappte sein kleines Heft zu. »Dann sollten wir wieder zurück ins Restaurant gehen. Ich möchte gerne mit Ihren Kollegen sprechen. Vielleicht kann uns ja dort jemand verraten, wo Ihre Frau gestern Abend gewesen ist.« Damit wandte er sich zum Gehen.

Pat sah zu Sebastian, der Theo mit vor Wut funkelnden Augen anschaute. In diesem Leben würden die beiden Männer bestimmt keine Freunde mehr werden.

10

Als sie zurück ins »Schreibers« kamen, war die Mittagszeit bereits vorbei. Nur ein paar Tische waren noch besetzt. Nachdem kurz darauf auch die letzten Gäste gegangen waren, ließ Schreiber das Restaurant schließen und rief dann alle Kollegen aus dem Service und der Küche zusammen. Krumme stand mit Pat diskret neben der Bar, als Schreiber seinem insgesamt siebenköpfigen Team im Gastraum mit zitternder Stimme und Tränen in den Augen die schlimme Neuigkeit erzählte.

Krumme beobachtete die Reaktion der Angestellten genau. Nantje Schreiber schien im Restaurant sehr beliebt gewesen zu sein. Als Schreiber von ihrem Tod berichtete, ging ein entsetztes Stöhnen durch den Raum. Eine Kellnerin und eine Köchin schrien entsetzt auf und begannen zu weinen, während andere wie Jakob und der Barkeeper sich mit versteinerten Mienen setzen mussten und niedergeschlagen ihre Gesichter hinter ihren Händen vergruben. Eine bedrückende Stille lag im Raum, als Schreiber zu Ende gesprochen hatte. Mit roten Augen und abschätziger Miene nickte er Krumme zu.

Räuspernd ergriff der das Wort. Er stellte sich und

Pat vor und drückte sein großes Bedauern aus. Schließlich bat er alle Anwesenden nacheinander zu einem Gespräch in Schreibers Büro, um mit ihnen über Nantje und den letzten Abend zu sprechen.

Es war schon später Nachmittag, als Krumme und Pat wieder in ihr Büro in der Poggenburgstraße, ganz in der Nähe des Husumer Bahnhofs, zurückkehrten. Gemeinsam machten sie sich daran, ihre Informationen zu sortieren. Pat hatte dafür ein spezielles Programm, in das sie auch die Fotos des »Schreibers«-Teams einbauen konnte, die sie im Restaurant mit ihrem Handy gemacht hatte. Krumme war wie immer beeindruckt, wie schnell es Pat gelang, ihren aktuellen Ermittlungsstand übersichtlich darzustellen.

Wirklich interessante Neuigkeiten hatten sie in ihren kurzen Gesprächen mit dem Personal allerdings nicht erfahren. Nantje Schreiber hatte sich im Gegensatz zu ihrem Mann nicht um den Service, sondern vor allem um die Buchhaltung gekümmert. Am letzten Abend hatte sie nicht im Restaurant gearbeitet. Keiner der Angestellten hatte eine Ahnung, wo sie gewesen war. Krumme und Pat hatten von ihnen am Ende noch eine kurze Liste mit Kollegen bekommen, die an dem Abend keine Schicht hatten und die vielleicht mehr wussten.

Krumme schlug vor, ein paar Kollegen der Schutzpolizei mit einem Foto von Nantje Schreiber in die Kneipen und Bars der Husumer Altstadt zu schicken.

»Gute Idee«, fand Pat und machte sich eine entsprechende Notiz.

Krumme schaute nachdenklich an die Pinnwand, auf der sie bereits einige Fotos von Schreibers Frau befestigt hatten. »Hast du schon mal geguckt, ob sie vielleicht bei Facebook oder diesem Insta-Dingsbums angemeldet war?«

»Natürlich«, erwiderte Pat, ohne von ihrem Rechner aufzuschauen. »Habe ich als Erstes gemacht. Nichts. Nantje schien von Social Media nicht viel zu halten.«

Krumme nickte. Schreibers Frau wurde ihm immer sympathischer.

»Was sollte das eigentlich vorhin in Sebastians Wohnung?«, fragte Pat unvermittelt.

»Was meinst du?« Krumme sah zu seiner jungen Kollegin. Während sie an ihrem Computer arbeitete, konnte er nur ihre dunklen Haare sehen.

»Wieso musstest du Sebastian gleich so hart angehen?«, hörte er sie sagen. »Der arme Kerl hatte gerade erfahren, dass seine Frau ermordet worden ist.«

»Manchmal müssen wir eben Druck machen. Vor allem wenn es um Mord geht.«

»Hast du nicht gesehen, wie verzweifelt er war? Er hat geweint, war total durch den Wind. Und da behandelst du ihn wie einen Verdächtigen?«

Krumme betrachtete Pat, runzelte die Stirn.

»Jetzt mal im Ernst«, fragte er. »Was ist mit dir und diesem Schreiber? Du sagst, ihr kennt euch kaum. Aber das stimmt ja wohl nicht.«

»Aber natürlich. Wir haben uns nur einmal gesehen.«

»Komisch. Er hat getan, als wärt ihr die dicksten Freunde.«

»Das ist einfach seine Art. Er geht auf jeden sehr offen zu. Hast du doch gesehen im Restaurant.«

Krumme schwieg und drückte stattdessen seinen Finger in die staubige Erde eines Blumentopfs, in dem sich ein bereits seit Monaten vertrockneter Kaktus befand.

Pat sah ihn vorwurfsvoll an. »Du hast ihn angeflunkert. Warum hast du behauptet, wir wissen nicht, wie die Tote ins Schiff gekommen ist?«

Er verdrehte die Augen. »Mit Flunkern hat das nichts zu tun. Ich habe einem Tatverdächtigen nur nicht die ganze Wahrheit verraten. Wenn er sich verplappert hätte, hätten wir den Fall bereits gelöst.«

Pat starrte ihn an. »Du glaubst also tatsächlich, dass er der Mörder ist?«

»Zumindest will ich es noch nicht ausschließen. Und das solltest du als professionelle Ermittlerin auch nicht.«

»Aber du hast ihn doch gesehen«, protestierte sie entrüstet. »Er war völlig verzweifelt!«

»Ein Schauspieler ist er. Das habe ich gesehen.«

»Jeder trauert auf seine Weise. Und Sebastian ist eben ein … emotionaler Typ.«

»Siehst du, du tust es schon wieder.«

»Was?«

»Deinen Freund in Schutz nehmen.«

»Zum letzten Mal: Er-ist-nicht-mein-Freund!«

Krumme stöhnte. »Na schön. Dann eben nicht. Auf jeden Fall sollten wir uns beim nächsten Mal besser vorher absprechen, wenn wir mit einem Verdächtigen reden.«

Er hörte Pats verärgertes Schnaufen, aber er hatte jetzt keine Lust, sich länger mit ihr zu streiten.

Zum Glück klopfte es in dem Moment an der Tür, und ein Kollege reichte ihnen einen ersten Bericht der Spurensicherung herein. Krumme mochte Köhler nicht besonders, aber er war schnell. Er überflog den Bericht und gab Pat eine kurze Zusammenfassung.

Wirklich neue Erkenntnisse hatten Köhlers Leute leider nicht herausgefunden. Natürlich gab es am Schiff, auf dem Steg und auf den Wegen davor eine Unzahl von Spuren und Fingerabdrücken, aber die mussten alle noch genauer untersucht und abgeglichen werden. Immerhin: Die Hämatome am Kopf und Körper der Toten kamen von Stößen auf der Treppe und an einem Treppengeländer am Hafengelände. Und es stand fest, dass der Täter Nantje Schreiber nicht im Yachthafen umgebracht hatte. Sondern die Leiche mit dem Auto hergeschafft und sie dann über den Steg bis zur Segelyacht getragen hatte. Köhler hatte entsprechende, leider sehr undeutliche Spuren auf dem Rasen und auf der Straße vor einer Fischhalle gefunden.

»Wir müssen morgen noch mal ins Restaurant«, stellte Krumme fest. »Wir brauchen die Fingerabdrücke von allen Angestellten, um sie mit Köhlers Spuren abzugleichen. Gibt es was Neues vom Hafenamt wegen der Kamera?«

Pat schüttelte den Kopf. »Ich frag gleich noch mal nach.«

Während Pat hinter ihrem Bildschirm verschwand und energisch irgendetwas in ihre Tastatur haute, rief

Krumme in Hamburg an, um zu ermitteln, ob Schreibers Angaben zu der Übernachtung der Wahrheit entsprachen. Tatsächlich hatte er ein Zimmer in dem Hotel gebucht, das er ihnen notiert hatte. Ob er es auch benutzt hatte, konnte die Dame an der Rezeption aber nicht hundertprozentig bestätigen. Krumme kündigte an, später erneut anzurufen, um mit dem Nachtportier zu sprechen.

»Ich hoffe, wir verfolgen auch noch andere Verdächtige als nur Sebastian«, sagte Pat, ohne von ihrem Bildschirm aufzusehen.

»Keine Sorge, ich weiß, wie solide Polizeiarbeit aussieht«, erwiderte Krumme. »Apropos, am besten, du kümmerst dich als Erstes um die Freundinnen der Toten. Die Liste mit den Namen …«

»… habe ich hier.« Pat hielt den Briefumschlag in die Höhe, auf dem Schreiber die Namen notiert hatte. »Bin längst dabei.«

In diesem Moment wurde erneut die Bürotür aufgestoßen. »Bin ich hier richtig bei der Mordkommission im Fall Schreiber«, hörte Krumme eine ihm nur zu gut bekannte Stimme. Er sah auf. Hauke Friedrichs, Kriminalhauptkommissar wie Krumme, betrat den Raum.

Krumme stöhnte leise auf. Friedrichs war sein ganz spezieller Freund und – zusammen mit seinem Partner, Karsten »Katsche« Ludwig – immer auf der Suche nach einer Gelegenheit, ihrem Kollegen aus der Hauptstadt eins auszuwischen. Dass Friedrichs ausgerechnet jetzt auftauchte, konnte nichts Gutes bedeuten.

»Was gibt's?«, brummte Krumme mit misstrauisch zusammengekniffenen Augen und richtete sich auf seinem Bürostuhl auf.

»Tut mir leid, mein Lieber. Ich wollte dich nicht bei der Arbeit stören. Genau genommen möchte ich auch gar nicht zu dir«, erklärte sein Kollege. Die eine Hand lässig in der Hose, die andere entspannt auf seinem überraschend tief hängenden Bauch, drehte er sich demonstrativ zu Pat um. »Der Chef will *dich* sehen, sofort.«

»Worum geht's?«, erkundigte sie sich nervös.

»Natürlich um diese Schreiber-Geschichte.«

»Einen Moment«, sagte Krumme und erhob sich. Er wollte bereits das Jackett anziehen, das über seiner Stuhllehne hing, als Friedrichs eine Hand in seine Richtung streckte.

»Halt!«, sagte er und machte sich keine Mühe, seine Genugtuung zu verbergen. »Der Alte will nur sie sehen.«

»Aber … das ist unser gemeinsamer Fall.« Krumme sah ihn überrascht an.

»Ich kann es nicht ändern.« Friedrichs sah zu Pat. »Na los«, forderte er seine Kollegin auf. »Der Chef hat nicht den ganzen Tag Zeit.«

Krumme warf ihr einen fragenden Blick zu. Aber Pat zuckte nur verlegen mit den Schultern – und folgte ihrem Kollegen hinaus auf den Flur.

11

»Patrizia, was sind das für Geschichten?«

Pat sah verwirrt den Mann an, der ihr auf der anderen Seite des Schreibtisches gegenübersaß und vor dem großen hellen Fenster wie eine Lichtgestalt aussah. Weißes Hemd, blaue Krawatte, schlank, sportlich. Polizeidirektor Horst Krüger. Der großgewachsene Beamte mit dem vollen grauen Haar war nicht nur ihr höchster Vorgesetzter in Husum, er war auch ein guter Freund ihres Vaters, der bei der Kripo in Kiel eine hohe Stellung als Kriminalrat innehatte. Das allerdings wusste keiner der Kollegen – außer Theo.

Außerdem war Horst Krüger ihr Patenonkel. Auch das wusste nur Theo.

»Sebastian hat mich gerade angerufen. Er war furchtbar aufgebracht«, fuhr er fort, als Pat nichts sagte.

Pat nickte. »Nantje wurde letzte Nacht ermordet. Erstochen. Wir haben sie heute Morgen auf seiner Yacht unten im Hafen gefunden.«

Horst seufzte. »Ja. Schlimme Sache. Ich habe Sebastian versprochen, dass wir alles tun werden, um den Mörder so schnell wie möglich zu finden.«

»Natürlich.«

Er räusperte sich. »Aber sag mal, was hat Krumme sich denn da bei ihm zu Hause erlaubt?«

Pat versuchte, eine unschuldige Miene aufzusetzen.

»Hat er sich wieder einmal wie eine Axt im Walde benommen?«

Pat zuckte unsicher die Schultern. »Was hat Sebastian denn erzählt?«, fragte sie vorsichtig.

»Dass Krumme ihn wie einen Verdächtigen behandelt hat. Dass er ihm unterstellt hat, *er* hätte seine Frau umgebracht.«

»Nun ja, wir haben über den Fall gesprochen. Natürlich haben wir ihn gefragt, was er an dem Abend gemacht hat. Alles ganz normal.«

Ihr Patenonkel betrachtete sie, atmete dann tief durch und lächelte freundlich. »Schon klar, Patrizia. Du willst nicht schlecht über Krumme reden, und das sollst du ja auch nicht. Du weißt genau, wie sehr ich den werten Kollegen schätze. Er ist einer unserer besten Leute. Ich bin sehr froh, dass er zu uns hier in den Norden gekommen ist. Und wie schön, dass dich so ein erfahrener Kommissar bei deinen ersten Jahren im Polizeidienst begleitet. Du kannst viel von ihm lernen.«

Pat nickte. »Ja, das sehe ich auch so. Soll ich ihn jetzt holen? Sollte er bei diesem Gespräch nicht dabei sein?«

Statt zu antworten, nahm Horst einen Schluck Kaffee aus dem stilvollen Porzellantässchen, das auf seinem Schreibtisch stand. Anders als Pat und die übrigen Kollegen musste er sich nicht in der kleinen Kaffeeküche im Flur bedienen, sondern hatte einen eigenen italienischen Kaffeevollautomaten mit Milchaufschäumer im Büro.

»Wusstest du, dass Sebastian und ich regelmäßig Tennis spielen?«, sagte er schließlich.

Pat schüttelte den Kopf.

»Er spielt gut, sogar sehr gut. Und verlieren kommt für ihn nicht in Frage, er will immer gewinnen.«

»Ehrgeizig ist er. Sonst wäre er als Geschäftsmann nicht so erfolgreich.«

»Ganz genau, Patrizia. Sehr gut erkannt. Aber Sebastian ist nicht nur erfolgreich, er hat auch ein gutes Herz. Letztes Jahr hat er zwanzigtausend Euro für den Spielplatz des Kindergartens am Schlosspark gespendet.«

»Wirklich?«

»Und dass sein Restaurant für die Stadt und die ganze Region ein Imagegewinn ist, muss ich wohl nicht erst erwähnen.«

»Warum erzählst du mir das alles?«

Er nippte wieder an seinem Kaffee, sah sie dabei genau an. »Weil ich möchte, dass ihr bei diesem Fall mit dem nötigen Fingerspitzengefühl vorgeht.«

»Du glaubst, er ist unschuldig?«

»Das glaube ich allerdings. Der Gedanke, dass er seine Frau umgebracht hat, ist völlig absurd.«

»Die Leiche lag bei ihm auf dem Schiff.«

»Dann findet heraus, wer sie dahin gebracht hat. Sebastian war es jedenfalls nicht. Er hat mir gesagt, dass er über Nacht in Hamburg zu tun hatte.«

Pat wurde langsam ungeduldig. »Ich kenne Sebastian ja nicht so gut wie du ...«

»Aber du hast eine gute Menschenkenntnis …«

»… und ich glaube auch nicht, dass er zu einem Mord fähig ist.«

»Freut mich zu hören.«

»Trotzdem müssen wir natürlich jeder Spur nachgehen. Persönliche Ansichten dürfen da keine Rolle spielen.«

»Natürlich. Ganz meine Meinung.«

»Und überhaupt – sollte ich nicht endlich Theo dazuholen?«

Horst seufzte. Dann stand er auf. Er trat zum Fenster und sah hinaus. Pats Patenonkel war im gleichen Alter wie Theo, wirkte mit seiner sportlichen Statur und dem kräftigen Haar aber entschieden jünger. Er betrachtete eine Weile die Dächer der Husumer Altstadt.

»Du könntest direkt mit ihm über deine … Bedenken reden«, fuhr Pat fort.

»Nicht nötig«, sagte Krüger und wandte sich zu Pat um. Er verschränkte die Arme vor der Brust. »Nicht dass du mich falsch verstehst. Ich will mich nicht einmischen. Ich verlass mich ganz auf euch. Du und Krumme, ihr habt die letzten Jahre hervorragend zusammengearbeitet.«

»Aber?«

Wieder seufzte er. »Krumme ist ein guter Polizist. Im Grunde unser bester Mann.«

»Aber?«, wiederholte Pat.

»Aber er ist nicht von hier. *Du* schon. Du kennst die Leute in Nordfriesland, du weißt, wie sie ticken.«

»Aufgewachsen bin ich vor allem in Schleswig, vergiss das nicht.«

»Patrizia. Pass einfach auf, dass Krumme sich nicht in irgendeine dumme Idee verrennt. Das ist alles, was ich möchte.«

Pat zuckte mit den Schultern. »Er kann manchmal ein bisschen bockig sein …«

»O ja«, fiel Horst ihr ins Wort.

»… aber in der Vergangenheit hat er am Ende mit seinem Verdacht immer richtiggelegen. Im Fall der Jessen-Familie zum Beispiel. Oder bei diesem Pastor aus …«

»Das weiß ich doch alles«, unterbrach er sie. »Aber du sagst es selbst: *Am Ende* hat er richtiggelegen. Wäre schön, wenn du dafür sorgst, dass ihr auf dem Weg dahin nicht in zu viele Sackgassen abbiegt. Umso schneller könnt ihr diesen schrecklichen Fall aufklären.«

Pat nickte und versprach, ihr Bestes zu tun und ihn über jede neue Entwicklung in dem Fall sofort zu informieren. Auf sein Nicken hin erhob sie sich und machte sich auf den Weg zurück zu ihrem Büro.

Was für ein seltsames Gespräch, dachte Pat. Ihr Patenonkel war ein integrer Beamter, stets korrekt und gewissenhaft, der bei allen Kollegen geachtet war. Dass er jetzt glaubte, sich für Sebastian Schreiber verwenden zu müssen, passte so gar nicht zu ihm.

In Gedanken versunken ging Pat durch das Treppenhaus, als ihr der lange Friedrichs entgegenkam, dieses Mal in Begleitung seines Kollegen, des kleinen, aber umso dickeren Karsten »Katsche« Ludwig. Die beiden redeten laut feixend über die sexuellen Qualitäten einer neuen weiblichen Kollegin. Ausgerechnet diese schief gewachsenen Schwachköpfe!

Als Pat auf der Treppe vor ihnen stand, blieben sie stehen. Sie grüßten sie mit einem Grinsen und wirkten dabei wie kleine Schuljungen, die gerade mit einem Schneeball eine Scheibe eingeworfen hatten.

»Und?«, erkundigte sich Friedrichs. »Was sagt der Alte?«

»Alles gut.«

»Hat euch Feuer unterm Hintern gemacht, was?« »Katsche« Ludwig wiegte wissend den Kopf.

Pat versuchte gelassen zu bleiben. »Ganz im Gegenteil. Er ist sehr zufrieden mit unserer Arbeit.«

Friedrichs lächelte und zeigte dabei seine gelben Zähne. »Freut mich zu hören. Dann noch frohes Schaffen.«

Die beiden gingen weiter. Pat rümpfte die Nase. Der Gestank nach Tabakrauch, der in Friedrichs' Kleidung hing, war kaum zu ertragen. Rauchen war in der Direktion selbstverständlich verboten, aber Friedrichs hatte im Büro ständig eine Kippe in seinem lippenlosen Mund.

Schreckliche Kollegen. Pat konnte von Glück sagen, dass sie mit Theo zusammenarbeitete. Trotz seiner Marotten war er ihr ein guter Freund geworden. Was ihr Patenonkel von ihr verlangte, fühlte sich daher wie Verrat an. Pat entschied sich, Theo ganz offen von ihrem Gespräch zu erzählen. Keine Geheimnisse! Zumindest bei der Arbeit.

Aber als sie ihr Büro erreichte, war Theo nicht da. Erstaunt sah Pat sich um. Auf ihrem Schreibtisch lag ein Zettel. Darauf stand: *Hallo Pat, ich wusste nicht, wie lange du noch mit dem Chef über unseren Fall redest. Wollte keine Zeit verlieren. Treffe mich schon mal mit einer Freundin von Frau Schreiber. Danach Feierabend. Bis morgen – Theo.*

Pat seufzte. Theo war eingeschnappt, natürlich. Sie schaute aus dem Fenster. Die Nord-Ostsee-Bahn fuhr gerade vom Bahnhof kommend Richtung Niebüll und Sylt vorbei. Als der Zug durch war, herrschte wieder Ruhe. Pat kniff die Augen zusammen, blickte in die Sonne, die bereits tief am blauen Himmel stand.

Komischer Tag, dachte Pat. Aber egal, dann würde sie Theo den ganzen Quatsch mit ihrem Patenonkel eben morgen erklären.

12

Am Anfang war es das Rauschen des Schilfs, das erst
leise, dann immer lauter zu hören war. Oke legte den
Kopf schief, schnupperte wie ein witterndes Tier. Es
roch nach Meer und Salz, auch nach Torf, nach feuch-
ter Kleie und saftiger Marsch. Aber da war noch etwas
anderes. Ein metallischer Geruch, nur ein Hauch – der
Geruch von Gefahr.

Oke ging auf ein Knie, legte die Hand auf den
Boden und schloss die Augen. Er spürte ein Vibrieren,
ein ängstliches Zittern. Er wusste, was das bedeutete.
Über der Nordsee zog ein Sturm auf. Ein gewaltiger
Orkan.

Wie gut, dass sie hier im Landesinneren in Sicherheit
waren. Er wollte sich gar nicht vorstellen, mit was für
Wellen die Schiffe draußen auf dem Meer zu kämpfen
hatten.

Oke kannte die unbändige Nordsee, wusste, dass
man sich vor ihr in Acht nehmen musste. Doch er war
sicher, sein Weib Beeke, sein Sohn Luider und er hatten nichts zu befürchten. Gott selbst hielt die Hand
schützend über ihn und seine kleine Familie.

Oke war hier in den stürmischen Uthlanden aufgewachsen, hatte nie die Welt außerhalb der Marsch gesehen. Vergangenheit, Zukunft und Gegenwart waren für ihn eins. Er war Teil der Marsch, seine Arbeit bestand darin, der Erde ihre Schätze zu entreißen.

Oke setzte sich auf einen umgestürzten Baumstamm und schaute nach oben in den endlosen Himmel, wo sich immer neue Wolkenberge auftürmten. Pastor Sanders hatte es ihnen in der Kirche gesagt, Gott saß im Himmel auf seinem Thron und blickte auf sie herab, streng und gütig zugleich. Wenn Oke jetzt zum umtosten Firmament hinaufsah, hatte er keinen Zweifel daran. Wie lange es wohl noch dauerte, bis das Unwetter ihn erreichte und die eisigen Tropfen auf ihn herunterprasselten?

Er wollte lieber die Zeit nutzen, solange es noch trocken war. Er nahm den alten Torfspaten, legte ihn sich auf die Knie und bearbeitete das Eisenblatt mit dem Schleifstein. Er war Torfbauer. Er trug auf einer großen Fläche die Kleieschicht des Bodens ab, um dann den darunterliegenden Torf abzubauen. Der wurde anschließend verbrannt, um aus der Asche kostbares Salz zu gewinnen.

Schon Okes Vater und Großvater hatten hier draußen in der endlosen Marsch geschuftet. Eine harte Arbeit. Aber Oke beklagte sich nicht. Er konnte immerhin seine Familie ernähren.

Oke prüfte, ob der Spaten scharf genug war, und lächelte zufrieden. Sehr gut. Sein Großvater hatte immer gesagt, dass der Torfspaten so scharf geschliffen wie ein Messer sein musste. Sonst war die Arbeit nicht zu schaffen.

Mit einem Ächzen stand er auf. Oke war ein kräftiger, großer Mann. Aber die vielen Jahre auf den Torffeldern forderten ihren Tribut. Bei feuchtem oder kaltem Wetter schmerzte sein Rücken so heftig, dass er nachts kaum Schlaf fand.

Wieder schaute er nach oben. Der Himmel wurde immer dunkler. Dabei war es gerade einmal Mittag. Erste Tropfen klatschten auf den Boden. Bald würde es in Strömen regnen. Dann stand er in der Grube bis zu den Knien im Wasser. Er musste sich beeilen.

Er stieg zurück in die Grube, stach beherzt mit dem Spaten in den Boden, löste Torfstücke und lud sie auf eine hölzerne Kiepe. Trotz der Kälte war sein Leinenhemd schon nach kurzer Zeit durchgeschwitzt. Aber Oke bemerkte es kaum. Immer wieder trieb er den Spaten in den Torf.

Wie erwartet nahm der Regen immer mehr zu. Zum wiederholten Mal wischte Oke sich das Wasser aus den Augen. Sollte er für heute aufhören? Er lugte über den Grubenrand. Kein Lichtstreif am Himmel. Nichts. Nur graue Wolkenmassen.

Doch wer war das? Dort hinten am Rande des Feldes? Irritiert kniff Oke die Augen zusammen.

Dann erkannte er, wer dort über das Feld zu ihm gelaufen kam. Sofort warf er den Spaten zur Seite, kletterte aus der Grube und lief seinem Besucher entgegen, rutschte fast im Matsch aus, fing sich, lief weiter.

»Luider!«, rief er in den Regen. Was war passiert? Noch nie war der Kleine ohne seine Mutter hierher aufs Feld gekommen!

Als Oke endlich bei ihm war, fiel Luider ihm erschöpft in die Arme.

»Min Jung, was ist passiert?« Oke hielt seinen zitternden Sohn fest, strich ihm die nassen Haare aus dem Gesicht.

Der Junge war völlig außer Atem. Oke bemerkte erschrocken, dass seine kleinen Füße vom langen Lauf blutig waren. »Vadder, komm«, japste das Kind. »Schnell.«

»Um Gottes willen! Was ist passiert?«

Es waren nicht nur Wassertropfen, die über das Gesicht des Kleinen liefen.

»Mudder«, fing er schluchzend an, »Mudder stirbt.«

13

Es war ein herrlicher Abend. Krumme saß auf der Terrasse und sah in den Garten. Im Licht der untergehenden Sonne leuchteten die roten Kletterrosen am Geländer. Es war immer noch so warm, dass man keine Jacke brauchte. Gerade hatte er mit Marianne ein leckeres Abendessen verputzt, Spargel mit Bratkartoffeln. Und während Sonny auf seinem Kissen im Wohnzimmer eingeschlummert war, konnte er jetzt die Beine hochlegen und ein kühles Feierabendbier genießen.

Er hatte Marianne von ihrem ersten Tag im Fall Schreiber erzählt. Von ihrem Besuch in Schreibers Restaurant und dann in seinem Haus in der Theodor-Storm-Straße. Krumme machte keinen Hehl daraus, dass ihm Schreiber suspekt war.

»Du verdächtigst ihn, seine eigene Frau umgebracht zu haben?«, fragte Marianne ungläubig, als sie sich mit einer Schale Erdnüsse neben ihn an den Tisch setzte.

Krumme seufzte und rieb sich mit beiden Händen übers Gesicht. »Ich habe ihn verdächtigt, ja. Aber er hat ein Alibi. Ich hab's überprüft. Er war zur Tatzeit in Hamburg.«

»Na, siehst du, die Menschen sind gar nicht immer so böse und verdorben, wie du denkst. Ich habe über Herrn Schreiber auch noch nichts Schlechtes gehört.«

»Wirklich nicht? Was für ein eingebildeter Fatzke! Gegelte Haare, Sonnenbrille auf dem Kopf. Du hättest ihn sehen sollen, wie der durch sein Restaurant stolziert ist. Wie ein Gutsherr, der seinen Besitz inspiziert.«

»Es ist ja auch sein Besitz, oder nicht?«

»Ja, aber er tut so, als wenn auch die Angestellten ihm persönlich gehören.«

»Hat er sie beschimpft?«

»Nein, das auch nicht, er war sehr höflich, aber ...« Er stöhnte.

Marianne nahm sich eine Handvoll Nüsse und legte die Füße auf einen Hocker. »Na schön, fassen wir zusammen – du magst ihn einfach nicht.«

Krumme sah sie vorwurfsvoll an. Konnte nicht wenigstens sie auf seiner Seite sein? Wenn Pat ihm schon in den Rücken fiel.

»Ist er größer als du?«, fragte Marianne. Sie lehnte sich zurück und genoss mit geschlossenen Augen das letzte Sonnenlicht.

»Ja, er ist ziemlich groß ... Aber was hat das jetzt damit zu tun?«

Sie zuckte mit den Schultern, lächelte nur.

Krumme verdrehte die Augen. »Er ist ein totaler Narziss. Als wir ihm vom Tod seiner Frau erzählt haben, hat er geweint und geschluchzt, als würde für ihn eine Welt untergehen.«

Marianne sah ihn empört an. »Und das findest du verwerflich?«

»Nein, natürlich nicht, wenn er es ehrlich meinen würde. Als dann jemand ins Büro kam und was Geschäftliches wissen wollte, hat er von einem Augenblick zum nächsten wieder auf strenger Boss umgeschaltet. Das ist doch nicht normal, oder?«

»Hm«, machte Marianne nachdenklich und nippte an ihrem Glas. Sie hatte sich für einen Riesling entschieden. »Und du meinst, deshalb ist er gleich ein Mörder?«

Krumme überlegte einen Moment. Er stöhnte. »Ja, ist vielleicht alles nur ein dummes Gefühl. Aber trotzdem, irgendwas stimmt mit dem Kerl nicht«, brummte er und trank einen Schluck Bier. »Ist ja egal, was ich denke. Interessiert ja sowieso keinen.«

»Weil dein Chef lieber mit Pat redet als mit dir?« Krumme hatte ihr bereits erzählt, dass ausgerechnet Friedrichs Zeuge seiner Demütigung geworden war. Krumme nickte und starrte finster in den nordfriesischen Himmel, der mittlerweile komplett in Flammen stand.

»Aber du weißt doch, dass die Familien sich kennen?«, fragte Marianne weiter.

»Na und? Hier geht es um die Arbeit. Da darf es solche Heimlichkeiten nicht geben.«

»Denkst du, Pat würde dir etwas verheimlichen?«

»Keine Ahnung. Sie war ewig bei ihm im Büro. Irgendwann bin ich einfach gegangen.« Krumme trank die Flasche leer. Vielleicht sollte er sich noch ein Bier holen. Obwohl, er spürte bereits, wie der Alkohol wirkte und seine Zunge lockerte.

»Okay, ich verstehe, dass dich das mit Krüger ärgert. Aber Pat ist ein gutes Mädchen. Sie würde dich niemals hintergehen.«

Krumme beugte sich über den Tisch, griff ebenfalls nach den Erdnüssen. »Ich bin für die in der Direktion eben immer noch ein Fremder. Der Berliner.«

»Oh, du Armer«, spottete Marianne.

»Ist doch wahr. Die werden mich niemals als einen Einheimischen anerkennen.«

»Weil du keiner bist.« Sie beugte sich ebenfalls vor, griff nach seiner Hand und drückte sie. »Und das finde ich auch gut so. Und unabhängig von deiner Arbeit, du hast hier im Norden auch als Berliner die allerbesten Freunde, die man haben kann. Denk an deine Freunde in Kleebüll. Die Mannsens. Harke.«

Krumme nickte gedankenverloren. Marianne hatte recht. Holger Mannsen, Polizeihauptkommissar auf der Wache in Bredstedt, war einer der besten Kumpel überhaupt. Und Harke, der als Knecht in Kleebüll arbeitete, war zwar ein Mysterium und lebte in seiner eigenen Welt, hatte ihm aber sogar schon einmal das Leben gerettet.

Als im Wohnzimmer das Telefon klingelte, stand Marianne auf. »Und denk an übermorgen, da sind wir auf Hooge. Du bist Patenonkel eines süßen Babys.« Als sie an ihm vorbeiging, gab sie ihm einen Klaps auf die Schulter. »Also erzähl keinen Quatsch – noch nie hat ein Berliner so viele Freunde im Norden gefunden wie du.« Damit verschwand sie im Wohnzimmer.

Nun musste Krumme doch lächeln. Marianne hatte recht. Auf den Ausflug auf die Hallig konnte er sich wirklich freuen. Vor fünf Jahren hatte er auf Hooge einer jungen Frau unter spektakulären Umständen das Leben gerettet – und war als Dank jetzt Patenonkel ihres Babys geworden. Krumme lehnte sich zurück und wurde Zeuge, wie die dunkelrote Sonnenscheibe hinter dem Horizont versank.

Er hörte ein freundliches Furzen und blickte zu Sonny, der auf seinem – ziemlich zerfetzten – Kissen schlief und sich mit weit offenem Maul streckte.

Er lächelte. Ja, insgesamt lief es gar nicht schlecht für ihn. Als er Berlin verlassen hatte, war er allein gewesen, geschieden, hatte als mürrischer Einzelgänger in einer dunklen Wohnung in einer Neuköllner Seitenstraße gehaust. Und jetzt hatte er eine neue Liebe gefunden, ja eine Familie, er wohnte in einem schönen alten Haus in Husums Norden, und vor allem: Wenn er wollte, konnte er jeden Tag die Nordsee sehen, auf dem Deich spazieren und die würzige Luft Nordfrieslands genießen!

»Rat mal, mit wem ich gerade geplaudert habe«, rief Marianne im Wohnzimmer so laut, dass Sonny aus dem Schlaf schreckte und sich überrascht umsah. Mit ihrem Tablet in der Hand kam sie auf die Terrasse zurück und beantwortete ihre Frage selbst. »Mit Hannah, sie hat uns neue Fotos von Lilly geschickt.«

Sofort saß Krumme aufrecht im Stuhl. Hannah, seine Tochter, die mit ihrer Familie in Australien lebte. Vor einem Jahr war sie Mutter geworden – und er Großvater! Zusammen mit seiner Exfrau Maria waren er und Marianne kurz nach Lillys Geburt nach Brisbane geflogen – seine erste Interkontinentalreise.

Krumme hatte sich auf den ersten Blick unsterblich in seine kleine Enkeltochter verliebt, hatte sie während ihrer Zeit in Australien praktisch nicht einmal aus dem Arm geben wollen. Eine erfüllende Zeit, die er niemals vergessen würde. Zum ersten Mal seit vielen Jahren hatte er seine Tochter wiedergesehen und sich nach kurzen Anlaufproblemen wieder prächtig mit ihr verstanden. Mit ihrem Mann Jason hatte sie es gut getroffen. Marias neuer Lebenspartner Konrad, der sie aus Freiburg begleitet hatte, hatte sich dagegen als ein ziemlicher Schlaumeier entpuppt, der alle mit seinen Vorträgen zum Gang der Welt und der Kindererziehung gelangweilt hatte. Kein Problem für Krumme. Im Gegenteil. Er war sicher, nach der – unausgesprochenen – Meinung aller hatte Maria sich mit ihrem neuen Partner definitiv nicht verbessert. Eine etwas hässliche Genugtuung, die sich für ihn aber nach all den Jahren der Trennung wunderbar anfühlte.

Marianne zog ihren Stuhl heran, setzte sich dicht neben ihn und schaltete das Tablet ein. Sonny, jetzt endgültig wach, sprang auf Krummes Schoß. Der protestierte, aber Sonny wollte unbedingt bei ihm bleiben und ebenfalls die Bilder sehen. Ein paar Klicks, und die Mail mit dem Anhang öffnete sich. Fotos von Hannah, ihrem Mann Jason und vor allem von Lilly. Im Kinderwagen vor dem schmucken Haus, mit ihrer Mutter auf der Krabbeldecke, beim Baden, am Strand, in den starken Armen ihres Vaters.

Krumme blickte zu Marianne und Sonny, die in der einsetzenden Dämmerung vom Licht des Tablets beleuchtet wurden, und schaute dann wieder auf die Fotos des Babys.

Er lächelte. Er hatte wirklich keinen Grund zu jammern. Hier war seine Familie. Er spürte eine wohlige Wärme in der Brust und fühlte sich auf einmal verdammt glücklich.

14

Mit einem Schrei schreckte Broder aus dem Schlaf. Aufrecht im Bett sitzend schaute er sich um, die im Halbdunkel nervös glänzenden Augen weit aufgerissen. Er brauchte einen Moment, um sich zu orientieren. Trotz der kühlen Temperatur in seiner kleinen Schlafkammer rann ihm Schweiß übers Gesicht. Stöhnend griff er sich in die Haare, die Miene qualvoll verzerrt.

Endlich beruhigte er sich. Das hektische Schnaufen verklang, sein Atem nur ein leises Stöhnen.

Er sah an sich herunter, bemerkte erstaunt, dass er immer noch T-Shirt und seine kurze Hose trug. Eine Weile blieb er so sitzen, lauschte den Geräuschen der Nacht. Das viele Hundert Jahre alte Haus schlief, sein uraltes Gebälk knarrte leise im Nordwind. Durch das nur angelehnte Fenster hörte Broder das gleichmäßige Rauschen des Windes. Er vernahm das schläfrige Schnattern einer Wildgans, das ferne Schreien einer Katze.

Seufzend schwang Broder die nackten Füße auf die alten Holzdielen, stieß dabei an eine leere Schnapsflasche, die leise klirrend gegen die Wand rollte. Für einen Augenblick vergrub er sein müdes Gesicht in den schwieligen Händen.

Dann blickte er zu einem eingerahmten Foto, das zwischen der Nachttischlampe und einem Wecker stand. Er griff nach dem Bild, konnte im Dunkeln aber nichts erkennen und drückte auf den Lichtschalter. Die schwache Birne tauchte das Zimmer in einen milden Schein. Mit trauriger Miene strich Broder mit seiner großen Hand zärtlich über das Foto.

Ein leises Knacken ließ ihn zusammenfahren.

Er blickte zur geschlossenen Zimmertür, runzelte verwirrt die Stirn – als das Licht der kleinen Lampe erlosch. Leise fluchend klopfte er gegen die Birne, aber es blieb dunkel.

Seufzend stand er auf, ging zur Tür und betätigte den Lichtschalter für die Deckenlampe. Ohne Erfolg.

Ratlos schaute er sich um.

Wieder ein Geräusch.

Als wäre jemand im Haus.

Broder legte den Kopf gegen die Tür und lauschte. Schließlich drückte er die Klinke nach unten und verließ das Schlafzimmer. Er versuchte, keinen Laut zu verursachen. Aber Broder war ein schwerer Mann. Jeder seiner Schritte knarrte auf den alten Dielen. Als er das Wohnzimmer erreichte, spähte er hinein. Nichts. Kein Eindringling. Er betätigte den Lichtschalter. Der Strom schien im ganzen Haus ausgefallen zu sein.

Weiter zur Küche. Der Tisch, die Stühle waren nur verschwommene Schatten, aber auch hier war niemand.

Verwirrt rieb Broder sich über das Gesicht. Schlief er etwa noch? War das alles nur ein Traum?

In diesem Augenblick bemerkte er einen Schatten am Ende des Flurs! Broder drehte sich erschrocken um, sah, wie die Tür Richtung Werkstatt aufschwang und dann krachend zufiel.

Nur der Wind? Nein, Broder hatte eindeutig etwas gesehen. Auf einmal trat ein Lächeln auf sein Gesicht. Er streckte den Rücken durch, lief eilig durch den Flur und weiter in die Werkstatt. Doch Broders eben noch hoffnungsvolle Miene erstarb.

Auch hier war niemand.

In der Mitte des Raums stand Broders Arbeitstisch. Die große Holzsäge glänzte im schwachen Mondlicht, das durch die hohen Fenster fiel. Holzlatten lehnten nebeneinander an der Wand wie Soldaten auf Wache. Sonst war nichts zu sehen. Draußen rauschte leise der Wind, sonst war alles totenstill.

Broder betätigte auch hier den Lichtschalter, aber wie erwartet blieb es dunkel.

Er ging durch den Raum, sah aus dem Fenster hinaus in die Nacht. Er erkannte den schwarzen Umriss seines Lieferwagens. Daneben den Rasenmäher und den Schwenkgrill, der im Wind leicht hin- und herschwang.

Broder öffnete die Tür, die auf den Hof führte. Er trat hinaus, lauschte konzentriert in die dunkle Nacht. Nichts. Nur der Wind.

Vor ihm lag ein großes Feld. Schilf, das einen schmalen Priel säumte. Er blickte zurück zum Haus. Dahinter die schlafende Insel. Broder erkannte einzelne Höfe an den Laternen, die wie Glühwürmchen in der Dunkelheit flimmerten.

Broder seufzte. Hatte er sich alles nur eingebildet?

Er wollte schon wieder ins Haus gehen, als er erneut ein Geräusch hörte. Langsam, ganz langsam, aus Angst, er könnte das, was er zu sehen erhoffte, durch eine zu rasche Bewegung vertreiben, drehte er sich herum, blickte Richtung Meer, das sich am Horizont hinter dem fernen Deich versteckte.

Was war das? Wer war das?

Nach einem kurzen, verwirrten Moment strahlte er übers ganze Gesicht.

»Nantje«, flüsterte er mit glänzenden Augen, in denen sich das Licht der wenigen Sterne spiegelte, die zwischen den dunklen Wolken am Nachthimmel zu erkennen waren. »Da bist du ja!«

15

Am Mittwochmorgen begab Krumme sich in aller Frühe zum Husumer Hafen. Er hatte gegenüber Marianne so sehr von dem leckeren Essen im Restaurant geschwärmt, dass diese das Rezept unbedingt selbst ausprobieren wollte. Spargel zusammen mit Speck und frischem Lachs – das konnte doch nicht so schwierig sein. Sie hatte alle Zutaten im Haus, nur der Fisch fehlte.

Krumme hatte sich entschieden, den Lachs in einem kleinen Fischgeschäft zu kaufen, das sich ein bisschen versteckt mitten auf dem eigentlich industriellen Hafengelände befand, zwischen Containern, Lagerhallen, Lastwagen und nur ein paar Meter vom Anleger der Fischkutter entfernt. Ein Geheimtipp, selbst für Husumer. Nirgends konnte man in der Stadt so günstig frische Krabben kaufen. Und leckeren Lachs gab es in dem winzigen Laden auch, schließlich befand er sich im Vorraum einer großen Kühlhalle voller Kisten mit Fischspezialitäten aus der Nordsee und der ganzen Welt.

Marianne hätte den Fisch gerne selbst gekauft, aber leider ging es ihr am Morgen gar nicht gut – leicht erhöhte Temperatur. Vielleicht hätte sie sich am Abend auf der Terrasse wärmer anziehen sollen. Um für ihren Ausflug nach Hooge am nächsten Tag wieder fit zu sein, beschloss Marianne, es heute ruhiger angehen zu lassen und zu Hause zu bleiben. Krumme hatte sich daher bereit erklärt, auf dem Weg zur Arbeit einen Zwischenstopp am Hafen einzulegen.

Es war noch nicht einmal acht Uhr, aber Krumme war nicht der Erste. Es hatte sich bereits eine lange Schlange draußen vor dem kleinen Laden gebildet. Trotz des Andrangs gab es nur eine Verkäuferin, Martha Schulz, eine Husumer Legende: neunundsechzig Jahre alt, weißgraue Haare, zu einem Dutt am Kopf befestigt, von harter Arbeit gezeichnete Hände und ein Gesicht wie ein überreifer Apfel. Aber ihre blauen Augen strahlten so freundlich, dass niemand böse war, wenn er mal ein bisschen länger warten musste.

Krumme schickte Pat eine Nachricht, dass er später ins Büro kam, dann steckte er die Hände in die Taschen und stellte sich hinten an.

»Mmh«, seufzte eine Frau im eleganten Bürokostüm ein paar Plätze vor ihm, nachdem sie kurz einen Blick in das Ladenfenster riskiert hatte. »Der Lachs sieht mal wieder köstlich aus.«

»Ich hol mir auch ein paar Filets«, erklärte ein Mann in Sportkleidung, den seine morgendliche Joggingrunde hierhergeführt hatte. »Kurz angebraten mit etwas Teriyaki-Sauce, dazu grobes Salz, es gibt nichts Besseres.«

Die Frau lächelte. »Ich koche ihn in Orangensaft, Olivenöl und etwas Oregano, köstlich.«

Krumme hatte gut gefrühstückt, spürte aber trotzdem auf einmal ein hungriges Grummeln im Bauch.

Ein schmallippiger Herr im Anzug direkt vor ihm schüttelte den Kopf: »Ich kaufe grundsätzlich keinen Lachs mehr«, erklärte er feierlich.

»Und warum?«, wollte die Frau im Bürokostüm wissen.

»Weil der mittlerweile völlig überfischt ist. Wenn wir nicht aufpassen, gibt es bald überhaupt keinen mehr.« Er zitierte ein paar Zeitungsartikel, in denen er davon gelesen hatte. Die Frau nickte bedächtig.

»Und was ist die Konsequenz? Nur noch Lachs aus diesen Zuchtbecken in Norwegen kaufen?«, fragte der Jogger.

Der Mann im Anzug zuckte mit den Schultern: »Zum Beispiel. Obwohl Aquakulturen auch üble Nebenwirkungen auf die Umwelt haben. Am besten weichen Sie für eine Weile einfach auf anderen Fisch aus.«

Es begann eine lebhafte Diskussion, an der sich bald ein halbes Dutzend Leute beteiligte. Krumme dachte ebenfalls darüber nach, ob er aus ökologischen Gründen seinen Plan ändern sollte. Aber nur kurz. Zumindest für heute wollte er noch nicht auf Lachs verzichten. Und die Menschen vor ihm offensichtlich auch nicht. Krumme beobachtete durch das große Fenster nervös, wie der Lachs in der Vitrine immer weniger wurde.

Schließlich war die Frau in dem Bürokostüm an der Reihe. Krumme streckte den Hals und konnte sehen, dass nur noch zwei Lachsfilets in der Vitrine lagen. Die

Dame überlegte – und entschied sich im letzten Augenblick lieber für einen Beutel Krabben. Auch bei dem Jogger hatte die Diskussion Wirkung gezeigt. Ob aus Überzeugung oder nur aus Scham vor den anderen Käufern, wählte er für sich Seezunge. Krumme atmete erleichtert durch. Glück gehabt, heute Abend gab es sein neues Lieblingsessen!

Doch er hatte sich zu früh gefreut.

»Die beiden Lachsfilets, bitte«, sagte der Mann im Anzug.

»Hallo?«, fragte Krumme völlig verdattert. »Haben Sie uns nicht gerade gesagt, wir sollen ja keinen Lachs kaufen?«

Der Mann sah ihn zuerst überrascht an, dann grinste er. »Ja klar, sonst hätte ich ja keinen mehr gekriegt.«

Der Mann schnappte sich seine Tüte und verließ vergnügt den Laden. Krumme sah ihm mit offenem Mund nach.

»Moin, Herr Kommissar«, begrüßte ihn Martha, »gibt's ein Problem?«

Krumme drehte sich zu ihr um. »Der Kerl hat den ganzen Lachs aufgekauft!«

Martha sah in die Vitrine. »Tja, sieht so aus.«

»Aber ... was soll ich denn jetzt machen?«

Die alte Nordfriesin schaute ihn mit ihren klaren blauen Augen an. »Hm, vielleicht habe ich da noch was. Wollen wir mal gucken?«

»Wir?« Krumme sah sie erstaunt an, aber Martha war bereits nach hinten ins Lager gegangen. Durch die offene Tür konnte er sehen, wie sie verschiedene Kühltruhen öffnete. Beim dritten Versuch wurde sie fündig und kehrte mit einer Kiste zurück.

»Ist eigentlich eine Bestellung fürs ›Schreibers‹«, erklärte sie mit einem Augenzwinkern, als sie den Fisch in die Vitrine legte.

»Gibt das denn keinen Ärger?«

Martha zuckte mit den Schultern. »Ich packe einfach ein bisschen um. Und nachher kriege ich noch eine Lieferung rein. Dann fülle ich wieder auf.«

Krumme zuckte mit den Schultern. »Na, dann nehme ich am besten gleich ein ganzes Filet.«

Martha nahm eins der Filets und legte es auf die Waage. »Ist das nicht eine schlimme Geschichte?«, fragte sie, während sie das Gewicht ablas.

Krumme sah sie irritiert an.

»Na, das mit der armen Nantje im Yachthafen.« Sie zeigte mit dem Daumen nach hinten. Tatsächlich befand sich der Yachthafen, in dem die tote Nantje Schreiber gefunden worden war, genau auf der Rückseite der Kühlhalle.

»O ja, das ist allerdings schlimm.«

»So ein liebes Ding.«

»Kannten Sie sie?«

»Aber ja. Recht gut sogar.«

Krumme horchte auf. »Waren Sie befreundet?«

Martha wackelte mit dem Kopf. »Na ja, wie das hier im Hafen so ist. Man schnackt ein bisschen. Lacht und manchmal trinkt man sogar einen. Aber richtige Freunde, nein, das waren wir nicht. Aber sie war oft hier und hat die Bestellung für das Restaurant abgeholt. Oft auch zusammen mit ihrem Mann.«

»Die beiden sollen ja ein Herz und eine Seele gewesen sein«, sagte Krumme.

Martha sah ihn einen Moment lang an. Dann zuckte sie mit den Schultern. »Ja, ich glaube, die beiden haben sich ganz gut verstanden«, sagte sie und reichte ihm den Lachs in einer Tüte.

Krumme bezahlte. Dabei drückte er der alten Dame seine Karte in die Hand. »Martha, nur für den Fall, dass Ihnen zu Nantje noch was einfallen sollte.«

»Aber ich habe Ihnen doch alles gesagt, Herr Kommissar.«

Krumme schnappte sich die Tüte mit dem Lachs. »Nantje Schreiber scheint eine sehr nette Frau gewesen zu sein. Ich will auf keinen Fall, dass der Mörder mit der Tat davonkommt!«

Martha sah ihn mit nachdenklicher Miene an. Krumme verabschiedete sich und verließ den Laden. Er warf einen Blick auf seine Uhr. Es wurde Zeit, dass er schaute, was Pat im Büro trieb.

Er war noch keine zehn Schritte weit gekommen, als hinter ihm eine Stimme erklang.

»Herr Kommissar, warten Sie!«

Krumme drehte sich überrascht um. Martha kam aus ihrem Laden gelaufen. Dass ihre Kunden laut protestierten, interessierte sie nicht.

»Vielleicht weiß ich doch noch etwas«, sagte die alte Frau leicht außer Atem. »Aber wehe, Sie verraten, dass Sie es von mir haben.«

16

Wo, verdammt noch mal, steckte Theo?

Pat sah zu seinem leeren Platz und schüttelte verärgert den Kopf. *Komme später, muss was erledigen*, hatte er ihr geschrieben. *Was* musste er erledigen? Auf dem Tisch lag eine Liste mit Nantje Schreibers Freundinnen. Ein Name war durchgestrichen, aber Pat hatte keine Ahnung, warum und was mit den anderen Frauen war.

Theo und seine Alleingänge – das musste ein Ende haben. Sie waren Partner, sie mussten sich wieder besser absprechen. Dazu gehörte auch, dass sie ihm von ihrem Gespräch mit ihrem Patenonkel erzählte. Aber was genau sollte sie ihm sagen? Zu erfahren, dass Horst ihn immer noch für einen Fremden in Nordfriesland hielt, würde Theo nicht gerade freuen. Pat schaute nachdenklich hinaus in den sonnigen Tag, unsicher, wie sie das heikle Thema zur Sprache bringen sollte.

»Moin«, kam es in diesem Moment von der Tür. Theo. Mit zerknittertem Anzug und vom Nordseewind zerzausten Haaren. Er schien gute Laune zu haben, strahlte übers ganze Gesicht.

»Mann, wo bleibst du denn? Ich warte hier und kann nichts machen«, schimpfte sie.

»Tut mir leid. Ich musste kurz was in den Kühlschrank legen.«

»Wie bitte?«

»Nicht so wichtig.«

Theo setzte sich auf seinen Stuhl, ohne wie sonst sein Jackett auszuziehen. Auch Pat nahm an ihrem Tisch Platz. Ihr war es immer etwas unangenehm, wenn sie Theo in dem engen Büro direkt gegenüberstand und dabei von weit oben auf ihn herunterschauen musste. Sie nickte zu der Liste mit den Namen. »Ich habe gesehen, dass du mit einer von Nantjes Freundinnen gesprochen hast?«

»Ja, eine frühere Tennispartnerin«, antwortete er. »Hab mich gestern noch mit ihr getroffen. Die beiden waren gar keine Freundinnen mehr. Das letzte Mal hat sie Nantje vor vielen Jahren gesehen. Sie wusste noch nicht mal, dass sie verheiratet war. Da hat sich dein toller Sebastian wohl getäuscht.«

Pats Mund verzog sich zu einer säuerlichen Miene. Er war also immer noch eingeschnappt wegen gestern.

»Fleischers vorläufiger Obduktionsbericht ist da«, informierte sie ihn.

Theo horchte auf. »Ach ja? Was Interessantes?«

Pat legte ihm die Unterlagen auf den Tisch. »Vier Stiche in die Brust mit einem spitzen Messer. Da scheint jemand wirklich wütend gewesen zu sein.«

»Oder völlig durchgeknallt.« Theo schlug den Bericht auf und las ihn konzentriert. Dann klappte er die dünne Mappe wieder zu.

»Sonst noch was?«, fragte er.

»Das Hafenamt hat sich gemeldet.«

Theo horchte interessiert auf. »Und?«

»Ja, sie haben in der Nähe der Hafeneinfahrt eine Kamera.«

»Sehr gut!«

»Aber der Kollege, der sich damit genauer auskennt, ist gerade unterwegs.«

»Egal, dann warten wir eben, bis er wieder da ist.« Theo erhob sich. »Lust auf einen Spaziergang?«, fragte er sie.

»Einen Spaziergang? Jetzt?«

Theo lächelte. »Komm einfach mit, ich habe vorhin was sehr Interessantes erfahren.«

»So, was denn?«

»Lass dich überraschen«, sagte er und forderte sie mit dem ungelenken Versuch eines galanten Armschwungs zum Gehen auf. Sie seufzte.

»Sagst du mir wenigstens, wohin es geht?«

»Nicht weit. Nur ein paar Schritte in die Altstadt.«

Kurz darauf waren sie auf dem Weg Richtung Zentrum.

Genaueres wollte Theo ihr immer noch nicht erzählen, was Pat ärgerte. Aber im Laufe der Jahre hatte sie gelernt, mit den Schrullen ihres Partners umzugehen.

Wenigstens schien er gute Laune zu haben. Pat beobachtete, wie Theo blinzelnd in die helle Vormittagssonne schaute, die das Wasser im Husumer Binnenhafen zum Funkeln brachte.

»Soll ich dir von meinem Gespräch mit dem Chef erzählen?«, fragte sie.

»Wenn du willst«, brummte Theo, ohne sie anzusehen.

Pat räusperte sich und behauptete dann, ihr Patenonkel hätte sie gebeten, sich als gebürtige Husumerin in den gesellschaftlichen Kreisen umzuschauen, denen Nantje Schreiber angehört hatte. Dass er sie aufgefordert hatte, einen Blick auf Theo zu werfen und ihn, wenn nötig, zurückzupfeifen, verschwieg sie lieber.

Theo sah sie überrascht an. »Du kennst dich in Husums gesellschaftlichen Kreisen aus?«

Pat wurde rot. »Na ja, nicht so wirklich. Aber die Idee, sich dort mal umzuhören, ist doch nicht schlecht, oder? Schließlich ist das ›Schreibers‹ eines der besten Restaurants in der Stadt. Der Erfolg wird bestimmt viele Neider haben.«

Theo überlegte. Dann nickte er. »Gute Idee. Wir können uns ja mal in den anderen Restaurants der Altstadt umschauen.«

Pat freute sich, dass Theo keine weiteren Einzelheiten über das Gespräch von gestern wissen und stattdessen ihrer Ermittlungsstrategie folgen wollte. Dass ihr Patenonkel genau wie Sebastian Teil von Husums besseren Kreisen war und zusammen mit ihm Tennis spielte, behielt sie vorerst für sich.

Zu ihrer Überraschung führte Theo sie zu »Holtmann«, einer kleinen, aber liebevoll ausgestatteten Buchhandlung, die sich in einem Altbau in einer alten Gasse mit Kopfsteinpflaster befand, nur wenige Meter vom Markt in Husums Zentrum entfernt. Pat selbst war keine große Leserin. Aber sie hatte ein paar Bücher, die ihr viel bedeuteten und die sie wie Schmuckstücke an einen besonderen Platz im Regal gestellt hatte. Diese Bücher hatte sie alle bei »Holtmann« gekauft.

Verwirrt folgte sie Theo, der zum Verkaufstresen ging, hinter dem ein junger, schwarz-gelockter Mann in einer Lederweste stand.

»Moin!«, begrüße Theo ihn. »Ist Frau Holtmann da?«

Der junge Mann nickte freundlich. »Ja, aber sie hat gerade zu tun. Kann ich Ihnen vielleicht helfen?«

Theo lächelte zurück. »Leider nicht. Wir müssen Frau Holtmann persönlich sprechen.«

»Um was geht es denn, wenn ich fragen darf?«

»Wie gesagt, es ist privat.«

Der junge Verkäufer blickte nun doch misstrauisch, nickte dann und verschwand nach hinten durch eine kleine versteckte Tür in ein Büro.

Pat schaute irritiert zu Theo, der ihr aber nur freundlich zunickte und völlig entspannt wirkte.

Nach einem längeren Augenblick kam der Verkäufer mit seiner Chefin zurück. Ute Holtmann war eine große, schlanke, attraktive Frau um die vierzig. Ihr kräftiges dunkelblondes Haar war zu einem dicken Zopf geflochten. Hinter ihrer schwarzumrandeten Brille blitzten zwei wache Augen, um ihren Hals lag eine geschmackvolle Perlenkette, passend zu ihren Ohrringen. Pat hatte sie einmal bei einem Bücherkauf kennengelernt, sie hatte ihr eine süß-verrückte Liebesgeschichte empfohlen und damit genau ihren Geschmack getroffen.

Was wollte Theo von dieser Frau?

Das schien sich auch Ute Holtmann zu fragen. »Sie wollten mich sprechen?«, erkundigte sie sich.

»Können wir vielleicht einen Moment in Ruhe reden, Frau Holtmann?«, fragte Theo und zeigte zu einer Leseecke mit einem großen Teddy und ein paar kleinen Plastikhockern.

»Na schön«, sagte Frau Holtmann. »Aber nur einen Moment, ich habe heute noch zwei Vertretergespräche.«

Gemeinsam nahmen sie Platz. Die Hocker waren offenbar für Mütter und Väter gedacht, die sich mit ihren Kindern Bilderbücher ansahen. Aber mit Sicherheit nicht für Zweimeterfrauen wie Pat. Sie sah Theo vorwurfsvoll an, doch der ließ sich nicht aus der Ruhe bringen.

Er präsentierte Ute Holtmann seinen Ausweis und stellte sich und Pat vor.

»Sie sind von der Polizei?«

Theo nickte. »Wir ermitteln im Fall Nantje Schreiber. Bestimmt haben Sie davon gehört?«

Ute Holtmann blinzelte erschrocken. »Ja, natürlich, die ganze Stadt spricht davon. Die arme Frau. Aber wieso kommen Sie deshalb zu mir?«

»Kannten Sie Frau Schreiber?«

Die Ladeninhaberin sah Theo verwirrt an. »Natürlich. Nantje und ihrem Mann gehört das ›Schreibers‹ hier um die Ecke. Wir sind Kolleginnen. Als Geschäftsfrauen. Also – *waren* Kolleginnen.«

»Mehr nicht?«

»Nein. Ich war ein paarmal bei ihnen zum Essen. Da hat man dann geplaudert. Aber sonst?« Sie schwieg.

Pat fiel auf, dass ihre hellen Wangen Farbe bekommen hatten. Sie verstand immer noch nicht, worauf Theo hinauswollte. Es ärgerte sie, dass ihr so nichts anderes übrigblieb, als als stummes Anhängsel auf dem verdammten Minihocker zu sitzen. Sie holte ihr Handy heraus, um sich darauf wie immer Notizen zu machen.

Theo musterte Ute Holtmann eine Weile schweigend. Ein Trick, wusste Pat, um seine Gesprächspartner zu verunsichern.

»Sie wissen, wie Frau Schreiber gestorben ist?«, fragte er.

Ute Holtmann nickte. »Sie wurde erstochen. Habe ich gehört.«

»Von wem?«

»Ein Kunde. Was weiß ich. Wie gesagt, alle reden darüber.«

Theo nahm nicht den Blick von ihr. »Erstochen, schlimm, nicht wahr? Haben Sie eine Idee, wer ihr so etwas antun könnte?«

»Nein, um Gottes willen. Ich meine, wir sind hier ja nicht in Hamburg-St. Pauli. Oder in Berlin. Kaum vorstellbar, dass so etwas Schreckliches in unserem kleinen Husum passiert.«

Theo nickte bedächtig, sagte aber nichts.

»Wieso kommen Sie überhaupt zu mir?«, fragte Ute Holtmann ungeduldig. »Ich habe mit der Sache nichts zu tun. Wenn Sie erlauben, würde ich jetzt gerne wieder an meine Arbeit zurückgehen und …«

»Frau Holtmann, wie ist Ihr Verhältnis zu Herrn Schreiber?«, unterbrach Theo sie.

Die Buchhändlerin stockte, sah ihn entgeistert an. »Wieso?«, fragte sie mit belegter Stimme. Sie schaute hilfesuchend zu ihrem Angestellten. Der hatte ein Kundengespräch beendet und sortierte nun Bücher in ein nahes Regal ein. Um zu belauschen, worüber sie sprachen, vermutete Pat.

Theo beachtete ihn nicht. »Eine ganz einfache Frage. Wie gut kennen Sie Herrn Schreiber?«

Ute Holtmann zögerte. »Im Prinzip genauso gut oder schlecht wie seine Frau. Wir sind Nachbarn. Er war schon mal hier, hat Bücher gekauft. Und ich war ...«

»... bei ihm im Restaurant zum Essen«, beendete Theo den Satz. »Mehr nicht?«

»Nein, was soll denn sonst sein?«

Theo räusperte sich. »Nun, es gibt ... Zeugen, die behaupten, Sie und Herr Schreiber hätten eine Beziehung.«

Pat drückte unwillkürlich den Rücken durch und sah Theo überrascht an.

Genau wie Ute Holtmann. »Wer behauptet so etwas?«

»Sie werden verstehen, dass wir nicht die Namen von Zeugen nennen.« Theo schenkte ihr ein freundliches Lächeln.

»Ich habe Ihnen bereits gesagt, wir kennen uns kaum. Was wollen Sie eigentlich von mir?«

Theo zuckte mit den Schultern. »Wir müssen bei

unseren Ermittlungen nun einmal die privaten Verhältnisse aller Beteiligten klären. Reine Routine.«

»Ich bin keine Beteiligte. Ich habe nichts mit dieser schrecklichen Geschichte zu tun.«

»Aber Sie haben eine Beziehung mit Sebastian Schreiber?«

Ute Holtmann erhob sich abrupt. »Nein, habe ich nicht. Und jetzt gehen Sie bitte!«

Theo erhob sich ebenfalls. »Selbstverständlich, Frau Holtmann. Wir sind gleich wieder weg. Aber vorher müssen wir noch wissen, wo genau Sie in der vorletzten Nacht waren.«

17

Pechschwarze Wolken jagten über das Firmament, blähten sich bedrohlich zu immer höheren Bergen am Horizont auf. Ein tiefes Rauschen hatte die Welt erfasst, das alle anderen Geräusche verschluckte. Den vor Angst erstarrten Luider fest in seinen Armen haltend lief Oke über die Marsch. Er stemmte sich gegen den Wind und gegen den Regen. Doch selbst der Teufel hätte ihn nicht aufhalten können. Den Blick starr auf den schlammigen Boden gerichtet kämpfte er sich Schritt für Schritt weiter.

Beeke, meine geliebte Beeke, was ist mit dir geschehen?

Oke hatte seinen Sohn gefragt, ihm sanft über die Wangen gestrichen. Doch Luider hatte vor Kälte, Erschöpfung und Angst gezittert. Nur ein verzweifeltes Wimmern war ihm über die Lippen gekommen. Was war bloß passiert? Was für schreckliche Dinge hatte er mit ansehen müssen? Oke rechnete mit dem Schlimmsten.

Endlich kam ihr kleines Haus hinter dem Deich in Sicht. Durch die Regenwand erkannte Oke zuerst nur einen schiefen Schatten. Mit Bestürzung sah er, mit welcher Kraft der Wind an den Wänden der Hütte zerrte. Die Balken erzitterten und knirschten. Nicht mehr lange, und ihr kleines Heim würde in sich zusammenfallen und vom Wind davongetragen werden.

Oke war am Ende seiner Kräfte. Erst die harte Arbeit im Torf, dann der lange Marsch durch den Sturm. Die Muskeln brannten wie Feuer. Vorsichtig setzte er Luider vor dem Eingang ab. Sofort lief der Kleine schluchzend in die Hütte. Oke versuchte, ihn festzuhalten, aber der Junge wollte unbedingt zu seiner Mutter. Oke wischte sich über die Augen, strich die vom Regen verklebten Haare zur Seite und folgte ihm.

Innen war es kaum weniger laut als draußen. Wie ein wütender Drache rauschte der Sturm um ihr kleines Heim, hatte bereits Löcher in das Reetdach gerissen. Beeke lag auf der Bettstatt unter einer grobgewebten Decke. Luider hatte sich neben sie gedrückt, wollte seiner Mutter Mut machen, erzählte ihr, dass er den Vater für sie geholt hatte.

Oke setzte sich neben seine Frau – und erschrak. Beekes Gesicht war wund und verschwollen. Blut lief an der rechten Schläfe herunter. Als sie Oke erkannte, lächelte sie tapfer, streckte ihm die Arme entgegen – und zuckte im selben Moment schmerzerfüllt zurück. Stöhnend drückte sie die zitternden, vom Schlamm verschmierten Hände vor den Bauch.

Oke schossen die Tränen in die Augen. Er hörte nicht mehr den tosenden Orkan, das Ächzen der schiefen Balken, nahm auch das panische Schreien der

Möwen und das Prasseln des Regens nicht mehr wahr. Zusammengekauert in der dunklen Ecke hörte er nur das leise Schluchzen seiner Frau.

»Beeke«, flüsterte er mit schmerzerfüllter Stimme, »sag mir, wer hat dir das angetan?«

18

Nach ihrem Besuch in der Buchhandlung war Krumme mit Pat direkt ins »Schreibers« gegangen. Das Restaurant war wieder geöffnet, aber nach den Ereignissen des letzten Tages schien es, als würde ein dunkler Schatten über allem liegen: Es gab keine leise Musik mehr im Hintergrund, und auch von der freundlichen Geschäftigkeit des Personals war an diesem ruhigen Vormittag nichts zu spüren. Stattdessen verrichteten alle stumm ihre Arbeit, deckten die Tische für die Mittagszeit und schauten dabei mit ernsten Mienen zu Boden.

Auch die Begrüßung für Krumme und Pat war sehr zurückhaltend ausgefallen. Als die beiden an der Bar saßen und ein Wasser tranken, erschien es ihnen, als würden die Kellnerinnen und Kellner jeden Blickkontakt vermeiden. Kein Wunder, fand Krumme, hatten die gestrigen Gespräche doch den Eindruck vermittelt, für die Polizei könnte jeder von ihnen etwas mit dem Mord an Nantje Schreiber zu tun haben.

Doch noch gab es bei Krumme und Pat ein anderes Thema.

»Ich bin mir total blöd vorgekommen«, schimpfte Pat. »Sind wir nun Partner oder nicht? Du hättest mir ruhig sagen können, warum du mit Frau Holtmann sprechen wolltest.«

Krumme wusste, dass er sich in der Buchhandlung ein bisschen kindisch verhalten hatte, mochte jetzt aber nicht weiter darauf eingehen. »Okay, okay, ich merk's mir«, sagte er. »Aber du musst zugeben, dass das eine sehr interessante Neuigkeit war. Schreiber hat eine Geliebte! Und gestern hieß es nur – Liebe meines Lebens! Alles gelogen! Ich hab's doch gleich gewusst!«

»Ute Holtmann hat bestritten, dass sie eine Beziehung zu ihm hat.«

»Papperlapapp, sie hat geflunkert, das war doch mehr als offensichtlich.«

Pat musterte ihn vorwurfsvoll.

Krumme war sich keiner Schuld bewusst. »He, ich habe heute Morgen am Hafen Leute befragt. Offensichtlich ist es ein offenes Geheimnis, dass Schreiber und diese Holtmann ein Paar sind.«

»Ach ja? Leute befragt, am Hafen? Seit wann hörst du denn auf den Tratsch der Straße?«

Er stöhnte. »Ich höre vor allem auf meinen Bauch.«

»Und was erzählt der dir?«

»Dass wir es hier eventuell mit einer Beziehungstat zu tun haben. Wie sich herausstellt, hat der Ehemann uns angelogen und unterhält seit Längerem eine Beziehung zu einer anderen Frau.«

»Und damit ist für dich der Fall klar?« Sie sah ihm tief in die Augen. »Ein guter Kollege und Freund hat mir mal gesagt, man soll sich nicht zu sehr von seinem ersten Eindruck leiten lassen.«

Krumme schob sein Wasserglas auf dem Tresen herum. »Aber wenn der erste Eindruck richtig ist, wäre es dumm, sich *nicht* von ihm leiten zu lassen.«

Pat schüttelte gereizt den Kopf. »Dein Hauptverdächtiger hat ein Alibi. Vergiss das nicht.«

Krumme zuckte nur mit den Schultern. Als sich kurz die Klapptür zur Küche öffnete, konnte er den Duft von frisch gebratenem Fisch, Knoblauch, Oregano, Basilikum und anderen Kräutern riechen. Krumme lief das Wasser im Mund zusammen.

Er warf einen hungrigen Blick auf eine Tafel an der Wand, auf der schon die Gerichte des Mittagstisches standen.

Pat war seinem Blick gefolgt. »Wir sind hier, um zu arbeiten, Theo«, flüsterte sie ihm zu und bestellte bei dem Barkeeper ein weiteres Mineralwasser.

Jakob, der gerade die Speisekarten mit dem Tagesmenü vorbereitete, blieb bei ihnen stehen. »Wollt ihr wirklich nur was trinken? Wir haben heute köstlichen Glückstädter Matjes in einer feinen Knoblauchsauce.« Er lächelte ihnen freundlich zu. Aber auch Pats Freund wirkte nicht mehr so unbekümmert wie am Vortag.

Krumme seufzte und winkte ab. »Nein danke. Nichts zu essen. Wir wollen nur kurz Ihren Chef sprechen. Wo steckt er denn?«

»Müsste jeden Moment kommen«, erwiderte Jakob. Er blieb bei ihnen am Tresen und steckte die Seiten mit dem aktuellen Menü in die entsprechenden Klemmkarten. Es war offensichtlich, dass er etwas auf dem Herzen hatte.

»Schon verrückt, gestern war alles noch ganz normal. Und jetzt ...? Wir können alle immer noch nicht fassen, was mit der armen Nantje passiert ist.«

Jakob tauschte einen traurigen Blick mit dem Barkeeper aus, der Pat das Wasser hinstellte und ebenfalls zugehört hatte.

»Gibt es denn schon irgendetwas Neues? Eine erste Spur vielleicht?«, wollte Jakob wissen und wandte sich dabei an Pat.

Die schüttelte den Kopf. »Wir stecken noch mitten in den Ermittlungen. Und selbst wenn ...«

»... dürftet ihr nichts verraten, schon klar.«

»Frau Schreiber scheint tatsächlich sehr beliebt gewesen zu sein«, sagte Krumme, eine Feststellung, keine Frage. Die Oberkellnerin mit den kurzen Haaren und den roten Lippen gesellte sich ebenfalls zu ihnen. Sie hatte mitbekommen, um was es ging. Wie alle Angestellten wollte sie wissen, wie der aktuelle Stand war.

Jakob nickte. »Nantje war die Seele des Betriebs. Sebastian ist natürlich der Chef, hier im Service und natürlich auch in der Küche. Er hat die Restaurantkette aufgebaut. Sie trägt seinen Namen.«

»Aber Nantje hat alles zusammengehalten«, fuhr der Barkeeper fort. »Sie hat sich nicht nur um das Geschäftliche gekümmert. Sie war auch die Ansprechpartnerin für alle und alles.«

Die Kellnerin trat näher heran. »Wenn jemand ein Problem hatte, einen Vorschuss brauchte, krank wurde ... oder Liebeskummer hatte ...«, sie lächelte traurig, »dann sind wir zu Nantje gegangen. Sie war immer für uns da.«

Für einen Moment herrschte Stille. Krumme blickte zu Pat, die nachdenklich an ihrem Wasser nippte. Er räusperte sich. »Ein Ehepaar, das gemeinsam ein Restaurant leitet ...« Er versuchte das Thema anzuschneiden, das ihn am meisten interessierte. »Ich könnte mir vorstellen, dass da nicht immer alles reibungslos abgeht.« Pat warf ihm einen vorwurfsvollen Blick zu, aber er ließ sich nicht beirren: »Gab es nicht auch mal Diskussionen? Oder sogar Streit?«

Die Angestellten sahen sich an. Natürlich wollte in dieser Situation keiner etwas Schlechtes über ihren Chef sagen. Krumme wartete.

Schließlich ergriff die Kellnerin das Wort. »Na ja, es gab schon Themen, bei denen sie unterschiedlicher Meinung waren. Bei der Deko zum Beispiel«, sagte sie verlegen. »Auch beim Essen manchmal.«

»Was völlig normal ist«, warf der Barkeeper ein. »Wer ist sich schon immer einig?«

»Zumal Nantje und Sebastian ganz unterschiedliche Charaktere sind«, meinte Jakob. Er war inzwischen mit den Speisekarten fertig und legte sie ordentlich auf einen Stapel.

»Inwiefern?«, fragte Krumme.

Jakob schaute zu seinen Kollegen. »Na ja, Nantje war eher die Ruhige, Sanfte. Und Sebastian ...« Er zögerte. »Der ist eher so der Macher. Das Alphatier. Natürlich auch sehr nett, aber als Chef musst du manchmal auch mal auf den Tisch hauen. Da kann es schon mal laut werden. Aber das ist in unserem Gewerbe eben so.«

Seine beiden Kollegen nickten zustimmend.

»Hatte Herr Schreiber in letzter Zeit mal Grund, auf den Tisch zu hauen?«, fragte Krumme.

Wieder schauten sich alle an, merkten, dass sie sich auf dünnem Eis bewegten.

Der Barkeeper wollte gerade etwas sagen, als sein Blick zur Eingangstür ging. Er hielt inne und sagte dann mit lauter Stimme: »Oh, hallo, Sebastian, da bist du ja!«

Alle wandten sich um, als Schreiber zu ihnen an die Bar trat. Er trug ein dunkles Sportsakko und hatte eine große Ledertasche umgehängt. Er warf seinen Angestellten einen fragenden, leicht irritierten Blick zu. »Morgen. Habt ihr nichts zu tun, oder warum steht ihr hier rum?«, fragte er und blickte von einem zum anderen. Sofort gingen die drei auseinander. Die Kellnerin marschierte zur Tür, Jakob schnappte sich die Speisekarten und verteilte sie auf den Tischen, während sein Kollege hinter der Bar die Gläser so sorgfältig putzte, dass es quietschte.

»Ich hoffe, ich habe Sie nicht bei einem wichtigen Verhör unterbrochen?«, wandte Schreiber sich an Krumme und Pat.

»Nein, alles in Ordnung«, erwiderte Krumme. »Wir waren nur gerade in der Gegend und wussten gar nicht, dass das Restaurant geöffnet ist. Aber wir verstehen natürlich, dass der Betrieb weitergehen muss …« Eine kleine Spitze, aber Schreiber nickte nur bekümmert.

»Gibt es schon was Neues?«, fragte er.

Krumme schüttelte den Kopf.

Schreiber stöhnte leise und nickte. Dann stützte er sich mit beiden Ellenbogen auf der Bar auf und fuhr sich mit den Händen durch die blonden Haare. »Es ist alles so ein Albtraum. Ich kann nicht fassen, dass Nantje nicht mehr da ist.«

»Das verstehe ich«, sagte Pat mitfühlend.

»Wir haben hier gestern noch ewig zusammengesessen, auf sie angestoßen und geweint wie die Schlosshunde.«

»Nantje war sehr beliebt, das hören wir von allen«, sagte Pat.

Schreiber nickte, starrte gedankenverloren auf seine Hände. »Ja, sie war ein Engel. Ich hatte sie überhaupt nicht verdient.« Niedergeschlagen wischte er sich mit der Hand übers Gesicht.

Krumme verzog keine Miene. Über den trauernden Schreiber hinweg tauschte er einen Blick mit Pat. Die schüttelte böse den Kopf. Krumme nahm ihre Warnung zur Kenntnis.

»Herr Schreiber«, begann er, »es tut uns sehr leid, dass Sie sich gestern so über unsere Fragen aufgeregt haben.«

Schreiber hob den Kopf und sah ihn forschend an. »Haben Sie mein Alibi überprüft?«

»Wir haben mit dem Hotel in Hamburg telefoniert. Alles in Ordnung«, warf Pat rasch ein.

»Sehr gut. Ich hoffe, Sie sind jetzt beruhigt, Herr Kommissar?«

Krumme räusperte sich. »Wie Pat schon sagte – solche Fragen sind Teil unserer Routine.«

»Schon klar. Ich mache Ihnen ja keine Vorwürfe. Sie tun nur Ihre Arbeit.« Schreiber trank einen Schluck Wasser.

»Aber«, fuhr Krumme fort, »wir müssen da noch eine andere Sache klären.«

Schreiber fuhr zu ihm herum. »Was denn noch?«

»Das Verhältnis zu Ihrer Frau. Könnten Sie uns das vielleicht etwas genauer beschreiben?«

Schreibers Augen wurden zu Schlitzen. »Genauer?«

»Sie sagen, Sie haben sie sehr geliebt.«

»Natürlich! Was soll die Frage?«

»Gab es trotzdem ab und zu mal Probleme? Schließlich waren Sie ja nicht nur verheiratet, Ihre Frau hat ja auch hier im Restaurant gearbeitet.«

»Haben meine Mitarbeiter Ihnen irgendwas erzählt?«

Krumme sah, wie Pat hinter Schreiber mit gequälter Miene die Augen schloss, doch das war ihm egal. »Ich weiß, es ist vielleicht eine indiskrete Frage. Aber schließlich geht es hier um Mord. Also noch einmal. Hatten Sie in letzter Zeit eventuell Streit mit Ihrer Frau?«

Schreiber starrte ihn an. Aber Krumme hielt seinem Blick stand. Selbst ein Teller mit Glückstädter Matjes in Knoblauchsauce, den Jakob, aus der Küche kommend, an ihnen vorbeitrug, brachte ihn nicht aus dem Konzept.

Als Jakob außer Sichtweite war, explodierte Schreiber. »Was bilden Sie sich eigentlich ein, Herr ... Krümmel?«

»Krumme ist mein Name.« Er lächelte.

»Sie kommen hier in mein Restaurant, horchen meine Leute aus und behaupten, ich hätte Streit mit meiner Frau gehabt?«

»Dann hatten Sie also keinen?«

»Nein, verdammt!«

Der Barkeeper war bei Schreibers Wutausbruch erschrocken zusammengezuckt. Der dämpfte seine Stimme. »Nein, ich hatte keinen Streit«, zischte er. »Weil ich meine Frau geliebt habe. Begreifen Sie das endlich!«

Krumme zuckte mit den Schultern. »Na schön, Herr Schreiber. Dann erklären Sie mir bitte, warum es Zeugen gibt, die behaupten, Sie hätten schon seit Monaten eine feste Beziehung zu einer Husumer Unternehmerin?«

Schreiber erbleichte. »Wer hat das gesagt?«, fauchte er mit funkelnden Augen.

Krumme atmete durch. »Glaubhafte Zeugen. Stimmt es, oder stimmt es nicht?«

Schreiber schüttelte den Kopf. »Sind Sie jetzt total verrückt geworden?«, sagte er mit bebender Stimme.

»Sebastian, bitte.« Pat wollte Schreiber beruhigen, legte ihm eine Hand auf den Arm, aber der stieß sie wütend zurück und hatte nur Krumme im Blick.

»Meine Frau wird brutal umgebracht. Irgendein Schwein wirft sie in einem Müllbeutel wie Abfall auf mein Schiff. Können Sie sich vorstellen, wie das ist? Es ist, als wenn mir jemand den Boden unter den Füßen weggezogen hätte. Nichts ist mehr, wie es war. Ich habe die ganze Nacht kein Auge zugetan, ich ...«

Schreibers Stimme zitterte, er brach ab. Zu Krummes Überraschung rollte eine Träne über seine Wange, er schluchzte. Überall drehten sich die Gäste zu ihnen um. Krumme rutschte auf seinem Barhocker herum. Die Situation wurde selbst ihm langsam unangenehm. Aber noch war Schreiber nicht fertig mit ihm.

»Mein Leben liegt in Trümmern! Und was tun Sie?«, fragte er. »Statt draußen unterwegs zu sein und den Mörder zu finden, kommen Sie in mein Restaurant, essen mein Essen und versuchen, mir etwas anzuhängen. Schämen Sie sich nicht?«

»Herr Schreiber, es gibt keinen Grund, sich aufzuregen.« Krumme überlegte, ob er anmerken sollte, dass sie eigentlich gar nichts gegessen hatten. Aber unter Umständen war jetzt nicht der richtige Moment für Spitzfindigkeiten. »Wenn Sie mögen, können wir uns gerne bei uns im Büro weiter unterhalten«, sagte er um einen ruhigen Ton bemüht. »Aber natürlich müssen wir auch über solche Dinge reden, wenn wir die Wahrheit über den Tod Ihrer Frau herausfinden wollen. Also, haben Sie eine Beziehung mit einer anderen Frau oder nicht?«

Schreiber baute sich vor Krumme auf, der auf seinem Hocker sitzend fast einen Kopf kleiner war. »Herr Kommissar, ich lasse mich von Ihnen nicht weiter beleidigen, bloß weil Sie in der Gosse irgendwelchen Tratsch über mein Privatleben gehört haben.«

Krumme verzog den Mund. »Nun, als Gosse würde ich das nicht gerade …«

»Halten Sie den Mund!«, fiel ihm Schreiber ins Wort. »Und jetzt gehen Sie. Sofort! Ich will Sie nie mehr in meinem Restaurant sehen.«

19

Broder strich zufrieden über das Eichenholz, fuhr zärtlich über den in die Tür geschnitzten Windjammer, roch den Duft von frisch verarbeitetem Holz. Zum letzten Mal prüfte er die ebenfalls restaurierten Scharniere, öffnete und schloss die Tür, um sicher zu sein, dass alles funktionierte.

Dann trat er ein paar Schritte von dem Haus zurück und betrachtete den Eingang des vierhundert Jahre alten Bauernhofs, der sich dem stürmischen Nordwind auf der hohen Warft wie eine Burg entgegenstemmte. Er steckte die Hände tief in die Taschen seiner kurzen Arbeitshose und lächelte. Alles passte zusammen. Das restaurierte Mauerwerk des Hofs, das neue Reetdach, das fast bis hinunter auf den Boden reichte. Die Fensterläden, die er in einem früheren Arbeitsgang ebenfalls neu geschliffen hatte. Und jetzt die ausgebesserte und neu lackierte, farblich abgestimmte Eingangstür. Aus einem Wasserhahn plätscherte funkelndes Wasser in eine hölzerne Tränke.

Broder wusste um die alte Tradition des Hofs, der in der Vergangenheit schon viele Stürme und Fluten überstanden hatte. Es erfüllte ihn mit großem Stolz, dass er mit seiner Arbeit dazu beigetragen hatte, dass das Gebäude das auch weiterhin tun würde.

»Zufrieden?«, erkundigte sich Otto, als er zu Broder auf den Hof trat. Seiner Familie gehörte der Haubarg seit vielen Generationen.

»Und du?«, fragte Broder.

Otto nahm die Wollmütze ab, kratzte sich am Kopf und sah sich auf dem Hof um.

»Jo«, sagte er dann. Er nickte, während er mit der Hand knisternd über das stoppelige Kinn strich.

Broder kannte seinen Freund. Große Lobeshymnen waren bei ihm nicht zu erwarten. Aber Broder wusste auch so, dass Otto zufrieden war. Er lächelte, dann standen sie eine Weile nebeneinander und sahen sich die neue, in der Mittagssonne leuchtende Tür an.

»Bier?«, erkundigte sich Otto.

»Aber immer«, erwiderte Broder.

Kurz darauf saßen die Männer auf der Holzbank neben dem Tor, die Broder ebenfalls extra für Otto aus edlem Buchenholz gebaut hatte. Beide hatten eine Bierflasche in der Hand und genossen den prachtvollen Blick hinaus über das grüne Pellworm. Es war ein sonniger Tag, das warme Licht kribbelte auf der Haut. Nur ein paar Wolkenfetzen waren wie Pinselstriche auf dem blauen Himmel verteilt. Anders als Broder wohnte Otto in der Nähe des Deiches, der die Insel wie ein Wall rundum umschloss. Von ihrer Bank auf der hohen Warft konnten sie die Wellen der Nordsee sehen, die im Sonnenlicht funkelten. Und in der Ferne schwankte der Mast eines Krabbenkutters, verfolgt von einem Schwarm aufgeregter Möwen, die dem Fischer den Fang streitig machen wollten.

»Hat was«, meinte Otto.

»Auf jeden Fall«, sagte Broder und trank einen langen Schluck.

Otto musste leise aufstoßen. »Was macht der Motor?«

Broder sah ihn verwirrt an.

»Von deinem Kutter. Läuft er wieder?«

Broder seufzte. »Nee, dauert noch. Warte noch auf ein Teil. Kommt hoffentlich morgen.«

»Na dann, viel Glück.«

Die beiden stießen aus dem Handgelenk mit ihren Bierflaschen an und tranken einen tiefen Schluck, alles ohne den Blick von der Marsch zu nehmen.

»Ahhh«, machte Otto zufrieden, und Broder nickte.

Für eine Weile schwiegen sie.

»Sag mal …«, fing Otto dann an.

»Hm?«

»Deine Freundin früher, die hieß doch Nantje, oder?«

Broders Mundwinkel zuckte. Dann sah er seinen Kumpel fragend an.

»Hast du das nicht in der Zeitung gelesen? Diese Sache aus Husum?«

»Sache?«

»Der Mord im Hafen?«

Broder zeigte keine Regung, aber seine Augen ruhten weiter auf seinem Kumpel. »Mord?«

»Jo, die haben eine tote Frau gefunden, in einer Yacht.«

»Tot?«

»Erstochen.«

Broder schwieg.

»Hast also nichts gehört?«

Broder schüttelte den Kopf. »Nee.«

»Da stand nicht der richtige Name, nur Nantje S-Punkt – aber bei Nantje hab ich gedacht, den Namen haste doch schon mal gehört. Na ja …«

Broder nickte, sah jetzt wieder auf die Wiese, wo eine kleine Herde Schafe graste. Er trank einen weiteren Schluck Bier. Seine Hand zitterte leicht, was Otto aber nicht bemerkte.

»Da stand auch, dass die Yacht, also die, wo sie die Deern gefunden haben, ihrem Mann gehört. Soll so ein Promi aus Husum sein.«

»Was für ein Promi?«

»Na ja«, brummte Otto, »das stand da nicht so genau. Irgend so ein Restaurantfritze.«

Broder schwieg, stellte die nun leere Bierflasche auf den Boden und stützte dann die Hände auf den Knien ab.

»Schlimme Geschichte, was?«, fragte sein Freund.

Broder nickte. Er atmete tief durch, den Blick weiterhin ins Leere gerichtet. »Erstochen, sagst du?«

»Jo, aber mehr stand da nicht.«

Eine Weile schwiegen die beiden Freunde. Dann fragte Otto: »Meinst du, das war deine Nantje?«

Broder seufzte, zuckte mit den Schultern.

»Wann hast du sie denn das letzte Mal gesehen?«

»Schon ewig her.«

»Wo ist sie denn hin?«

Broder ballte die auf seinen Knien liegenden Hände zu Fäusten. »Sie ist damals nach Hamburg.«

Otto dachte nach. »Na, dann wird das jetzt hoffentlich eine andere Nantje sein.«

Wieder Stille. Nur das Rauschen des Meeres war zu hören. Dann das Schnattern einiger Gänse, die über ihnen Richtung Festland unterwegs waren.

»Die arme Deern.« Otto seufzte bekümmert. »Wer das wohl war? Der Mörder, meine ich.«

»Ihr Mann«, sagte Broder.

Otto drehte den Kopf zu seinem Kumpel. »Meinst du?«

»Das war doch sein Schiff, oder nicht?«

»Schon. Aber deshalb muss er ja nicht der Mörder sein.«

»Er war es. Er ist schuld, ganz sicher.« Broder schwieg, starrte mit zusammengepressten Lippen in die Ferne.

»Woher willst ausgerechnet du das wissen?«

Broder stöhnte, blickte jetzt mit starrer Miene auf seine ausgestreckten Hände und ballte sie zu Fäusten.

Otto kratzte sich müde an den Bartstoppeln und trank noch einen Schluck Bier. »Die hätten den doch bestimmt schon verhaftet, wenn er es wäre.«

»Was stand denn in der Zeitung?«

Otto schüttelte. »Nichts. Die haben keine Ahnung, wer der Mörder ist.«

Ottos Handy klingelte in der Hosentasche. Er stellte die Flasche ab und kramte das Telefon mit seinen dicken Fingern mühsam hervor. Er sah auf das Display. »Oh, Gaby. Einen Moment, bin gleich wieder da.«

Er stand ächzend auf, drückte die Annehmen-Taste und begrüßte seine Frau, während er mit dem Handy am Ohr hinters Haus ging.

Broder blieb allein zurück. Einen Moment saß er wie erstarrt da. Dann ging ein Zittern durch seinen Körper. Mit schmerzerfüllter Miene schloss er seine Augen, wiegte den Kopf hin und her.

»Nein ... nein«, stöhnte er. Eine Träne lief über seine Wange. Er stöhnte, schlug dann mit beiden Fäusten auf seine Knie und trat mit einem wütenden Aufschrei gegen die leere Bierflasche. Klirrend zerbrach sie auf dem Kopfsteinpflaster.

20

Nachdem Sebastian sie aus seinem Restaurant geworfen hatte, hatte zunächst einmal Funkstille zwischen Pat und Theo geherrscht. Sie hatte überlegt, ihrem Kollegen den Kopf zu waschen, meinte aber an seiner Miene sehen zu können, dass er seinen Fehler durchaus selbst erkannt hatte.

»Was jetzt?«, hatte sie ihn gefragt.

Schließlich hatten sie sich entschieden, zurück zur Direktion zu gehen.

Und es gab eine gute Neuigkeit: Auf Pats Schreibtisch lag ein Umschlag mit einem USB-Stick – das Video der Überwachungskamera aus dem Hafen war da! Theo setzte sich neben sie an den Schreibtisch und rieb sich aufgeregt die Hände. »Drück die Daumen. Vielleicht sehen wir unseren Mörder gleich in Aktion.«

Es dauerte ein bisschen, bis Pat die entsprechende Datei und die richtige Stelle auf der Aufzeichnung gefunden hatte. Dann gab es endlich ein Bild.

Doch zu sehen war nichts. Oder so gut wie nichts.

Sie brauchten einen Moment, um zu verstehen, was der Kameraausschnitt zeigte: die Ecke einer Lagerhalle, daneben der nächtliche Himmel und unten, nur als dünner grauer Streifen zu erkennen, etwas Asphalt.

Pat legte den Kopf schief. »Was soll das denn sein?«

Theo seufzte. »Der Ausschnitt stimmt nicht, das ist nicht die Hafeneinfahrt. Die Kamera muss irgendwie verstellt worden sein.«

Für einen Moment starrten die beiden enttäuscht auf das körnige Schwarzweißbild. Plötzlich tauchte ein Schatten direkt vor der Kamera auf! Pat zuckte erschrocken zusammen. Eine Taube blickte auf einmal in die Linse, dann ein Flattern, und das Bild wurde komplett schwarz. Offensichtlich hatte sich das Tier direkt vor die Kamera gesetzt.

»Na toll«, stöhnte Theo. »Sieht aus, als wenn die Taube sich ausgerechnet dort ein Nest gebaut hat.«

Pat schaltete das Video aus. »So ein Mist. Das können wir vergessen. Und eine andere Kamera gibt es nicht. Ich habe gefragt.«

Theo schnappte sich seinen Stuhl, schob ihn zurück zu seinem Platz und setzte sich leise ächzend. Für einen Moment schwiegen beide und schauten nachdenklich ins Leere.

»Wir müssen eben weiter Sebastians Liste mit Nantjes Freundinnen durcharbeiten. Kann doch nicht sein, dass wir nicht rauskriegen, was sie an dem Abend gemacht hat.«

Theo trank einen Schluck Kaffee. »Was ich auch nicht verstehe: Alle im Restaurant haben davon erzählt, wie toll und nett Nantje Schreiber war, trotzdem konnte keiner uns etwas über andere Freundinnen und Freunde verraten. Hat sie wirklich so ein langweiliges Privatleben gehabt?«

»Irgendwas hat sie an dem Abend aber gemacht«, erwiderte Pat. »Und irgendjemand fand sie doch nicht so nett und hat sie umgebracht.«

»Ich wüsste schon jemanden«, sagte Theo und schaute dabei aus dem Fenster. »Aber das willst du ja nicht hören.«

Pat verdrehte die Augen und stöhnte. »Okay, willst du endlich darüber reden, was im Restaurant passiert ist?«

Pat musterte ihn über ihren Bildschirm, beobachtete, wie er auf dem Stuhl quietschend hin und her schwang. Sie musste endlich mal eine Dose mit Kriechöl mitbringen. Theo würde sich nie darum kümmern.

»Nein«, beantwortete er ihre Frage, ohne sie dabei anzuschauen.

»Okay. Aber ich möchte noch was dazu sagen: Können wir uns darauf einigen, uns in Zukunft besser miteinander abzusprechen?«

Theo seufzte. »Einverstanden.«

»Und du wirst mir gleich sagen, wenn du glaubst, wichtige Zeugen gefunden zu haben. Keine Spielchen mehr.«

Er nickte.

»Und ich werde mich bemühen, meine Beziehung zu Sebastian etwas neutraler zu sehen.«

»Sehr gut!« Theo lächelte zufrieden.

»Was nicht bedeutet, dass ich ihn für den Mörder halte.«

Ihr Handy klingelte. Wie immer hatte sie es auf dem Tisch abgelegt. Sie wusste, dass Theo das nicht mochte, aber so konnte sie zwischendurch schnell bei ihren Accounts auf Insta, Facebook und Snapchat vorbeischauen. Sie blickte auf das Display – und verzog das Gesicht.

»Was ist?«, fragte Theo. »Ein Anruf von Mike? Soll ich rausgehen?«

Sie schüttelte den Kopf. »Das ist … der Chef.«

»Krüger?«

Sie nickte.

Theo verzog das Gesicht. »Dann sollte ich vielleicht erst recht rausgehen.«

»Blödsinn.« Pat nahm das Gespräch an. Schon nach einem kurzen Augenblick legte sie wieder auf.

»Sollst du wieder zu ihm kommen?«

»Ja. Aber du auch.«

»Ich? Wieso denn das?«

»Er hat gerade Besuch.«

Theo sah sie verständnislos an.

Pat seufzte. »Sebastian ist bei ihm.«

21

Als Pat zusammen mit Theo das Büro ihres Patenonkels betrat, traute sie ihren Augen nicht. Vor dem großen Schreibtisch saßen zwei Besucher – nicht nur Sebastian Schreiber, sondern auch die Buchhändlerin Ute Holtmann, die in dem Moment, in dem sie in das Zimmer kamen, Sebastians Hand losließ, die sie bis dahin festgehalten hatte.

Pat sah ratlos zu Theo, der aber mindestens so baff war wie sie selbst.

Ihr Patenonkel wirkte sonderbar aufgeräumt. »Ah, die Kollegen! Setzt euch doch«, sagte er und wies auf ein schmales Ledersofa, das vor dem Fenster stand. Das Leder quietschte, als sie mit Theo Platz nahm.

Horst räusperte sich. »Ich nehme mal an, ihr seid überrascht, unsere beiden Gäste hier bei mir zu sehen. Ich muss zugeben, ich war es auch.«

Pat und Theo nickten mechanisch. Pat warf ihm einen Seitenblick zu und meinte zu hören, wie hinter seiner gerunzelten Stirn die kleinen Rädchen arbeiteten.

»Sebastian«, wandte sich Horst an seinen Gast, der ein wenig betreten zu Boden blickte, »wiederhol doch bitte für Kommissar Krumme und Patrizia, was du mir gerade erzählt hast.«

Schreiber nickte. »Natürlich«, fing er an und sah jetzt mit seinen braunen Augen zum ersten Mal direkt zu Pat und Theo. »Ich glaube, ich muss mich für meinen etwas emotionalen Auftritt im Restaurant heute Mittag entschuldigen.«

»Sie haben uns beschimpft und rausgeschmissen«, stellte Theo fest.

»Ich weiß, und dafür bitte ich um Verzeihung. Aber die Situation ist nun mal nicht einfach für mich, und …«

»Herr Krüger, was soll das hier werden?«, fiel Theo ihm ins Wort und sah Horst an.

Der nickte ihm gütig lächelnd zu. »Hören Sie einfach zu, was Herr Schreiber Ihnen zu sagen hat, mein lieber Krumme.«

Sebastian räusperte sich. »Bitte verstehen Sie mich, ich war vorhin einfach nicht ich selbst. Aber Ihre Vorwürfe, vor allen Mitarbeitern – das war einfach zu viel.«

»Aber …«, fing Theo empört an, doch Horst brachte ihn mit dem erhobenen Zeigefinger zum Schweigen.

»Deswegen bin ich hierhergekommen. Ich und – Ute. Wo ich offen sprechen kann. Ja, ich gebe zu, wir sind ein Paar. Schon länger.« Er griff wieder nach Ute Holtmanns Hand. Die lächelte ihn warmherzig an. »Bisher haben wir versucht, unsere Beziehung geheim zu halten.«

»Sie haben uns angelogen«, schnaubte Theo und sah ihn vorwurfsvoll an. »Und Sie auch, Frau Holtmann«, sagte er zu der Buchhändlerin, die verlegen den Blick senkte.

»Vielleicht war es ja tatsächlich der falsche Augenblick für ein Geständnis, Theo«, warf Pat vorsichtig ein.

Der sah sie verärgert an, aber Frau Holtmann nickte dankbar. »Ich konnte Ihnen doch unmöglich vor meinem Kollegen die Wahrheit verraten«, sagte sie.

Sebastian sprach weiter: »Seit einem halben Jahr sind Ute und ich ein Paar. Nantje hatte keine Ahnung. Ich weiß, das hört sich schäbig an. Aber ich hatte Angst, ihr die Wahrheit zu sagen. Schließlich leiten wir das Restaurant zusammen. Sie war immer an meiner Seite, auch in Hamburg. Als Geschäftspartnerin war sie unverzichtbar. Ich hatte Angst, ein Streit würde alles zerstören, mein Lebenswerk, alles.« Seine Stimme bebte.

Ute Holtmann ließ seine Hand los. Ihr gequältes Lächeln verriet Pat, wie sehr es sie schmerzte, dass Nantje noch immer eine so wichtige Rolle in seinem Leben gespielt hatte.

»Deshalb haben wir unsere Beziehung geheim gehalten«, fuhr Sebastian fort. »Und deshalb habe ich Ihnen nicht die Wahrheit gesagt …«

»Was eindeutig ein Fehler war«, unterbrach ihn Horst. »Schließlich geht es um eine Morduntersuchung.«

Theo nickte mit Nachdruck, ließ Sebastian dabei nicht aus den Augen.

Der griff wieder nach der Hand seiner Partnerin. »Ich selbst hätte vielleicht nicht die Kraft gehabt. Aber dann hat mich Ute angerufen und hat darauf bestanden, dass wir endlich reinen Tisch machen müssen. Schluss mit den Lügen! In unserem eigenen Interesse. Aber auch Nantje zuliebe.«

»Selbst wenn uns das natürlich erst einmal auch zu Verdächtigen macht«, sagte die Buchhändlerin.

Theo betrachtete die Frau schweigend und nickte. Dann wandte er sich an Sebastian: »Sie haben uns gestern gesagt, Ihre Frau sei die große Liebe Ihres Lebens gewesen.«

Ute Holtmann warf Sebastian einen fast ängstlichen Blick zu. Der antwortete nach kurzem Zögern: »Das war vielleicht nicht ganz korrekt ausgedrückt, Herr Kommissar. Ich habe Nantje wirklich geliebt, sie *war* lange Zeit die Liebe meines Lebens.« Er schwieg und schaute sichtlich verlegen in die Runde, bevor er fortfuhr. »Aber dann ist diese Liebe erloschen, war nur noch Freundschaft. Am Ende hatte ich sogar den Eindruck, wir sind nur noch gute Kollegen.«

»Und gemeinsame Eigentümer der Restaurants?«, warf Theo ein.

Sebastian sah Theo ernst an. »Moment, wollen Sie mir unterstellen, ich hätte sie umbringen wollen, um an ihre Anteile zu kommen?«

»Ich unterstelle gar nichts, Herr Schreiber. Ich versuche mir nur ein Bild von der Gesamtlage zu machen.«

»Genau deshalb wollten wir beide zu Ihnen«, erwiderte Sebastian, »um das klarzustellen. Ja, wir haben eine Beziehung. Und ja, wir lieben uns. Aber nein, wir haben nichts mit dem schrecklichen Mord an Nantje zu tun. Das ist völlig absurd!«

Krumme sah Ute Holtmann an. »Sie haben gesagt, Sie hätten am Montagabend allein in Ihrem Laden an der Steuererklärung gearbeitet. Bleiben Sie bei dieser Aussage?«

Ute Holtmann tauschte einen Blick mit Sebastian und schaute schließlich verlegen zu Boden. »Nein.«

»Wo waren Sie dann?«

»In Hamburg. Bei Sebastian. Die ganze Nacht.« Sie flüsterte fast und sah Theo nicht an.

Eine Weile herrschte Schweigen, dann fragte Pat: »Hat Nantje wirklich nichts von eurer Beziehung gewusst?«

Frau Holtmann zuckte nur mit den Schultern.

»Ich glaube nicht«, antwortete Sebastian.

»Sie *glauben*?« Theo legte den Kopf schief.

Pat stellte schnell eine weitere Frage: »Sebastian – hatte Nantje ebenfalls eine Beziehung?«

Er sah sie überrascht an, als hätte sie eine völlig abwegige Frage gestellt. Er überlegte einen Moment und schüttelte den Kopf. »Nein, das hätte ich bestimmt gemerkt.«

Theo schnaubte. »Aber Sie waren ein so begnadeter Schauspieler, dass Ihre Frau garantiert nichts bemerkt hat?«

»Krumme!«

Horst warf ihm einen warnenden Blick zu. Auch Sebastian sah Theo böse an.

Der schüttelte den Kopf. »Nennen Sie mich altmodisch. Aber was ist das für eine Ehe, wenn man nicht wenigstens ahnt, dass da was im Busch ist?«

»Keine gute. Deshalb habe ich ja auch eine neue Beziehung gesucht. Und gefunden.« Schreiber griff nach Ute Holtmanns Hand.

Touché, dachte Pat.

Theo wollte etwas erwidern, doch Krüger erhob sich und sagte: »Frau Holtmann, Sebastian – vielen Dank fürs Kommen. Ich muss euch allerdings bitten, vorerst die Stadt nicht zu verlassen und euch zu unserer Verfügung zu halten.« Damit ging er zur Tür und hielt sie seinen Gästen zuvorkommend auf.

Pat und Theo hatten sich ebenfalls erhoben und wollten gehen, doch Horst schloss die Tür und wandte sich zu ihnen um. »Hiergeblieben, Krumme! Mit Ihnen habe ich noch ein Wörtchen zu reden.«

Theo sah ihn überrascht an.

Gemeinsam nahmen sie wieder auf den frei gewordenen Stühlen Platz.

Pats Patenonkel musterte Theo vorwurfsvoll. »War das eben wirklich nötig, Krumme?«

»Was? Ich habe nur meine Arbeit gemacht.«

Horst stöhnte. »Kann es sein, dass Sie diesen Fall ein bisschen zu persönlich nehmen?«

»Wie bitte?«

»Es ist sehr offensichtlich, dass Sie Herrn Schreiber absolut nicht ausstehen können.«

»Bei allem Respekt, Herr Krüger, kann es sein, dass Sie in diesem Fall persönlich befangen sind?«

Pat hielt die Luft an, und auch ihr Patenonkel presste die Lippen verärgert aufeinander.

Aber Theo war noch nicht fertig. »Wir sind noch am Anfang der Ermittlungen. Aber ich werde einen Tatverdächtigen nicht mit Samthandschuhen anfassen, nur weil Sie beide«, jetzt sah er auch zu ihr, »mit ihm befreundet sind.«

Horst räusperte sich, drehte mit angestrengter Miene den Hals und bemühte sich, Ruhe zu bewahren. »Tatverdächtiger? Wenn ich richtig informiert bin, hat er ein sicheres Alibi. Das jetzt sogar noch mal von Frau Holtmann unterstützt wird.«

Theo schwieg. Was sollte er dazu auch sagen?

Horst seufzte. »Krumme, ich schätze Sie sehr, Sie sind mein bester Mann. Was meinen Sie, warum ich ausgerechnet Sie vor zwei Jahren nach Föhr geschickt habe? Und überhaupt: Zusammen mit Pat haben Sie in den letzten Jahren beachtliche Erfolge gehabt.«

Er musterte Theo mit ernster Miene, hoffte wohl auf eine versöhnliche Reaktion. Aber Theo zeigte keine Regung.

Pat versuchte es weiter mit Deeskalation. »Ich glaube, wir haben schon verstanden, was du meinst, Horst. Am besten, wir machen uns sofort wieder an die Arbeit.«

Horst musterte Theo. »Ja, Krumme? Ist das so? Haben wir uns verstanden?«

Theo nickte. »Samthandschuhe für Schreiber, alles klar.«

»Verdammt, Krumme!« Zum ersten Mal erlebte Pat ihren Patenonkel richtig sauer. »Hören Sie auf, hier einen privaten Kleinkrieg zu führen, das ist alles, was ich will. Konzentrieren Sie sich nicht nur auf Sebastian Schreiber! Finden Sie den richtigen Mörder! Und wenn Ihnen das zu kompliziert ist, suche ich mir eben jemand, für den es das nicht ist. Haben Sie das endlich verstanden?«

22

»Dieser blöde Kerl! Was denkt der sich eigentlich? Wie soll ich meine Arbeit machen, wenn er mir ständig dazwischenfunkt?«

Krumme marschierte aufgebracht auf der Terrasse hin und her. Sonny dachte, er wolle spielen, und sprang ihm aufgeregt vor die Beine, doch Krumme beachtete ihn gar nicht.

»Meine Güte, jetzt beruhig dich endlich! Du machst mich ganz nervös mit deinem Rumgerenne.« Marianne stöhnte genervt. Sie hatte es sich mit einem Buch und einer dicken Decke auf der Liege bequem gemacht.

Krumme drehte noch eine weitere Runde. »Vielleicht gehöre ich einfach nicht aufs Land. Dieser Klüngel! Ich soll diesen Schreiber mit Samthandschuhen anfassen, oder wie?«

Marianne zog die Decke enger um sich. Die Sonne stand schon tief, und es wurde langsam frisch. »Nun übertreib nicht. Deinen Chef kenne ich nicht. Aber auf Pat kannst du dich immer verlassen. Ihr seid viel mehr als nur Kollegen, richtige Freunde.«

»Ach ja? Krüger ist ihr Patenonkel. Die kennen sich schon ewig.«

»Na und? Sie würde dich nie im Stich lassen.«

Krumme blieb endlich stehen und ließ sich das Gesicht von den letzten Sonnenstrahlen wärmen.

»Du hättest mal sehen sollen, mit was für verklärten Augen Pat diesen Schreiber wieder angeguckt hat. Dabei hat er uns die ganze Zeit an der Nase herumgeführt. Aus seinem Restaurant hat er uns empört rausgeschmissen. Und kurz darauf hockt er bei Krüger im Büro, spielt den romantischen Liebhaber und behauptet, alles war nicht so gemeint. Und Pat fällt auf diesen unverschämten Lügner rein.«

»Hörst du eigentlich, wie du redest?«

Krumme wischte sich mit der Hand über die Stirn und blickte in den Himmel. »'tschuldigung«, sagte er, ohne sich umzudrehen. »Ja, vielleicht hat Krüger recht, und ich nehme das alles zu persönlich.«

»Endlich wirst du vernünftig.« Sie hustete.

Krumme drehte sich um und sah zu seiner Freundin, die sich müde die Hand vor den Mund hielt und jetzt auch nieste.

»Du Arme, geht's dir immer noch nicht besser?«

Besorgt ging Krumme zu ihr und setzte sich neben sie auf die Liege. »Nicht dass du morgen krank bist.« Er legte ihr die Hand auf die Stirn. »Nein, richtig Fieber hast du nicht. Vielleicht ein bisschen erhöhte Temperatur?«

»Mach dir keine Sorgen. Bis morgen bin ich wieder gesund.«

»Das musst du auch. Wir wollen doch nach Hooge.«

»Aber erst am Nachmittag. Ich gehe heute früh ins Bett, dann bin ich bis dahin wieder topfit. Ich will das Baby doch nicht anstecken.« Sie hustete erneut.

Krumme schüttelte reumütig den Kopf. »Was bin ich nur für ein grober Klotz«, sagte er. »Du bist krank, und ich rede nur über diesen blöden Restaurantfritzen.«

Sie lächelte. »Ich weiß doch, dass du dir den Ärger erst mal von der Seele reden musst. Und wenn nicht mit mir, mit wem dann?« Sie legte den Kopf schief. »Aber ich hoffe doch sehr, dieser Schreiber ist nicht euer einziger Verdächtiger.«

Krumme zuckte mit den Schultern. »Wir haben heute noch mit ein paar Freundinnen und Nachbarn der Toten gesprochen. Haben aber nicht viel erfahren. Nantje Schreiber hatte praktisch keine Hobbys und hat die meiste Zeit nur bei der Arbeit verbracht.«

»Aber am Abend ihres Todes nicht?«

Krumme schüttelte den Kopf. »Vielleicht findet die Spurensicherung in Schreibers Wohnung etwas, das uns verrät, was sie Montagabend gemacht hat. Und ob sie überhaupt zu Hause gewesen ist. Dort umgebracht wurde sie jedenfalls nicht.«

Er stockte, was tat er hier? Er war mit Marianne auf der Terrasse an einem warmen Sommerabend und quatschte über Morde.

»'tschuldigung, jetzt reden wir ja doch wieder über die Arbeit.«

»Ich habe gefragt.«

»Weil du nett sein wolltest.«

Er strich ihr zärtlich eine Haarsträhne zur Seite, die

der Wind ihr ins Gesicht geblasen hatte. Sie lächelte verliebt, musste dann aber erneut husten.

»He, das hört sich wirklich nicht gut an. Soll ich dir einen Tee machen?«

Sie schüttelte den Kopf. »Wie lieb. Aber nicht nötig. Ich leg mich gleich ins Bett.«

Krumme lächelte besorgt. »Wie wär's, wenn ich mich neben dich kuschel und aufpasse, dass du auch wirklich gesund wirst?«

»Tolle Idee. Aber wer geht mit Sonny noch mal raus?«

»Ist das wirklich nötig?«

Sie nickte, lächelte. »Muss ich dich an letzte Woche erinnern?«

Musste sie nicht. Sie waren nach einem langen, harten Tag völlig erschöpft ins Bett gefallen. Krumme wusste nicht, ob Sonny sich gemeldet hatte, aber am nächsten Morgen war der Flur neben seinem Hundekorb komplett nass gewesen.

Er gab sich einen Ruck und stand auf. »Na schön, wo steckt der Rocker denn?«

Nachdem Krumme nicht mit ihm hatte spielen wollen, hatte Sonny sich in die Wohnung verzogen. Er rief nach ihm, aber der Hund kam nicht. Nichts Gutes ahnend betrat Krumme ebenfalls das Wohnzimmer. Vor einem Monat hatte der Hund hier alle Kissen zerrissen und mit den Daunen glücklich bellend einen Schneesturm verursacht.

Mit den Kissen vergnügte er sich diesmal nicht. Auch in seinem Korb und in der Küche konnte Krumme ihn nicht finden. In Mariannes Arbeitszimmer ebenfalls nicht, obwohl sie die Tür nicht wie sonst geschlossen hatte.

Schließlich schaute er im Schlafzimmer nach. Als er die Tür aufstieß, sah er die Bescherung. Der Boden war übersät mit Papierfetzen. Sonny hatte das aktuelle Exemplar der *Husumer Nachrichten* gefunden, die Zeitung kurz und klein zerrissen und im ganzen Zimmer und auf dem Bett verteilt.

»Na warte!«, brummte Krumme. Jetzt war ihm auch klar, was die ausgebeulte Bettdecke zu bedeuten hatte. Und tatsächlich: Offensichtlich seiner Schuld bewusst, hatte der Hund sich unter der Decke versteckt. Als er sie zur Seite schlug, lag Sonny flach auf dem Laken und sah ihn mit großen dunklen Augen an.

»Was soll ich nur mit dir machen?«, fragte Krumme matt.

In diesem Moment kam Marianne ins Schlafzimmer und sah das Chaos. Sie lachte. »Raus mit euch beiden«, sagte sie, »ich räum hier auf.«

23

Es war schon dunkel, als Krumme mit Sonny auf die Straße ging. Sie wohnten in einem schönen Stadthaus nördlich der Husumer Altstadt, eine ruhige Gegend, in die sich auch im Sommer kaum ein Tourist verirrte. Krumme zog die frische Abendluft zufrieden ein. Mit dem Wissen, dass Marianne im Bett lag, entschied er sich zu einem etwas längeren Spaziergang. Eine gute Gelegenheit, um mit Sonny das zu trainieren, was neulich in der Hundeschule so gar nicht funktioniert hatte: das Bei-Fuß-Gehen.

Als ob er seine Tat in ihrem Schlafzimmer wiedergutmachen wollte, war Sonny jetzt folgsam und brav. Krumme blieb nach wenigen Metern stehen, schaute streng zu seinem Freund hinunter. Und Überraschung – auf ein leises Kommando hin setzte sich der Hund und sah ihn erwartungsvoll an. Ein kurzes Kopfnicken, dann ging Krumme weiter und auch Sonny sprang auf, marschierte neben ihm über den Bürgersteig. Ruhig, ohne zu rennen oder zu zerren. Die Leine hing locker zwischen ihnen, genau so, wie Steffi, die Hundetrainerin, es ihnen beigebracht hatte.

»Na also«, sagte Krumme, »geht doch.« Er hielt

wieder an, gab Sonny zur Belohnung ein Stück Würstchen und wiederholte die Übung.

Es war nicht zu fassen. Auf einmal benahm sich Sonny wie ein normaler Hund, trottete, ohne zu murren, neben ihm, wartete an seiner Seite vor dem Zebrastreifen und ging erst weiter, als die wenigen Autos vorbeigefahren waren.

Krumme lächelte zufrieden und hätte am liebsten alles gefilmt, um Steffi zu beweisen, dass er sehr wohl imstande war, einen kleinen Hund zu erziehen. Mit hocherhobenem Haupt marschierte er an anderen Spaziergängern vorbei, fragte sich, wie souverän er wohl wirkte. Der stolze Hundeführer und sein treuer Kamerad.

Mit Watson, Sonnys Vater, war er auch sehr gern unterwegs. Doch meistens war es der riesige Mischling aus Bernhardiner und Leonberger, der bestimmte, wohin die Reise ging. Krumme gelang es einfach nicht, Watson zu bändigen. Immer wieder riss der kalbsgroße Hund sich los. Und zog Krumme wie ein Spielzeug hinter sich her, wenn er die Leine nicht rechtzeitig losließ.

Irgendwann würde Sonny so groß wie sein Vater sein. Aber Krumme war sicher, dass es bei ihm anders sein würde. Sonny hatte immerhin schon als Welpe erkannt, wer sein Herrchen war. Krumme war überzeugt, in Zukunft würde Sonny keine Schwierigkeiten mehr machen.

Was für ein schöner Ausflug! Krumme roch den Duft der Blumen in den Vorgärten und lauschte den geheimnisvollen Geräuschen der nächtlichen Stadt. Schon in Berlin waren die Abendstunden, wenn sich der Trubel des Tages gelegt hatte, seine Lieblingszeit gewesen. Vor allem nach der Trennung von seiner Exfrau Maria hatte er diese Ruhe für lange Spaziergänge durch die Nebenstraßen Neuköllns genutzt. Dass das nicht ganz ungefährlich war, hatte ihn damals nicht interessiert.

Doch wohin sollten er und Sonny heute gehen? Krumme entschied sich für den Schlosspark, einen seiner Lieblingsorte in der Stadt. Das Husumer Schloss war der einzige noch erhaltene Schlossbau an der schleswig-holsteinischen Westküste und frühere Residenz des dänischen Königshauses gewesen. Jetzt beherbergte der Prachtbau neben einem Museum auch eine Musikschule. Als Krumme mit Sonny an dem beleuchteten Schloss vorbeischlenderte, konnte er hören, wie sich ein Schüler oder eine Schülerin an dem Gitarrensolo von Led Zeppelins »Stairway to Heaven« versuchte. Krumme blieb einen Moment stehen, um sich die Musik bis zum Ende anzuhören.

Schließlich gingen sie weiter durch den Park, der mit seiner Krokusblüte im Frühling viele Touristen aus ganz Deutschland anzog. Jetzt, in der Dunkelheit, waren nur noch Hundebesitzer unterwegs. Um den gerade so folgsamen Sonny nicht zu verwirren, beschloss Krumme, zurück auf beleuchtete Wege zu gehen.

Ohne groß zu überlegen, spazierte er weiter Richtung Altstadt und fand sich im nächsten Moment in der Theodor-Storm-Straße wieder. Krumme wusste selbst nicht, was er sich davon versprochen hatte – aber war es Schicksal oder Zufall? Vor dem Haus der Schreibers standen im Licht der Straßenlaterne zwei Personen: Sebastian Schreiber und Ute Holtmann.

Besonders traurig wirkte der frisch verwitwete Restaurantbetreiber nicht. Schreiber küsste seiner Freundin zärtlich den Hals und fasste ihr dabei mit der Hand leicht ungalant an den Hintern. Aber Ute Holtmann schien es zu gefallen. Ihr Kichern war in der stillen Straße gut zu hören. Wie es aussah, hatten die beiden ihr »Geständnis« bei der Polizei ein bisschen gefeiert.

Krumme schüttelte den Kopf. Zusammen mit Sonny blieb er im Schatten eines Lieferwagens stehen, unsichtbar für das glückliche Paar. Aber Sonny hatte keine Lust auf langes Warten im Dunkeln. Ein kurzer Ruck, und er marschierte einfach weiter.

»He, hiergeblieben!«, zischte Krumme erschrocken, doch Sonny war nicht zu stoppen, zog ihn an der Leine mit hinaus ins Licht. Sein Ziel – ausgerechnet das verliebte Pärchen!

»Schau mal, was für ein süßer Hund!«, rief Ute Holtmann aus, als Sonny aufgeregt an ihr zu schnuppern begann.

Doch Schreiber hatte bereits gesehen, wer am anderen Ende der Leine hing. »Herr Kommissar? Was treiben Sie schon wieder hier?«, fuhr er ihn wütend an. Von der verlegenen Büßerstimmung aus der Direktion war nichts mehr zu spüren.

»Nur ein kleiner Abendspaziergang.« Krumme versuchte mit hochrotem Kopf, Sonny von Ute Holtmann fernzuhalten, was ihm aber nicht gelingen wollte. Erstaunlich, wie kräftig der junge Hund schon war.

»Nehmen Sie Ihren Köter weg!«, schimpfte Schreiber.

»Keine Angst, der tut nichts«, ächzte Krumme. Zumindest Ute Holtmann schien der Hund nicht zu stören. Sie war in die Knie gegangen, um ihn besser streicheln zu können.

Aber ihr Begleiter hatte nur Augen für Krumme. »Observieren Sie mich etwa?«

»Nein, ich habe es doch gesagt, ich bin nur kurz mit dem Hund raus.«

Schreiber stemmte die Hände in die Hüften. »Und da kommen Sie ausgerechnet hier vorbei? Ich werde mich über Sie beschweren. Ist doch nicht zu fassen, dass Sie sich sogar nachts vor meinem Haus herumtreiben.«

Krumme bemerkte erst jetzt, dass Schreiber in der linken Hand eine Champagnerflasche hielt. »Störe ich etwa? Gibt's was zu feiern?«, fragte er.

»Was geht Sie das an?«

»Nichts. Aber ich dachte nur, nach dem Verlust Ihrer Seelenverwandten wäre eher etwas Besinnung angesagt.«

Schreiber sah ihn voller Verachtung an. »Sie glauben, Sie durchschauen mich, was? Aber Sie haben keine Ahnung. Und jetzt lassen Sie uns gefälligst in Ruhe!«

»Das tue ich. Für heute Abend«, sagte Krumme grimmig. Er zog an Sonnys Leine, aber der Hund hatte beschlossen, noch ein bisschen bei Ute Holtmann zu bleiben.

Schreiber nutzte die Gelegenheit, sich wütend vor Krumme aufzustellen und ihn – er war einen Kopf größer – von oben herab verächtlich ins Visier zu nehmen.

»Ich weiß, Sie wollen mich für Nantjes Tod drankriegen. Aber wissen Sie was, Herr Kommissar? So ein kleiner Büttel wie Sie wäre viel zu doof, um mir irgendetwas nachzuweisen.«

Krumme ballte die Fäuste. »Soll das ein Geständnis sein?«

Schreiber schaute ihn mit einem schiefen Lächeln an. »Ich warne Sie, halten Sie sich von uns fern! Sonst rede ich mit Ihrem Vorgesetzten und sag ihm, dass er Sie so richtig in den Arsch treten soll! Haben Sie das verstanden?«

Ute Holtmann erhob sich und fasste ihren angetrunkenen Freund am Arm. »Sebastian, bitte beruhig dich!«

In der Nachbarschaft leuchteten bereits ein paar Fenster auf.

»Jetzt komm, mein Kleiner«, sagte Krumme zu Sonny. »Wir sind hier nicht mehr erwünscht.«

Glücklicherweise hatte der Hund das Interesse an Ute Holtmann endlich verloren, nachdem sie aufgehört hatte, ihn zu streicheln. Nun zerrte er mit aller Macht in die Richtung, aus der sie gekommen waren.

Aber so armselig mochte Krumme sich hier nicht verabschieden. Er blieb noch mal stehen und wandte sich an das Paar. »Wir sind noch nicht fertig miteinander, Herr Schreiber«, sagte er, um Haltung bemüht. »Wenn Sie wieder nüchtern sind, habe ich weitere Fragen an Sie.«

Schreiber sah ihm verächtlich nach. »Passen Sie mal lieber auf Ihren Köter auf!«, rief er ihm zu. »Sonst sorge ich dafür, dass Sie eine Anzeige kriegen.«

Verwirrt schaute Krumme zu Sonny. Der stand wieder neben dem Transporter, wedelte mit dem Schwanz – und strullerte an die Tür des Lieferwagens.

24

Weder Krumme noch Schreiber und seine Freundin hatten den großen Mann in kurzen Hosen bemerkt, der ihr Gespräch nicht weit entfernt im Schutz einer alten Kastanie heimlich belauscht hatte.

Broder war schon eine ganze Weile hier, hatte auf Schreiber gewartet, zuerst noch in seinem Transporter. Dabei hatte er eine halbe Flasche Korn geleert. Seine schlechte Laune hatte sich danach nicht gebessert, ganz im Gegenteil. Wenn ein Passant ihn bemerkt hätte, hätte er sehen können, wie seine Lippen sich bewegten, als würde er mit einer unsichtbaren Person streiten.

Schließlich war er aus seinem Transporter geklettert und hatte leicht schwankend neben die Kastanie gepinkelt.

In dem Moment waren Schreiber und seine Freundin zurückgekehrt. Mit geballten Fäusten hatte Broder beobachtet, wie die beiden verliebt miteinander knutschten und kicherten. Und wie Schreiber versucht hatte, seine Geliebte zu überreden, mit zu ihm ins Haus zu kommen.

Doch dann war dieser ältere Mann mit dem Hund aufgetaucht. Aus seinem Versteck hatte Broder nicht

jedes Wort verstehen können. Aber so viel war klar:
Der andere Mann war ein Kommissar. Und davon
überzeugt, dass Schreiber Nantje umgebracht hatte.
Broder hatte deutlich gehört, wie Schreiber den Kommissar ausgelacht hatte. Weil der ihm seine Tat nicht
beweisen konnte.

Jetzt war der Kommissar weg, genau wie die fremde
Frau, der nach dem Streit die Lust auf eine gemeinsame
Nacht vergangen war. Nach ein paar letzten, feuchten
Küssen hatte sie sich verabschiedet und war gegangen,
allein, während Schreiber in seiner dicken Stadtvilla
verschwunden war. Broder konnte durch die beleuchteten Fenster sehen, wie er sich etwas zu trinken aus
dem Kühlschrank holte und dann in einem anderen
Zimmer verschwand. Wohl im Wohnzimmer. Ein
blaues Flimmern hinter der Gardine verriet, dass er
den Fernseher angeschaltet hatte.

Broder atmete schwer, fasste sich an den Kopf. Die
Luft war klar und kühl, doch der Schnaps zeigte seine
Wirkung.

Er blickte nach oben in den Himmel, als würde er
Rat bei den wenigen Sternen suchen, die in dieser
Nacht zu sehen waren. Dann schaute er wieder unschlüssig zu dem Haus.

Ein Mercedes kam in die Theodor-Storm-Straße gefahren und riss ihn aus seinen Gedanken. Erst im letzten Augenblick gelang es Broder, sich hinter der Kastanie vor dem Lichtkegel des rangierenden Wagens zu
verbergen. Schließlich verschwand das Auto in einer
Garage. Broder atmete erleichtert durch.

Unschlüssig blickte er zu seinem Transporter, der nicht weit entfernt an der Straße parkte. Dann fasste er einen Entschluss. Er drückte den Rücken durch und wollte gerade sein Versteck verlassen, als Schreiber oben ein Fenster öffnete und hinaus auf einen schmalen Balkon trat. Mit weit aufgeknöpftem Hemd und einem Cocktailglas in der Hand stand er an der Brüstung und schaute mit leerem Blick in die Nacht.

Wie gebannt starrte Broder zu ihm hinauf, beobachtete, wie sich Schreiber eine Zigarette anzündete und mit einem zufriedenen Lächeln den Himmel betrachtete. Schon nach ein paar tiefen Zügen hatte er genug vom Rauchen und schnippte die Kippe achtlos in die Nacht. Schreiber trank einen Schluck, kehrte dann wieder ins Haus zurück und schloss die Balkontür.

Es dauerte einen Moment, bis Broder sich aus seiner Starre löste. Statt Unsicherheit spürte er auf einmal nur Wut und Verachtung.

Endlich marschierte er los, aber nicht zum Transporter, sondern zum Haus. Er begutachtete die hölzerne Eingangstür, holte dann sein Messer aus der Hosentasche und machte sich am Schloss zu schaffen. Nur ein kurzes Knacken, und er stand im dunklen Flur.

Broder schaute sich um, betrachtete die edle Einrichtung, die so ganz anders aussah als die in seinem Zuhause auf der Insel.

Aus der ersten Etage hörte er den Fernseher. Sport. Ein Fußballspiel.

Broder steckte das Messer weg und ging wie ferngesteuert die Marmorstufen hinauf.

Schließlich hatte er die erste Etage erreicht. Wieder ein Flur. Broder konnte durch eine offene Tür die Küche erkennen. Die Tür zum Wohnzimmer war nur angelehnt, Licht fiel durch den Spalt hinaus auf den Flur.

Broders Blick fiel auf eine Kommode, die wenige Schritte entfernt von ihm stand. Er trat vorsichtig näher. Eine Kristallschale, in der mehrere Schlüssel lagen. Ungeöffnete Briefe.

Daneben standen einige gerahmte Fotos. Alle zeigten Schreiber. Beim Segeln auf seiner Yacht, in seinem Restaurant, mit einer Sonnenbrille in einem schwarzen Sportwagen.

Ein Foto lag mit der Bildseite nach unten auf der Kommode. Broders große Hände zitterten, als er es umdrehte. Es zeigte Nantje. Natürlich zusammen mit Schreiber. Den Arm lässig um seine Frau gelegt blickte er strahlend in die Kamera. Nantje dagegen wirkte unsicher, schien sich zu fragen, was sie auf diesem Bild verloren hatte. Broder seufzte und fuhr mit seinem Zeigefinger über ihr Gesicht.

»Scheiße!«

Erschrocken drehte Broder sich um. Schreiber stand in der offenen Wohnzimmertür.

»Was bist du denn für ein Freak?«

Schreiber wirkte verwirrt, verstört, schien aber keine Angst zu haben. »He, ich will keinen Ärger. Brauchst du Kohle? Ich habe nichts im Haus. Nur Kleingeld. Kannst du gern haben, aber dann hau gefälligst ab und lass mich ...«

»Du bist schuld«, fiel Broder ihm ins Wort.

Schreiber sah, dass er Nantjes Foto in der Hand hielt. »He, was bist du denn für ein Spinner?«

»Du mieses Schwein«, fuhr Broder ihn hasserfüllt an, ging dann auf ihn zu. »Du hast Nantje getötet!«

Schreiber zog die Augenbrauen zusammen. Dann griff er in seine Hosentasche, holte sein Handy hervor. »Stopp! Noch ein Schritt, und ich ruf die Polizei!«

Broder schlug ihm das Telefon aus der Hand. Mit lautem Poltern fiel es auf den Parkettboden.

Schreiber sah ihn wütend an. »He, du Arsch, was soll das denn?«

»Nantje hat mir alles erzählt!«

»Was? Wer zum Teufel bist du?«

»Sie hatte Angst vor dir. Sie wusste, was du vorhast.« Broder zitterte vor Wut, baute sich drohend vor Schreiber auf.

Der war nicht so kräftig wie er, aber genauso groß. »Hau endlich ab! Hast du zu viel gesoffen? Keine Ahnung, wovon du redest!« Er versuchte Broder mit beiden Händen von sich wegzustoßen.

Der war zwar betrunken, doch schwer wie ein Klotz. Er rührte sich nicht von der Stelle. Stattdessen holte Broder aus und versetzte Schreiber einen heftigen Schlag mit der flachen Hand. Der taumelte zurück, konnte sich nur mit Mühe auf den Beinen halten. Fassungslos hielt er sich die Wange und starrte Broder mit funkelnden Augen wütend an. »Dafür kommst du in den Knast!«

Er wandte sich um, lief ins Wohnzimmer.

Broder folgte ihm. Der Raum war hell erleuchtet. Er blinzelte überfordert mit den Augen, spürte benommen den Alkohol. Schweiß lief ihm über die Stirn. Schreiber hatte sich unterdessen ein Festnetztelefon geschnappt und versuchte offenbar, die Nummer der Polizei einzugeben. »Du Mörder!«, zischte Broder und versetzte Schreiber erneut einen heftigen Stoß. Der verlor das Gleichgewicht, stürzte rückwärts über einen kleinen Tisch, krachte mit dem Kopf auf den Holzboden und blieb reglos liegen.

Broder starrte erschrocken auf ihn hinunter. Böses ahnend ging er in die Knie, berührte mit seinen großen Händen vorsichtig Schreibers Gesicht, drehte es langsam zur Seite. Und hatte auf einmal Blut an den Fingern.

»O nein«, flüsterte er voller Entsetzen, als er begriff, was er getan hatte.

25

Gaikebüll, nordfriesische Uthlande, Januar 1362

Sie brauchten eine halbe Ewigkeit, um bis zum Hof der Ingwersens zu gelangen. Beeke konnte nur mit Mühe gehen, Oke musste sie den ganzen Weg stützen. Der kleine Luider klammerte sich an Okes Hand und sah ängstlich zu den dunklen Wolken auf.

Der Sturm brüllte in ihrem Rücken. Es regnete ununterbrochen. An manchen Orten war der Boden so schlammig, dass sie fast bis zu den Knien einsanken. Doch Okes Kraft war ungebrochen. Wild entschlossen führte er seine kleine Familie durch die Einöde der Edomsharde, ohne eine Rast einzulegen, getrieben von Wut und Hass.

Beeke hatte ihm nicht erzählen wollen, was genau geschehen war. Das machte es für Oke nur schlimmer. Der Gedanke an die Qualen, die der zerschundene Körper seiner geliebten Frau hatte erdulden müssen, trieb ihm die Tränen in die Augen.

»Gebhardt«, hatte sie schließlich geflüstert, als er nicht aufgehört hatte, sie mit seinen Fragen zu bedrängen. Er hatte sie zärtlich an sich gedrückt, versucht, den maßlosen Zorn, der in ihm tobte, zu verbergen.

Derweil hatte ihre kleine Hütte im immer heftigeren Orkan geknirscht und geächzt. Oke war sicher, dass sie das Unwetter nicht überstehen würde.

Endlich tauchte der große Schatten des Ingwersen-Hofs vor ihnen auf. Mächtig thronte er auf einer Warft. So schlimm der Sturm auch wüten würde, hier waren sie sicher.

Kurz vor dem großen Holztor knickten Oke die Beine weg. Er sackte mit den Knien auf das Steinpflaster, kämpfte gegen die schwindenden Sinne. Beeke war mit ihm zu Boden gesunken, hockte auf allen vieren, dann wurde alles schwarz um ihn. Er hörte das Schreien der Möwen und den tosenden Sturm, das ängstliche Klagen der Kühe und Schafe im Hof, doch dann vernahm er auch das nicht mehr.

Es war Luider, der mit seinen kleinen Händen schluchzend gegen das Tor schlug und um Hilfe rief.

Endlich öffnete sich der Hof. Torben, der Knecht, und Inga Ingwersen eilten zu ihnen, brachten sie hinter die dicken, schützenden Mauern.

Als Oke wieder zu sich kam, lag er neben seiner Frau und seinem Kind auf einem weichen Lager in der kleinen Kammer im Stall, in der sonst Birte, die Magd, schlief.

»Wer hat dir das angetan?«, fragte Inga Beeke, während Birte ihre Wunden und Schwellungen mit Salbe bestrich. Aber Beeke wollte nichts sagen. Schließlich ließen die beiden Frauen die Familie in Ruhe. Erschöpft schlief Beeke sofort ein.

Oke hörte, wie der Sturm draußen an den Mauern

und dem gewaltigen Reetdach des Bauernhofs zerrte. Im Licht einer Kerze blickte er auf das geschwollene Gesicht seiner Frau, die den Arm zärtlich um den ebenfalls schlafenden Luider gelegt hatte. Grenzenlose Liebe erfasste ihn, Erleichterung, dass er es geschafft hatte, die beiden in Sicherheit zu bringen.

Seine Beine schmerzten noch von dem langen Marsch, sein Körper verlangte nach Schlaf. Aber sobald er die Augen schloss, waren die unbändige Wut und der grenzenlose Zorn wieder da. Stöhnend wälzte er sich in der engen Kammer herum, starrte nach oben an die Holzdecke und gab es schließlich auf. Was Oke jetzt brauchte, war nicht Schlaf. Sondern Erlösung.

Kurzentschlossen stieg er aus dem Bett – so leise wie möglich, um seine Familie nicht zu wecken. Vergeblich.

»Oke«, hörte er Beekes erschöpfte Stimme.

Sofort beugte er sich zu ihr, strich ihr liebevoll und vorsichtig über die geschwollene Wange. »Schlaf weiter«, flüsterte er.

»Wo willst du ihn?«

»Ich bin gleich wieder da.«

Sie betrachtete ihn. Im Licht der Kerze leuchteten ihre Augen wie blaues Glas. Sie lächelte müde. Er erinnerte sich, wie er sich innerhalb eines Augenblicks in sie verliebt hatte. Damals vor sieben Jahren während des Gottesdienstes in Lithkirche. Immer wieder war er in das Gotteshaus gegangen, obwohl er mit Frömmigkeit nicht viel am Hut hatte. Erst nach einem Jahr hatte er den Mut gefasst, um sie anzusprechen und ihr seine

Liebe zu gestehen. Nur ein paar gestammelte Worte, aber Beeke hatte sehr gut verstanden, was er ihr sagen wollte.

Sie war die Liebe seines Lebens, sein größtes Glück. Es zerriss ihm das Herz, ihr geschundenes Gesicht zu sehen, sich zu überlegen, was sie durchgemacht hatte, die Angst zu fühlen, die sie gespürt haben musste. Weil er nicht bei ihr gewesen war, ihr nicht hatte helfen können.

»Geh nicht«, hauchte sie.

Er betrachtete sie, lächelte, griff nach ihrer Hand, küsste sie und hielt sie dann an seine Wange.

»Schlaf weiter«, flüsterte er und legte ihre Hand vorsichtig zurück auf die Decke neben Luider. Der Junge schnarchte leise. Es hörte sich an wie das Pfeifen einer Maus.

»Ich bin bald wieder da«, wiederholte er. Er sah, wie eine Träne über Beekes Wange lief, als er sie noch einmal anschaute. Natürlich wusste sie, was er vorhatte.

Dann griff er nach seiner Hose und seiner wollenen Cotte. Obwohl seine Sachen am Feuer gelegen hatten, waren sie immer noch feucht. Einen Moment später hatte er den Stall verlassen.

26

»Moin, Broder, alles frisch?«, sagte Volker und haute ihm freundschaftlich auf die Schulter.

Broder schreckte aus seinen Gedanken auf und sah zu dem jungen Angestellten der NPDG – der Dampfschifffahrtsgesellschaft von Pellworm. Volker trug einen Blaumann und darüber eine gelbe Signalweste. Er war für die Einweisung der PKW und LKW auf der Fähre zuständig. An diesem Morgen hatte er nicht viel zu tun. Außer Broders Transporter waren nur fünf PKW, ein leerer Anhänger – den Volker mit einem Trecker auf das Schiff gezogen hatte – und ein Milchlaster an Bord. Normal für die erste Fähre des Tages, die kurz vor sieben Uhr in Nordstrand abgelegt hatte. Volker wohnte in Tammensiel, Pellworms größtem Ort, direkt am Hafen. Er und Broder kannten sich schon seit vielen Jahren.

»Arbeit auf dem Festland?«, fragte Volker. Er lächelte gutmütig und entblößte dabei seine beiden großen Hasenzähne.

Statt einer Antwort nickte Broder nur mit verkniffener Miene.

»Tja, man muss sehen, wie man über die Runden kommt«, sagte Volker und steckte seine Hände tief in seine Hosentaschen. Als Broder nichts sagte, sah er ebenfalls hinaus auf die graue Nordsee. Die Wellen schlugen unten gegen das Autodeck und spritzten bis zu ihnen herauf.

»Bannig frisch heute«, sagte Volker.

»Jo«, sagte Broder, ohne die Augen vom Meer zu nehmen.

Volker warf ihm einen Seitenblick zu. »Du siehst nicht gut aus!«

Broder wandte sich überrascht zu ihm um. »Was?«

»Ziemlich blass um die Nase. Letzte Nacht nicht geschlafen?«

Broder zögerte. »Nein, kaum.«

»Was hast du denn getrieben?« Volker entblößte wieder seine Hasenzähne. »Durchgemacht und ein paar Runden im Apollo gedreht?«

»Quatsch.« Broder schüttelte den Kopf und sah wieder hinaus aufs Meer, wo am Horizont die Küste von Pellworm zu sehen war.

Vom Sonnendeck beugte sich der Kapitän herunter. »Volker, hör auf, da rumzuschnacken. Komm rauf. Ich brauch dich hier oben.«

Volker machte Anstalten zu gehen. »Hau dich mal aufs Ohr und schlaf dich aus.« Er klopfte Broder erneut auf die Schulter und zog ab.

Broder sah ihm nicht hinterher. Er stöhnte leise und schaute traurig nach oben zur grauen Wolkendecke, die im Osten von einzelnen Strahlen der aufgehenden Sonne durchbrochen wurde.

Volker hatte recht, er hatte nicht eine Minute geschlafen. Er rieb sich mit beiden Händen müde über die Augen, hielt sich dann wieder an der Reling fest. Er war furchtbar erschöpft, aber er bezweifelte, dass er zu Hause würde schlafen können.

Es fing an zu nieseln. Broder entschied sich, zurück in seinen Wagen zu steigen. Mit wenigen Schritten war er beim Transporter.

Als er die Tür zuzog, war alles still. Nur das leichte Schwanken und das tiefe Dröhnen der Schiffsmotoren verrieten, dass er sich mitten auf dem Meer auf einer Fähre befand.

Auf dem Beifahrersitz lag die jetzt leere Schnapsflasche. Er hatte den Rest ausgetrunken, als er die halbe Nacht am Fährhafen auf Nordstrand gewartet hatte. Auch die Kekse hatte er in den langen einsamen Stunden auf dem Parkplatz in Strucklahnungshörn aufgegessen. Er hatte getrunken und gegessen. Aber nicht geschlafen. Nicht eine Minute.

Er schaltete das Radio ein, aber schon bei den ersten Takten eines deutschen Rappers hatte er genug und drehte es wieder aus.

Niedergeschlagen lauschte er der Stille in seinem Wagen und betrachtete dabei gedankenverloren sein Taschenmesser, kratzte mit der Spitze über die Konsole. Passend zu seiner Stimmung wurde der Regen draußen immer heftiger. Breite Schlieren liefen an der Scheibe herunter.

Plötzlich ein Ächzen.

Von hinten aus dem Wagen.

Sofort saß Broder kerzengerade in seinem Sitz.

Wieder ein Ächzen, dann ein leises Poltern, Tritte gegen die Schiebetür.

Broder warf einen Blick nach hinten in den Laderaum und ließ sich dann mit entsetzter Miene wieder in seinen abgenutzten Ledersitz fallen und starrte in den Regen.

Das durfte nicht wahr sein.

Schreiber war nicht tot. Er lebte!

27

»Warum hast dich denn auch mitten in der Nacht wieder zu ihm geschlichen? Der Chef hat doch gesagt, du sollst dich von Sebastian fernhalten.« Pat saß mit einer Tasse Tee in der Hand an ihrem Schreibtisch und sah ihn mit vorwurfsvoller Miene an.

»Ich bin nicht geschlichen.« Krumme verdrehte die Augen. »Ich hab's dir doch gerade erklärt! Ich habe nur Sonny ausgeführt.«

»Und da tauchst du *zufällig* bei Sebastian in der Straße auf? Komisch.«

Krumme stöhnte. Selbst schuld. Wie hatte er auch nur denken können, dass ausgerechnet Pat Verständnis für sein peinliches Abenteuer vom letzten Abend zeigen würde?

»Komisch ausgesehen hat nur der trauernde Witwer, den ich so gar nicht traurig mit einer Flasche Champagner und seinem neuen Liebchen erwischt habe.«

Pat schüttelte genervt den Kopf. »Komisch oder nicht. Die beiden haben ein Alibi.« Krumme seufzte, nicht noch mal dieses Thema. Auf seinem Schreibtisch lag ein kleiner Stapel mit den Unterlagen zum Fall Schreiber. Er nahm die oberste Mappe und schlug sie auf.

»Warum bist du heute überhaupt gekommen?«

Er verzog das Gesicht. »Hallo? Das ist immer noch mein Fall.«

»Unser Fall«, erklärte Pat.

»Na klar, unser Fall, weiß ich doch«, erwiderte er schnell. »Ich will mich noch mal informieren, wie der Stand der Dinge ist, bevor ich nach Hooge losfahre«, erklärte er. »Nachher auf der Fähre habe ich genug Zeit, um mir alles durch den Kopf gehen zu lassen.«

Pat musterte ihn mit skeptischer Miene und nickte. »Na dann, viel Spaß.« Ihr Kopf verschwand wieder hinter ihrem Bildschirm.

Krumme schnappte sich die Berichte der Spurensicherung und der Obduktion sowie die Protokolle der verschiedenen Aussagen aus dem »Schreibers«.

»Kommt Marianne nachher auch mit?«, fragte Pat.

Er schüttelte den Kopf. »Ihr geht's nicht gut. Sie hat die halbe Nacht wach gelegen und ständig gehustet.«

»Sommergrippe?«

»Nur ein bisschen erhöhte Temperatur. Nicht weiter schlimm. Aber ein Besuch bei einem Neugeborenen wäre keine so gute Idee.«

»Und was ist mit Sonny? Bleibt der auch hier?«

»Nein«, sagte er. »Den hole ich gleich ab. Swantje hat mich extra angerufen. Sonny muss unbedingt mit auf die Hallig, die Kinder können es kaum erwarten, den Racker kennenzulernen.«

Sie tauschten ein Lächeln. Ein kurzer Moment der Vertrautheit. Dann konzentrierten sich beide wieder schweigend auf ihre Arbeit.

Krumme blätterte durch die Protokolle der Aussagen von Nantje Schreibers Kolleginnen und Freundinnen. Einmal mehr fragte er sich, was für ein Mensch sie wohl gewesen war. Viele sprachen von ihr wie von einem Engel. Aber wie sollte er sich eine engelsgleiche Frau vorstellen? Ihre Freundin, mit der er noch am Dienstag gesprochen hatte, hatte sie als lebenslustige und typisch trinkfeste Nordfriesin beschrieben. Passte das zusammen?

Wo war Nantje Schreiber in dieser Nacht gewesen? Nach dem Obduktionsbericht hatte sie vor ihrem Tod Alkohol getrunken. Hatte sie sich in irgendeiner Bar herumgetrieben? Mit wem hatte sie sich getroffen, während ihr treuloser Mann sich in Hamburg mit der Buchhändlerin amüsiert hatte?

Wenn sie wenigstens ihr Handy gefunden hätten! Aber seit der Tatnacht war das Telefon verschwunden.

Ihre Suche in der Husumer Kneipenszene hatte bisher leider nicht viel gebracht. Es gab zwar einige Wirte und Barkeeper, die Nantje Schreiber kannten. Aber am Montagabend wollte sie keiner gesehen haben.

Krumme schaute nachdenklich aus dem Fenster, hörte, wie seine Kollegin laut klappernd ihre Tastatur bearbeitete. Was tat sie eigentlich die ganze Zeit? Er wusste, dass sie eine große Vorliebe für digitale, interaktive Diagramme hatte, mit Fotos, Texten und Pfeilen, die alle Beziehungen und Kontakte um ein Verbrechen herum darstellten. In ihrem aktuellen Fall konnte die Abbildung aber noch nicht besonders komplex sein.

»Weißt du, was seltsam ist?« Pat schaute ihn über ihren Bildschirm hinweg an. »Nantje soll sich doch um die Buchhaltung gekümmert haben.«

Er nickte.

»Wo hat sie das denn gemacht?«, fragte Pat.

»Im Büro, wo sonst?«

Pat schüttelte den Kopf. »Zu Hause waren ein paar Ordner für die Steuer, aber die Spurensicherung hat keinen Rechner gefunden. Ein iPad ja, aber keinen Laptop oder PC.«

»Und in Schreibers Büro? Im Restaurant?«

»Ich habe da keinen Computer gesehen. Du?«

Krumme musste zugeben, dass er darauf bei ihren Verhören im »Schreibers« überhaupt nicht geachtet hatte. Er überlegte. »Irgendwo wird es schon einen Rechner geben. Frag doch mal deinen Freund Sebastian.«

Pat sah ihn mit säuerlicher Miene an.

Krumme grinste. »Ich würde es selbst machen, aber ich muss los.« Er schob die Unterlagen zusammen. »Kommst du alleine klar? Ohne mich?«, fragte er.

Pat begann wieder zu tippen. »Gerade so. Viel Spaß. Grüß die Hallig von mir.«

Krumme schaute auf die Uhr. Wenn er die Fähre in Nordstrand bekommen wollte, musste er sich langsam auf den Weg machen.

Er wollte sich gerade erheben, als Pats Telefon klingelte. Sie nahm ab und hörte einen Augenblick zu.

»Oh«, sagte sie und: »Natürlich, sofort.« Dann legte sie auf.

»Oh, was?«, fragte Krumme.

Pat stand auf. »Ich soll zum Chef kommen. Es geht um den Fall Schreiber.«

Er verzog das Gesicht. »Aha.«

»Was?«

»Nichts.« Krumme tat, als würde er sich darauf konzentrieren, die Verhörprotokolle sauber zusammenzulegen.

Pat verdrehte die Augen. »Er hat mich angerufen, weil er denkt, dass du heute nicht im Büro bist.«

»Verstehe.«

Sie stöhnte. »Willst du mit?«

»Soll ich?«

»Gerne. Aber musst du nicht los?«

Krumme stand auf, griff nach seinem Jackett. »Was Neues zum Fall Schreiber? Mehr hat er nicht gesagt?«

Pat stand ebenfalls auf. »Nein.«

Gemeinsam gingen sie durchs Treppenhaus zu Krügers Büro. Krumme hatte ein ungutes Gefühl. Ob sich Schreiber wie angekündigt über ihn beschwert, ihn sogar angezeigt hatte?

Als sie in das helle Büro traten, war einer der beiden Besucherstühle schon besetzt. Aber nicht Schreiber saß dort, sondern nur Ute Holtmann. Und von der ausgelassenen Stimmung des Vorabends war nichts mehr zu merken. Im Gegenteil: Die Buchhändlerin kauerte wie ein Häufchen Elend auf dem Stuhl und sah sie mit rotgeweinten Augen an.

»Was ist passiert?«, wollte Krumme wissen.

»Sebastian … er ist verschwunden«, stammelte die Frau und rang nach Luft.

Pat und Krumme blickten irritiert zu ihrem Chef, der seinem Gast ein Glas Wasser reichte. Er nickte seinen Mitarbeitern zu. »Es stimmt. Er wird vermisst. Wie es aussieht, wurde er entführt.«

Mit ungläubiger Miene ließen Krumme und Pat sich nebeneinander auf das quietschende Ledersofa fallen.

»Entführt?«, echote Krumme.

Krüger nickte Frau Holtmann mit einem mitfühlenden Lächeln zu: »Wollen Sie meinen Kollegen noch mal erzählen, was Sie mir gesagt haben?«

Die Buchhändlerin nickte. Sie berichtete, dass sie mit Schreiber am letzten Abend etwas in einer Bar getrunken habe und mit zu ihrem Freund habe gehen wollen, sich im letzten Moment dann doch anders entschieden hätte.

»Warum?«, fragte Krumme.

Ute Holtmann sah ihn mit ihren rotgeweinten Augen vorwurfsvoll an. »Weil mir die Vorkommnisse der letzten Tage zu schaffen gemacht haben. Erst Ihre Fragen in der Buchhandlung und dann unser Gespräch hier. Ich brauchte einfach ein bisschen Ruhe«, sagte sie.

Ute Holtmann erzählte weiter, dass sie sich für den heutigen Morgen zum gemeinsamen Frühstück verabredet hatten. »Aber als ich ankam, stand die Haustür offen. Ich habe geklingelt, habe Sebastians Namen gerufen. Keine Reaktion. Unten war niemand. Aber oben im Wohnzimmer sah es aus wie nach einem Kampf. Eine zerbrochene Sektflasche lag auf dem Boden und

ein Glas.« Ihre Stimme versagte. Sie nahm einen großen Schluck Wasser.

Pat und Krumme sahen zu Krüger. Der nickte.

»Zwei Kollegen von der Schutzpolizei haben ihre
Angaben bestätigt. Die Spurensicherung ist schon unterwegs.«

»Irgendeine Nachricht?«, fragte Krumme, der das
alles nicht glauben konnte.

Krüger schüttelte den Kopf.

»Was ist mit seinem Handy?«, fragte Pat.

»Lag auf dem Boden. Mit zerbrochenem Display«,
erwiderte Ute Holtmann niedergeschlagen. Sie wischte
sich mit dem Handrücken die Tränen aus dem Gesicht.

»Es ist ja noch nicht mal Mittag. Vielleicht steht er
in diesem Moment mit Frühstücksbrötchen vor der
Tür und ...?«

»Krumme!« Krüger unterbrach ihn ungeduldig.
»Die Kollegen haben bestätigt, dass es im Wohnzimmer einen Kampf gegeben hat.«

»Gab es Blutspuren?«, fragte Pat.

Ute Holtmann nickte. »Ja, auf dem Boden. Daraufhin habe ich sofort Ihre Kollegen gerufen.«

Krumme wagte einen letzten Versuch. »Ein ... über-
stürzter Ausflug nach ... nach Hamburg eventuell
kommt also nicht in Frage?«

Ute Holtmann schüttelte den Kopf. »Tatsächlich
wollte Sebastian heute nach Hamburg, gegen Mittag.
Aber er wäre nicht ohne mich losgefahren. Dieses Mal
wollte er mich mitnehmen.«

Krumme horchte auf. »Dieses Mal?«, fragte er und

musterte die Buchhändlerin. »Heißt das, in der Nacht auf Dienstag, da waren Sie gar nicht mit ihm in Hamburg.«

Ute Holtmann wurde knallrot. Sie schaute verlegen auf den Boden.

Auch Krüger sah sie überrascht an. »Frau Holtmann?«

Sie schüttelte den Kopf. »Ja, Sie haben recht. Ich war nicht bei ihm. Ich war zu Hause.«

Pat sah sie mit großen Augen an. »Aber Sebastian …?«

»… ist in der Nacht zu mir gekommen und bis in den Morgen geblieben«, erklärte Ute Holtmann mit Nachdruck.

»Wann genau ist Herr Schreiber bei Ihnen erschienen?«, wollte Krumme wissen.

»Später. Er hatte bereits in Hamburg im Hotel eingecheckt, sich dann aber entschieden, doch lieber zurück nach Husum zu fahren und bei mir zu schlafen.« Sie lächelte verlegen.

»Was heißt *später*?«, fragte Krumme.

»Ziemlich spät. So um Mitternacht.«

Krumme blickte zu Pat und Krüger. »Er hat kein Alibi mehr.«

»Doch«, sagte Ute Holtmann aufgewühlt. »Sebastian kann nichts mit dem Mord zu tun haben. Er war die ganze Zeit bei mir. Und das ist wirklich die Wahrheit.«

Krüger erklärte, die genauen Zeiten überprüfen zu lassen, beendete dann die Runde und entließ Ute Holtmann. Sie sollte nach Hause gehen. Krüger rief eine Kollegin – es war Steffi von der Hundeschule – und bat sie, die Buchhändlerin zu begleiten.

»Das ändert alles«, erklärte Krumme, als die beiden Frauen den Raum verlassen hatten.

»Nicht unbedingt.« Krüger schüttelte den Kopf. »Auch wenn ich dieses Hin und Her wahrlich nicht gutheiße – aber ich vertraue ihr. Aktuell hat Sebastian also nur ein anderes Alibi.«

Krumme wollte protestieren. »Aber …«

Krüger hob eine Hand und fuhr fort: »Und egal, was Sie glauben oder vermuten: Fakt ist, dass Schreiber verschwunden ist, und wie es aussieht, nicht freiwillig.«

Krumme gab seinen Widerstand auf. Er musste endlich los. »Na, dann«, sagte er und stand gemeinsam mit Pat auf und wollte gehen.

»Einen Moment, wir sind noch nicht fertig«, sagte Krüger. Er erhob sich ebenfalls und trat zu Krumme. »Was sollte das gestern Abend in der Theodor-Storm-Straße?«

Krumme erstarrte. Krüger musterte ihn mit vorwurfsvoller Miene.

»Ute Holtmann hat mir verraten, dass Sie plötzlich vor Sebastians Haus erschienen sind und sie und Sebastian belästigt haben.«

»Was? Nein! Ich war nur Gassi mit meinem Hund.«

»Reden Sie keinen Unsinn. Ich habe Ihnen das schon gestern gesagt: Machen Sie Ihre Arbeit, ermitteln Sie. Aber lassen Sie Ihre Animositäten aus dem Spiel. Jetzt sehen Sie es ja selbst: Sebastian ist eher Opfer als Täter.«

Krumme atmete tief durch. Er wollte was sagen, entschied dann aber, lieber die Klappe zu halten.

»Und was bedeutet Sebastians Verschwinden jetzt für die Ermittlungen?«, wollte Pat wissen.

Krüger lehnte sich an seinen Schreibtisch. »Für den Anfang richten wir eine Sonderkommission ein, die sich um den Mordfall und Sebastians Verschwinden kümmert. Einverstanden?«

Krumme nickte. Dann sah er auf die Uhr und räusperte sich.

Krüger ahnte, was er sagen wollte. »Sie sind gleich weg, auf Hooge, schon klar.«

Krumme räusperte sich. »Ich weiß, ist gerade kein guter Zeitpunkt. Ist aber wirklich ein wichtiger Termin. Eine – Familienangelegenheit.«

»Eine Beerdigung?«

»Nein, ganz im Gegenteil. Eine Babyparty.«

»Was?«

»Für ein neues Hallig-Baby. Ich bin der Patenonkel. Aber wenn Sie wollen, kann ich den Termin natürlich absagen ...«

»Nein, nein, gehen Sie nur.« Krüger machte eine Handbewegung, als würde er eine Fliege verscheuchen. »Mich wundert, dass Sie überhaupt noch da sind.«

Krumme verstand das als Aufforderung zum Gehen, und tatsächlich musste er sich sputen, wenn er die Fähre in Nordstrand noch kriegen wollte.

Er war schon bei der Tür, als Pat noch eine Frage hatte: »Wie genau soll die Sonderkommission denn aussehen?«

Krüger richtete seine Krawatte. »Friedrichs und Ludwig übernehmen die Leitung. Natürlich nur solange Sie beschäftigt sind, Krumme.«

Krumme drehte sich zu Krüger um. »Friedrichs und Ludwig?«, fragte er und konnte seine fehlende Begeisterung kaum verbergen.

»Warum denn nicht?«

»Na ja, die beiden sind erfahrene Beamte, aber …«

Krüger ließ ihn nicht ausreden. »Ganz genau. Und sie kennen sich hier in Husum aus. Genau das, was wir jetzt brauchen. Ich habe schon mit den beiden Kollegen geredet.«

Damit setzte er sich wieder an seinen Schreibtisch und wühlte in irgendwelchen Unterlagen herum – ein deutliches Zeichen dafür, dass ihr Gespräch beendet war.

Krumme sah zu Pat, die recht unglücklich wirkte. Er wusste warum. Aber das war nicht sein Problem – zumindest nicht für die nächsten vierundzwanzig Stunden, denn so lange hatte er Urlaub genommen. Er nickte ihr kurz zu und lief dann eilig zur Treppe.

28

Broder saß in seiner Küche, nippte an einem Kaffee und starrte ins Leere. In der linken Hand hielt er die Tasse, die andere lag auf seinem rechten Knie.

Nachdenklich schaute er sich in der Küche um, die eigentlich viel zu groß für einen Einpersonenhaushalt war. Alles in diesem Raum hatte er selbst gebaut: den schweren Eichentisch, die Hängeschränke, die Anrichte mit der dicken Arbeitsplatte und auch die vier Stühle, von denen drei praktisch nur zur Dekoration herumstanden. Broder bekam fast nie Besuch und saß aus Gewohnheit immer auf demselben Stuhl, von dem aus er durch das Fenster bis zur nächsten Warft sehen konnte. Jetzt, bei klarem Himmel, konnte er sogar den alten Kirchturm von St. Salvator am Horizont ausmachen.

Broder beobachtete, wie zwei Schafe langsam über das Feld trotteten. Geblendet vom grellen Sonnenlicht musste er die Augen zusammenkneifen, um etwas zu erkennen. Ein Lämmchen mit seiner Mutter. Das Kleine kletterte auf die Nachbarwarft hinauf und blökte stolz. Dann hatte auch seine Mutter die Kuppe erreicht. Gemeinsam blickten die beiden hinunter auf die grüne Wiese. Broder lächelte, als sich das Lamm an seine Mutter kuschelte. Schließlich liefen die Tiere auf der Rückseite der Warft, hinter dem Bauernhof, wieder herunter und verschwanden aus seinem Sichtfeld.

Broder strich sich mit seiner großen Hand über sein unrasiertes Gesicht – ein Geräusch, als würde er trockenes Laub zerdrücken.

Schließlich gähnte er und riss dabei den Mund weit auf, grunzte wie ein Bär nach dem Winterschlaf. Andere Menschen hätten sich bei dem Anblick erschrocken. Aber es hatte in diesem Zimmer schon lange keine anderen Menschen mehr gegeben. Wenn Kunden kamen, ging Broder mit ihnen in die Werkstatt.

Er nippte an seinem Kaffee, der mittlerweile kalt geworden war. Mit einem Seufzer stand er auf, ging zur Spüle und stellte die Tasse ab. Erneut blinzelte er in den sonnigen Tag, überlegte. Er schaute unglücklich zur Küchentheke, wo eine noch volle Flasche Korn stand, und griff sich dann ein langes Küchenmesser, das mit der Spitze voran in einem Holzblock steckte. Nachdenklich, jetzt aber mit entschlossener, grimmiger Miene betrachtete er die blinkende Klinge. Dann gab er sich einen Ruck.

Er verließ die Küche. Groß, wie er war, musste er den Kopf einziehen, um sich nicht am Türsturz zu stoßen. Er ging durch den kurzen, dunklen Flur und erreichte die Werkstatt, deren Fenster er heute alle geschlossen hatte, trotz des warmen Tages.

Auf dem Boden stand seine Kiste mit dem Werkzeug für den Motor der *Nele*. Broder hoffte, dass die neue Antriebswelle heute kam. Aber würde er jetzt noch Zeit für die Reparatur des Kutters haben?

Er ging hinaus auf die Terrasse. Neben dem Haus befand sich ein kleiner Schuppen, eigentlich nur ein Verschlag, in dem er kaputte Möbel und ausgedientes Werkzeug abstellte. Vor der Tür lag umgekippt ein alter Blecheimer, daneben, an der Wand, lehnte ein Vorschlaghammer. Broder ging zur Schuppentür, schob den Riegel zur Seite und zog die Tür auf. Die rostigen Scharniere schrien auf wie eine wütende Katze. Er drückte auf den Lichtschalter. Das gelbe Licht einer Fünfundzwanzig-Watt-Birne, die nackt an der Decke hing, erfüllte den Raum.

Es war hell genug, dass der Mann, der am Boden lag, geblendet zu ihm heraufschaute. Schreiber versuchte, sich aufzurichten, doch eine dicke Eisenkette an seinem Fußknöchel ließ das nicht zu. Er stöhnte, wollte etwas sagen, aber ein breiter Klebestreifen über dem Mund verhinderte das. Doch auch so verriet sein Grunzen und Brummen, dass er wütend war.

Plötzlich verstummte er. Wie hypnotisiert starrte er auf das Messer, das Broder in der linken Hand hielt und das im Licht der Glühbirne wie eine Flamme leuchtete.

Broder blickte mit regungsloser Miene auf den Mann herab. Nur seine aufeinandergepressten, zitternden Lippen verrieten seine Anspannung. Einen Augenblick lang musterten sich die beiden Männer stumm.

Dann machte Broder einen Schritt nach vorn, hob

das Messer. In heller Panik schreckte der am Boden liegende Schreiber mit einem hohen, gedämpften Schrei zurück.

Broder griff nach seinem Gesicht. Und riss ihm mit einem Ruck das dicke Klebeband herunter.

Schreiber schrie vor Schmerz auf. Ein kurzer Moment der Irritation, dann sah er Broder voller Panik an. »Du verdammter Spinner! Was hast du vor?«

Statt einer Antwort verpasste ihm Broder mit der flachen Hand eine heftige Ohrfeige. Stöhnend schlug Schreiber mit dem Kopf nach hinten gegen die Wand, rutschte dann benommen zur Seite.

Broder ging vor ihm in die Knie, betrachtete ihn mit zornig funkelnden Augen.

»Das macht dir Spaß, was?«, ächzte Schreiber. »Auf einen Mann einzuschlagen, der sich nicht wehren kann.« Er spuckte Blut auf den Boden.

Broder verzog keine Miene, zeigte aber stumm mit dem Messer auf ihn. Schreiber zuckte erneut zurück, hielt sich erschrocken die gefesselten Hände vors Gesicht, erwartete eine weitere Attacke. Stattdessen entfernte Broder mit nur einem einzigen, schnellen Schnitt das Klebeband um seine Handgelenke.

Schreiber schrie entsetzt auf, brauchte einen Moment, bevor er begriff, dass Broder ihm nichts getan hatte. Verblüfft rieb er sich die schmerzenden Gelenke. »Lässt du mich frei?«

Broder schlug ihm wieder heftig mit der flachen Hand ins Gesicht, dieses Mal auf die andere Seite.

Schreiber sackte zusammen, spuckte erneut Blut.

Für einen Augenblick schien es, als würde er das Bewusstsein verlieren.

Ein Trick. Plötzlich warf er sich Broder entgegen, wollte ihn mit seinen jetzt freien Händen überwältigen.

Doch damit hatte Broder gerechnet.

Immer noch hockte er in seiner kurzen Hose direkt vor Schreiber. Blitzartig schoss seine rechte Hand nach vorne, packte seinen Gefangenen an der Gurgel und presste ihn an die Mauer.

Schreiber stöhnte auf, röchelte, hatte keine Chance gegen die Kraft, mit der sein Gegner zudrückte. Verzweifelt nach Luft ringend versuchte er, die dicken Finger zu lösen, die sich wie Schraubzwingen um seinen Hals gelegt hatten.

»Nein«, keuchte er mit letzter Kraft. Schon verdrehte er die Augen, die Arme fielen erschöpft herunter.

Da löste Broder den Druck, stieß Schreiber wie ein Stück Abfall zur Seite und stand auf. Voller Verachtung schaute er auf seinen Gefangenen herab, der nur mühsam zurück in die Welt fand. »Du wirst bezahlen für das, was du getan hast«, sagte Broder mit drohender Stimme.

»Fängst du schon wieder damit an? Verdammt, ich habe Nantje nicht umgebracht, wann geht das endlich in deinen Schädel?«, krächzte Schreiber.

»Sei still!«, rief Broder. Er duldete keine Widerworte. Er wandte sich um und verließ den Schuppen. Er nahm den Blecheimer, der auf dem Boden lag, warf ihn in den Schuppen und verschloss die Tür.

Endlich löste sich Broders Anspannung. Erschöpft lehnte er sich mit dem Rücken an die Tür, während er das Schimpfen seines Gefangenen hinter sich hörte.

Broder atmete tief durch. Seine Lippen formten einen stummen, verzweifelten Schrei, als er die Augen schloss und ihm eine Träne über die Wange lief.

29

Krumme hatte fast vergessen, wie schön es auf Hooge war. Diese atemberaubende Weite, die jedes Wort überflüssig machte. Die Ringelgänse, die sich in gewaltigen Schwärmen über die Marsch bewegten. Das Gefühl, so dicht von der Nordsee umgeben zu sein, dass man Teil dieser einmaligen Landschaft wurde.

Hooge lag im Herzen des nordfriesischen Wattenmeers, nördlich der Insel Pellworm und südlich von Langeneß, Föhr und Amrum. Genau wie mehrere andere kleinere Halligen war Hooge keine Insel. Es war ein Stück Land, ein Überbleibsel der großen Fluten, die vor vielen Hundert Jahren die Uthlande, wie Nordfriesland damals hieß, auseinandergerissen und überspült hatten.

Ein Stück sehr flaches Land. Von seinem Standort aus konnte Krumme praktisch die ganze Hallig überschauen. Nur einzelne Warften, manche mit ein paar Häusern, andere so groß wie kleine Dörfer, erhoben sich wie Burgen über die grünen Wiesen. Salzwiesen, denn Hooge hatte keinen Deich. Vor allem im Frühjahr und im Herbst trieben Stürme immer wieder die aufgewühlte Nordsee über die Halligen. »Land unter« hieß es dann, und nur die Warften ragten noch aus den Wellen.

Doch das war an diesem prächtigen Frühlingstag nur schwer vorstellbar. Krumme saß auf einer Bank an einer schmalen Straße, auf halber Strecke zwischen der Kirchwarft und der Ockelützwarft und genoss die Ruhe und das Gefühl, allein auf der Welt zu sein. Ein sehr angenehmes Gefühl, das man auf einer Hallig praktisch überall erleben konnte.

Die Bank befand sich genau in der Mitte der Hallig und war schon vor fünf Jahren sein Lieblingsort auf Hooge gewesen. Damals hatte er eine wichtige Rolle bei der Lösung eines spektakulären Mordfalls gespielt. Krumme, der zu der Zeit noch in Berlin gelebt hatte, war während eines Nordfrieslandurlaubs einem Serienmörder auf die Spur gekommen. Gemeinsam mit Swantje, einer jungen Halligbewohnerin, musste er während einer dramatischen Sturmflutnacht um sein Leben kämpfen. Ihm war es zu verdanken, dass Swantje überlebte. Seit diesen Ereignissen war Krumme ein gerngesehener Gast auf Hooge – und jetzt Patenonkel von Swantjes Baby Martje.

Auch dieses Mal hatte es für ihn bei seiner Ankunft auf Hooge einen großen Empfang gegeben: Eine Kutsche voll mit quirligen Halligkindern hatte ihn am Hafen jubelnd willkommen geheißen! Wie sich herausstellte, waren sie aber vor allem wegen Sonny gekommen, von dem ihnen Swantje schon erzählt hatte.

Vom ersten Moment an waren die sechs Kinder und sein junger Hund die allerbesten Freunde gewesen. Hatte Sonny auf der langen, stürmischen Überfahrt noch ängstlich wimmernd auf dem Boden der Fähre gekauert, war er der jubelnden Bande sofort in die Arme gesprungen.

Krumme hatte den Kindern erlaubt, Sonny mit zur Hanswarft zu nehmen. Er selbst wollte vor der Party noch eine kleine Runde über die Hallig drehen. Nicht nur um Hooges Schönheit zu genießen, sondern auch weil es da so einiges gab, über das er nachdenken musste.

Vor allem über die Sache mit Friedrichs und Ludwig. Dass ausgerechnet diese Schwachköpfe die Leitung der Sonderkommission übernehmen sollten! Wenn der Termin hier auf Hooge nicht so wichtig für ihn gewesen wäre, hätte er alles abgesagt, nur um zu verhindern, dass die Deppen sich in seinen Fall einmischten.

Besonders bitter war, dass Krüger den beiden vertraute – und ihm offensichtlich nicht. Wie konnte das nur sein? Dabei zeigte doch gerade seine Anwesenheit hier auf Hooge, was für Pfeifen die beiden waren! Der Fall, den Krumme vor ein paar Jahren noch einmal aufgerollt und dann gelöst hatte, war bereits offiziell abgeschlossen worden. Die Namen der damaligen Ermittler: Friedrichs und Ludwig!

Krumme beobachtete, wie eine Gans eine andere wütend über eine Wiese trieb. Empört schnatternd flatterte das Opfer über das Gras und sprang mit einem großen Platsch in einen der langen Priele, die die Hallig wie in der Sonne leuchtende Adern durchzogen.

Krummes Blick ging zum blauen Himmel, wo weiße Wattebäuschchen langsam Richtung Festland trieben. Er dachte an Krügers Vorwurf. Hatte er es mit Schreiber tatsächlich übertrieben? Lag er falsch mit seinem Verdacht?

Krumme beobachtete, wie sich ein gewaltiger Schwarm Gänse, wie auf ein geheimes Kommando hin, in den Himmel erhob. In perfekter Ordnung rauschten die Tiere in einem weiten Bogen einmal über ihn hinweg und kehrten dann zu ihrem Ausgangspunkt zurück. Innerhalb von Sekunden fiel der Schwarm wieder auseinander, und er sah nur einen schnatternden, hin und her laufenden und sich laut streitenden Haufen einzelner Gänse.

Krumme lächelte. Wieder einmal war er in Nordfriesland Zeuge eines Wunders geworden. Angesichts dieser Offenbarung fiel es ihm nicht leicht, sich wieder auf den Fall und die kleinen Intrigen und Unstimmigkeiten in der Husumer Direktion zu konzentrieren. Wer hatte Nantje Schreiber erstochen? Sein Gefühl sagte ihm, dass ihr Mann etwas mit dem Mord zu tun haben musste. Egal was Ute Holtmann über die Spuren in seiner Wohnung erzählte, Krumme konnte sich gut vorstellen, dass der Kerl sich abgesetzt hatte und gerade entspannt mit einem Koffer in der Hand und einem breiten Grinsen im Gesicht aus einem Flugzeug auf einer Karibikinsel ausstieg.

Aber war Schreiber wirklich ein Mörder und durchtriebener Psychopath? Oder war er genau wie seine Frau Opfer von Umständen, die er, Krumme, noch nicht erkannt hatte?

Krumme musste zugeben: Er hatte den Mann vom ersten Moment an nicht ausstehen können. Er erinnerte ihn an einen Unternehmensberater in Berlin, gegen den er vor zehn Jahren ermittelt hatte. Ein erfolgreicher Geschäftsmann, gut aussehend, manchmal durchaus charmant, aber mit einer Selbstgefälligkeit, die Krumme damals wahnsinnig gemacht hatte. Ein Fall von Menschenhandel. Minderjährige Mädchen aus dem Ostblock, Nachwuchs für Berliner Bordelle. Krumme hatte damals Tag und Nacht daran gearbeitet, den Mann zu überführen. Trotz aller Indizien, Aussagen und Beweise, die Krumme der Anklage geliefert hatte, war der widerliche Kerl schließlich als freier Mann aus dem Gericht spaziert. Das arrogante, spöttische Lächeln, das er ihm vor dem Gerichtssaal zugeworfen hatte, würde Krumme nie vergessen. Dass ein Junkie den Kerl zwei Jahre später bei einem Streit in einem Bordell erstochen hatte, war für Krumme nur ein schwacher Trost gewesen.

Krumme streckte die Beine aus, verschränkte die Hände im Nacken. Okay, vielleicht war er wegen der Geschichte von damals ein bisschen vorbelastet und nicht ganz objektiv, was Schreiber anging.

Aber es gab da noch etwas, das ihn in diesem Moment beschäftigte, etwas, das er noch nicht recht einordnen konnte. Der Transporter, an den Sonny gepinkelt hatte. Krumme hatte es zunächst vergessen. Aber als die Fähre von Nordstrand Richtung Hooge gefahren war, vorbei an der Insel, deren Küste auf der linken Seite auftauchte, war ihm die Aufschrift auf dem Lieferwagen wieder eingefallen: *Tischlerei Thomsen, Marschweg 6, Pellworm.*

Pellworm. Krumme erinnerte sich an ein Foto in Schreibers Wohnung, das Nantje lächelnd vor der alten Turmruine der Salvatorkirche aus dem 12. Jahrhundert zeigte. Der hohe Bau aus unverputztem Backstein war schon von Weitem zu sehen – das Wahrzeichen der Insel im Herzen des nordfriesischen Wattenmeeres.

Ein Zufall?

Aus den Unterlagen wusste er, dass Nantje Schreiber vor ihrer Ehe auf Nordstrand gewohnt hatte. Die Halbinsel mit der einzigen Fähre nach Pellworm.

Gab es da irgendeine Verbindung zu dem Fall? Zu Schreibers Verschwinden?

Nachdem er sich auf der Fähre die ganze Zeit den Kopf zermartert hatte, sagte sein Bauch: Vielleicht!

Zugegeben, alles nur eine vage Idee. Sollte er deshalb Pat anrufen? Er überlegte einen Moment, dachte mit verächtlicher Miene an die Soko mit Friedrichs und Ludwig. An die Art, wie Krüger ihm den Fall praktisch aus der Hand genommen hatte. Sollte er denen erzählen, dass ihn ausgerechnet der pinkelnde Sonny eventuell auf eine neue Spur geführt hatte? Nein, bestimmt nicht.

Er kratzte sich am Kopf, merkte, dass er vergessen hatte, sich das Gesicht mit Sonnencreme einzuschmieren. Dabei hatte Marianne ihn extra daran erinnert, vorsichtig zu sein, damit er sich nicht wieder einen Sonnenbrand holte. Hier draußen war die Sonne stärker als auf dem Festland.

Krumme drückte den Rücken durch. Das lange Sitzen tat seinen maroden Bandscheiben gar nicht gut.

Zeit, endlich Richtung Hanswarft zu gehen, wo die Party in einem Garten stattfinden sollte. Bestimmt wurde er schon erwartet. Er hatte bereits viel zu viel Zeit verdaddelt. Heute ging es vor allem um die kleine Martje. Und um seine neuen nordfriesischen Freunde, die besten, die man sich vorstellen konnte.

Mit einem Lächeln steckte er die Hände in die Hosentaschen und marschierte über die schmale asphaltierte Straße, ein einzelner Mann in der beruhigenden Unendlichkeit des Wattenmeeres.

30

Pat hatte es schon geahnt: In der fünfköpfigen Soko war sie das einzige weibliche Mitglied. Neben Friedrichs saß der unvermeidliche »Katsche« Ludwig. Mit einem dümmlichen Grinsen schaukelte er auf seinem Stuhl hin und her wie ein aufmüpfiger kleiner Rotzlöffel. Dazu hatten sich ihnen zwei Kollegen aus dem ersten Stock angeschlossen: Harkan Berk, ein Bär von einem Mann, mit dichtem schwarzem Vollbart. Pat kannte ihn nur vom Sehen, hatte den Eindruck, dass der große Mann mit den tätowierten Armen zwar wie ein Reeperbahnschläger aussah, im Grunde aber ein gutmütiger Bursche war. Außerdem war da Frank Römer, ein blonder Mann mit strengem Seitenscheitel. Im Gegensatz zu Harkans braunem Teddyblick schaute er mit fast glasklaren blauen Augen in die Welt. Soweit Pat wusste, waren die beiden auf organisiertes Verbrechen spezialisiert.

Die vier Männer hatten sich wie alte Bekannte mit Handschlag begrüßt, Witze gemacht und gelacht, während sie ihr lediglich kurz zugenickt hatten. Nur Harkan hatte ihr freundlich zugezwinkert. Pat fühlte sich wie ein unwillkommener Gast auf einer Party mit lauter Fremden. Dabei war der Mord an Nantje Schreiber und das Verschwinden ihres Mannes ihr Fall, oder nicht?

Friedrichs bat sie, die Ergebnisse der bisherigen Ermittlungen vorzutragen. Pat verteilte ein paar Unterlagen, die sie für die Sitzung vorbereitet hatte, und gab einige Erläuterungen. Freie Rede war nicht ihre liebste Disziplin, und tatsächlich kam sie mehrmals ins Stottern. Niemand sagte etwas, am Ende gab es keine Kommentare, aber auch keine Fragen, selbst als Friedrichs auffordernd in die Runde blickte.

Pat schlug mit rotem Kopf ihre Mappe zu, während Friedrichs gutgelaunt einmal in die Hände klatschte.

»Na schön, dann fangen wir an«, erklärte er als Leiter der Veranstaltung. »Die Soko Fischmob beginnt mit der Arbeit.«

»Soko Fischmob?« Pat sah ihn verwirrt an.

Friedrichs schien mit der Frage schon gerechnet zu haben. Er grinste. »Fischmob. Weil der verschwundene Schreiber mehrere Fischrestaurants besitzt. Und ›Mob‹, weil wir davon ausgehen, dass das organisierte Verbrechen hinter der Sache steht.«

»Tatsächlich?«

»Allerdings.« Friedrichs kratzte sich mit seinen rauchgelben Krallenfingern am Kopf. »Der Mord an Nantje Schreiber. Das Arrangieren der Leiche auf der Yacht ...«

»Arrangieren?«, fiel Pat ihm, ohne nachzudenken, ins Wort. »Der Mörder hat die Leiche einfach durch die Luke ins Boot geworfen!«

Friedrichs ließ sich nicht beirren. »... und schließlich die Entführung von Sebastian Schreiber, das alles sieht sehr nach einem Rachefeldzug aus.«

Pat sah verwirrt zu den anderen Kollegen. Keiner verzog eine Miene. Hörte sich das nur für sie nach völligem Quatsch an?

»Also, Theo und ich, wir sind natürlich noch am Anfang unserer Ermittlungen. Aber nach unseren Gesprächen mit den Angestellten des Restaurants, mit Freunden der Toten und auch mit Nachbarn in der Altstadt haben wir bis jetzt nicht den Hauch einer Spur in Richtung organisiertes Verbrechen gefunden.«

Ludwig sprang seinem Kumpel zur Seite. »Weil ihr nicht an der richtigen Stelle gesucht habt.«

Das wurde ja immer schöner! Pat warf dem Kollegen mit der Figur einer Kanonenkugel einen empörten Blick zu.

Der neben ihr sitzende Harkan hob die Hand und räusperte sich. »Wenn ich dazu was sagen darf«, sagte er mit seiner tiefen Stimme, »Frank und ich stehen in Kontakt mit der Hamburger Kripo. Es hat da wohl einige Drogenprobleme in Schreibers Restaurant an der Alster gegeben.«

»Drogenprobleme?« Pat sah ihn fassungslos an.

»Dealer haben versucht, dort Kokain zu verkaufen«, warf Frank Römer ein. »Es kam zu einem Streit mit Schreiber. Die Kollegen mussten mit zwei Streifenwagen anrücken, um die Gemüter zu beruhigen.«

»Wirklich? Davon habe ich noch gar nichts gehört!« Pat blickte irritiert in die Runde. Friedrichs und Ludwig betrachteten sie mit einem selbstzufriedenen Lächeln.

»Mach dir keine Gedanken«, sagte Friedrichs mit gönnerhafter Miene. »Wenn man wie wir lange im Geschäft ist, hat man natürlich seine Leute und Informanten. Aber ab jetzt arbeiten wir ja zusammen.«

Pat strich nachdenklich mit der Hand über den Tisch. Sie kam sich wie eine kleine Polizeischülerin vor, zu unerfahren, naiv und ja, dumm, um die Zusammenhänge richtig zu verstehen – anders als die »Großen«. Sie starrte auf ihre Unterlagen. Konnte es sein, dass die Kollegen recht hatten? Stand ein Streit um Drogen hinter dem Mord an Nantje Schreiber?

»Probleme?«, erkundigte sich Friedrichs.

»Nein«, erwiderte Pat vorsichtig. »Bin nur gespannt, was Theo zu der Geschichte mit dem Kokain sagt.«

»Den lassen wir erst mal schön in Ruhe.« Friedrichs lehnte sich auf seinem Stuhl zurück, verschränkte die Hände hinter dem Kopf und entblößte so die Schweißflecke auf seinem weißen Bürohemd.

»Aber noch ist das doch sein Fall, oder nicht?« Und damit auch ihrer, aber das wollte Pat in dieser Runde gerade nicht betonen.

»Natürlich. Doch jetzt soll er sich erst mal mit seinen Freunden auf Hooge amüsieren. Ein bisschen Ablenkung, das hat er sich verdient. Morgen ist er ja wieder da. Dann werden wir ihm alles ganz genau erklären.«

Pat betrachtete das breite Grinsen ihres Kollegen. Sie wusste genau, wie die Kollegen über Theos Hooge-Verbindung dachten. Vor ein paar Jahren war es eine ziemliche Blamage für die Kripo in Husum gewesen, als er – noch als Berliner Kommissar – im Urlaub einen gefährlichen Serientäter auf der Hallig gestellt und damit einen Fall gelöst hatte, der offiziell längst abgeschlossen war. Die verantwortlichen Kommissare damals: Friedrichs und Ludwig.

Pat atmete durch. »Na schön, wie geht's weiter?«

Friedrichs nickte zufrieden. »Ich habe da mal was vorbereitet.« Er zog ein großformatiges Blatt Papier aus einem Folder und heftete es an eine Wandtafel. Darauf hatte Friedrichs mit Ludwig eine Liste mit den nächsten Arbeitsschritten notiert, die er nun den Kollegen erläuterte. Unterstützt von Ludwig, der mit einem Laserpointer und dramatischer Geste stolz auf die jeweiligen Punkte zeigte.

Pat blickte zu Harkan und seinem blonden Partner, die den Ausführungen ihres Kollegen mit unbewegten Mienen folgten. Was hielten sie von dieser schrägen Vorstellung? Pat konnte in ihren Gesichtern keine Reaktion erkennen.

»Harkan, Frank, ihr kümmert euch um die Hamburg-Connection. Wir müssen alles über diesen Streit um das Kokain erfahren. Gab es konkrete Drohungen? Kontakte zu der Szene hier in Husum? Wir brauchen unbedingt Namen.« Friedrichs musterte die beiden mit strenger Miene, genoss es sichtlich, das Kommando zu haben.

»Wird gemacht.« Die Kommissare nickten und machten sich Notizen.

»Es gibt eine Kokain-Drogenszene in Husum?« Pat

hatte immer mehr das Gefühl, in einer Parallelwelt gelandet zu sein.

»Aber hallo. Du würdest staunen, wenn du wüsstest, was wir wissen«, erwiderte Ludwig grinsend und steckte lässig die Hände in die Hosentaschen.

»Aber darüber musst du dir erst mal keine Gedanken machen«, erklärte Friedrichs und wandte sich wieder seiner Liste zu. Harkan lächelte Pat aufmunternd zu, aber dieses Mal lächelte sie nicht zurück.

»Ihr glaubt, die Drogenmafia hat sich Sebastian geschnappt?«, fragte sie.

»Sieht ganz so aus.«

»Aber dann könnten die ihn überall verstecken. Vielleicht haben sie ihn nach Hamburg gebracht, wenn eure Vermutung stimmt.«

»Wir sehen uns im Apollo um. Vielleicht erfahren wir dort mehr.«

»Apollo? Der Puff an der B5?«

Friedrichs nickte. Pat sah ihn ungläubig an, schaute auch zu den anderen Kollegen, die wie abgeschaltete Roboter auf den Tisch vor sich starrten.

»Ist das etwa eure nordfriesische Drogenszene?« Pat konnte ihre Skepsis nicht verbergen.

»Es gibt Anzeichen für eine entsprechende Verbindung, ja.«

»Zu Sebastian Schreibers Restaurant? Wieso habt ihr uns das nicht vorher gesagt? Das hätten wir doch wissen müssen!«

»Na ja, bisher war das ein ganz anderer Fall«, sagte Friedrichs mit hocherhobenem Haupt, um eine seriöse

Haltung bemüht. »Aber nach den neuesten Ereignissen in Schreibers Hamburger Restaurant und seiner Entführung drängt sich nun eine Verbindung unserer Meinung nach auf.«

Ludwig nickte. »Auf jeden Fall. Deshalb werden wir uns dort mal genauer umgucken.«

Die Vorfreude auf diesen Einsatz war ihm deutlich anzumerken.

»Und was ist mit dem Mord an Nantje Schreiber? Glaubt ihr wirklich, dass ihr ausgerechnet dort Antworten findet?«

»Mal abgesehen davon, dass alles mit dem Chef abgesprochen ist – wenn wir Schreibers Entführer ermitteln, wird uns auch der Mörder seiner Frau vor die Füße fallen«, sagte Friedrichs, der von ihr offensichtlich etwas mehr Begeisterung für ihre neue Strategie erwartet hatte.

Ausgerechnet Harkan kam ihm zu Hilfe. »Er hat recht, Pat. Wir müssen zuallererst Schreiber finden. Da geht's um Leben und Tod. Und keine Sorge, wir machen das nicht zum ersten Mal. Alle Kollegen im Norden sind alarmiert, die Spurensicherung in seiner Wohnung ist noch bei der Arbeit. Ich bin sicher, dass wir Schreiber schon bald finden.«

Pat sah ihn zweifelnd an. Wovon redete er? Sie konnte sich nicht erinnern, dass es hier in Husum schon mal eine vergleichbare Entführung gegeben hatte. Aber natürlich waren die anderen viel länger bei der Polizei als sie. »Na gut«, sagte sie schließlich. »Und welche Aufgabe soll ich übernehmen?«

Friedrichs setzte sich auf die Tischkante, schlug lässig ein Bein über das andere. »Für dich, meine Liebe«, fing er an und lächelte wie ein zufriedenes Frettchen, »habe ich eine besonders wichtige Spezialaufgabe.«

31

Krumme saß in einem festlich geschmückten Garten auf der Hanswarft im Strandkorb und ließ es sich gut gehen. Er sah zu seinem Kumpel, Polizeihauptkommissar Holger Mannsen, und seiner Frau Petra, die mit einigen Halligbewohnern, darunter auch der Hooger Bürgermeisterin, an einem langen Tisch saßen. Bei Kaffee und Kuchen plauderten sie angeregt über den Gang der Welt, vor allem aber über die Lammzucht und Boßeln.

Um sie herum liefen aufgeregte Kinder Sonny hinterher. Die Ehre, den Hund an der Leine zu führen – oder von ihm durch den Garten gezogen zu werden –, hatte die kleine Ida. Krumme konnte kaum glauben, wie schnell die Zeit vergangen war. Vor fünf Jahren hatte es eine ähnliche Feier für sie gegeben, schließlich war es immer etwas Besonderes, wenn auf einer Hallig ein Baby geboren wurde. Jetzt war aus dem Säugling ein kleines, freches Mädchen geworden, das mit Sonny die vor Glück kreischenden Halligkinder anführte.

Ihr Spiel hieß Harke-Suchen. Der Knecht Harke war einer von Krummes ältesten nordfriesischen Freunden. Gemeinsam mit den Mannsens war er am heutigen Festtag vom Festland mit der Fähre aus Schlüttsiel gekommen. Alle drei kamen aus Kleebüll, einem kleinen Dorf nördlich von Husum.

Harke wohnte dort zusammen mit seinem Dobermann Reiko in einer Hütte voller Schrott, vergilbten Zeitungen und allerlei Lumpen. Und es gab einen weiteren Mitbewohner: Nis, einen Kobold oder Klabautermann, den außer Harke aber noch nie jemand gesehen hatte. Krumme kannte den Knecht als stillen, rätselhaften, aber immer gutmütigen Riesen. Jetzt lernte er eine neue, für ihn völlig überraschende Eigenschaft kennen: Harke konnte mit Kindern umgehen! Auf Idas Wunsch versteckte Harke sich immer wieder im Garten, und Sonny musste ihn suchen. Der große Knecht verbarg sich hinter den Büschen, Bäumen und einmal sogar unter dem Tisch mehr schlecht als recht. Sonny lief zwar aufgeregt mit heraushängender Zunge und wild wackelndem Schwanz hierin und dahin – konnte Harke aber nie finden! Die Kinder kreischten vor Begeisterung, wenn der freundliche Riese plötzlich aus seinem Versteck heraustrat und nicht nur sie, sondern auch den überraschten Sonny erschreckte.

Krumme lächelte und sah dann wieder hinunter auf das Baby, das friedlich in seinen Armen schlief und sich in seinen Träumen mit den Händchen an seinem Finger festhielt.

»Na, alles klar bei euch?«, erkundigte sich Swantje, Martjes junge Mutter. Sie setzte sich neben Krumme in den Strandkorb. Sie hatte zwei Gläser selbstgemachte

Limonade mitgebracht, stellte sie jetzt auf die kleinen ausklappbaren Ablagen.

»Ging mir nie besser«, sagte Krumme leise, um das Baby nicht zu wecken.

Swantje sah ihn freundlich an, strich sich die vom Wind zerzausten blonden Haare aus dem Gesicht und lehnte sich in dem Strandkorb zurück.

»Steht dir gut, so ein Baby«, sagte sie.

Krumme nickte. »Hab ja in letzter Zeit ein bisschen Übung gehabt.«

Sie lächelte. »Du wolltest mir doch ein Foto von Lilly zeigen.«

»In der Brieftasche.« Krumme wies mit einem Nicken des Kopfes zu seinem Jackett, das neben ihm im Strandkorb lag.

Swantje holte die Brieftasche hervor, kramte das Foto heraus. »Sehr süß!«

»Vielleicht können die beiden sich mal zu einer Krabbelparty treffen?«

»Warum nicht? Ein Down-Under-Mädchen und eine kleine Friesen-Deern – ich bin sicher, sie werden die besten Freundinnen.« Sie tauschten ein Lächeln und schauten dann gemeinsam schweigend dem bunten Treiben auf der Party zu. »Wie schade, dass Marianne nicht kommen konnte«, sagte Swantje schließlich.

Krumme nickte. »Sie wäre bestimmt begeistert von der Feier gewesen. Und von Martje.«

Sie wurden von lautem Kinderjubel unterbrochen. Harke hatte sich hinter dem Strandkorb vor Sonny versteckt – und dieses Mal hatte der Welpe ihn gefunden!

In dem Lärm schlug die kleine Martje erschrocken die Augen auf, weinte aber nicht, sondern schaute sich nur ernst und verwundert um.

»Kinder, macht mal eine Pause«, rief Swantje lachend. »Der arme Harke braucht unbedingt was zu trinken und zu essen. Und ihr auch.«

Tatsächlich zog die Meute ab Richtung Buffet. Swantje nahm Krumme das Baby aus dem Arm, das jetzt ungeduldig mit Armen und Beinen zu strampeln begann. »Ich glaube, hier ist noch jemand hungrig.«

Krumme ließ Mutter und Kind alleine im Strandkorb zurück und setzte sich mit Harke gemeinsam an den Tisch. »Was zu trinken?«, fragte er seinen Kumpel, der noch einen ganz roten Kopf hatte.

»Gibt's Bier?«

Natürlich gab es das. Krumme griff in eine Wanne mit Eiswürfeln und gab ihm eine Flasche. Harke öffnete mit einem Knall den Bügelverschluss und trank die Hälfte auf einen Zug leer. Dann wischte er sich zufrieden den Mund ab.

Krumme schnappte sich selbst eine Thermoskanne mit Kaffee und goss sich eine Tasse ein. »Du überraschst mich, Harke. Ich wusste gar nicht, dass du so gut mit Kindern kannst.«

Der große Harke, wie immer in blauer Latzhose und schweren Arbeitsstiefeln, sah ihn verwirrt an. Er schien mal wieder überhaupt nicht zu verstehen, worüber Krumme sprach.

Was ist nur immer mit dem Burschen los?, dachte er, nickte dem Knecht aber freundlich zu. »Gut gemacht, die Kleinen lieben dich!«

Statt etwas zu erwidern, trank Harke den Rest des Biers und nahm sich eine weitere Flasche. Krumme seufzte. Smalltalk mit Harke war nun mal nicht möglich.

Mannsen kam zu ihnen. Er nahm sich ebenfalls ein Bier aus der Wanne.

»Na Theo, was macht die Arbeit?«, fragte er und setzte sich neben sie auf die Bank.

»Geht so.«

»Hab von dem Mord an dem armen Mädchen gehört.«

Krumme verzog den Mund, seufzte.

»Schon irgendeinen Verdacht?«

Krumme nickte müde. »Ja, aber mein Hauptverdächtiger ist letzte Nacht selbst Opfer eines Verbrechens geworden, wie es aussieht.«

Er erzählte seinem Kumpel und Leiter der Polizeidienststelle in Bredstedt, was geschehen war. Und er verschwieg auch seine Probleme mit Krüger und Friedrichs nicht.

Mannsen klopfte ihm lachend auf den Rücken. »Mach dir nichts draus. Für diese sturen Friesenböcke wirst du eben immer der Berliner bleiben.«

»Meinst du?«

»So sind wir hier oben an der Küste. Wir lieben die Fremden. Aber nur wenn sie brav ihre Kurtaxe zahlen und am Ende des Urlaubs wieder nach Hause fahren.«

»Aber ich mache keinen Urlaub.«

»Das ist das Problem.« Sein Kumpel lehnte sich auf dem Stuhl zurück und legte die Hände auf seinen dicken Bauch. »Egal. Hauptsache, du kommst gut mit Pat klar. Sollen die anderen doch denken, was sie wollen.«

Krumme nippte am Kaffee. Sollte er seinem Kumpel verraten, dass Pat Teil des Problems war? Er schaute sich um, sah seine Hooger Freunde, den geschmückten Garten, Swantje mit Martje im Strandkorb. Die Kinder, die sich darum stritten, wer Sonny einen Hundekeks geben durfte. Eine wahre Idylle. Er sollte aufhören, über Probleme bei der Arbeit zu jammern.

Aber Mannsen wollte mehr wissen. »Hast du Angst, die nehmen dir den Fall weg?«

»Nein, Quatsch, natürlich nicht.« Krumme rümpfte die Nase. Aber wenn er ehrlich war, befürchtete er genau das. Trotz der vielen guten Menschen um ihn herum nagten Frust und Missgunst an ihm und vergifteten seine Laune.

»Kanntest du diesen Schreiber vorher schon?«, fragte Mannsen.

Krumme schüttelte den Kopf.

»Ich habe ihn mal kurz gesehen«, sagte sein Freund. »Petra und ich waren in seinem Restaurant in Husum. Sehr lecker.«

»O ja, das ist es.« Krumme erinnerte sich an den gebratenen Lachs. Sofort spürte er ein hungriges Knurren und beschloss, ein wenig von Swantjes Fischsalat zu probieren.

»Und Nantje Schreiber? Das Opfer? Hast du von der auch mal was gehört?«, fragte Krumme seinen Freund.

Mannsen zuckte mit den Schultern. »Ich weiß nur, dass sie hier in Nordfriesland aufgewachsen ist und dann für ein paar Jahre mit ihrem Mann nach Hamburg gegangen ist.«

»Jetzt ist sie tot. Vier Messerstiche in den Oberkörper. Ausgeführt mit großer Kraft.«

»Traust du diesem Schreiber so was zu?«

Krumme legt den Kopf schief. »Weiß nicht. Vielleicht. Ist ein ziemlich unangenehmer Kerl.«

»He, lass mir auch was übrig«, sagte Mannsen in diesem Moment und klopfte Harke auf die Finger, der sich gerade die letzte Bulette vom Teller greifen wollte. Dabei hatte er schon sechs Stück in sich hineingestopft. Mannsen schnappte sich den letzten Fleischklops und biss herzhaft hinein. Dann erhob er sich schwerfällig. »Wir können gleich weiterschnacken. Ich muss mal für kleine Jungs. Wo sind denn hier die Toiletten?«

Krumme sah seinem korpulenten Freund nach, als der an den spielenden Kindern und den anderen Halligbewohnern vorbei Richtung Haus stapfte. Er lächelte müde. Es wurde Zeit, dass er sich wieder unters Volk mischte, er wollte unbedingt noch mal mit Swantjes Mann reden.

Krumme wollte gerade aufstehen, als sich Harke neben ihm meldete.

»Nis sagt immer, auch gute Menschen können Böses tun.«

Krumme sah zu dem Knecht, der ihn mit seinen leuchtend blauen Augen ansah.

»Welche guten Menschen?«

Harke griff sich eine Gurke, biss knackend hinein. Krumme schaute ihn an. Harke war ein komischer Vogel, der oft wirres Zeug redete. Er hatte irgendwie einen Sinn für »Spökenkram«. Krumme hatte darüber anfangs den Kopf geschüttelt, musste mittlerweile aber zugeben, dass Harke ihm manch wichtigen Tipp gegeben hatte und so immer wieder eine große Hilfe bei seiner Arbeit gewesen war.

»Hast du – oder Nis – mal was von Nantje Schreiber gehört?«, fragte Krumme.

Harke kaute, schluckte, runzelte verwirrt die Stirn und schüttelte den Kopf. Krumme betrachtete ihn. Was mochte in dem Kopf des hünenhaften Friesen mit den vom salzigen Wind verklebten rotblonden Haaren und dem zotteligen Bart vor sich gehen?

»Harke? Hast du gehört? Ich suche den Mörder der jungen Frau. Kanntest du sie?«

»Nein.«

Krumme nickte. Wäre ja auch zu schön gewesen. Aber einen Versuch wollte er noch wagen. »Sag mal, Harke, hast du auch Freunde auf Pellworm?«

»Pellworm?« Harke biss erneut in die Gurke.

Krumme stöhnte ungeduldig. »Ja, Pellworm. Kennst du da jemanden?«

»Nein.«

»Und Nis?«, fragte Krumme.

Harke lächelte. »Nis hat überall Freunde.«

»Das glaube ich auch. Meinst du, er kennt dort einen Tischler, der Thomsen heißt?«

Harke kratzte sich nachdenklich am Kopf. »Kann ihn ja mal fragen.«

Krümme stöhnte leise. »Ja, sag mir Bescheid, wenn er sich meldet.«

Harke nickte und stemmte seinen großen Körper von der Bank, klopfte zum Abschied augenzwinkernd auf den Holztisch. »Weiter geht's. Eeb an flödj täiwe eefter niimen.«

Krumme sah ihn erstaunt an. »Und was heißt das?«

Harke zuckte mit den Schultern. »Nur so'n alter Schnack.«

»Ja, aber was bedeutet das?«, fragte Krumme. Doch der Knecht ging bereits zurück zu den Kindern und Sonny, wo er mit großem Jubel begrüßt wurde.

32

Pat saß an ihrem Schreibtisch und starrte auf das Telefon. Neben ihr lagen ein Notizblock und ein Stift. Bisher hatte niemand angerufen. Natürlich nicht, sie war überzeugt, dass die vier Kollegen sich – wenn nötig – untereinander über ihre Handys verständigten.

Telefondienst – das war die Spezialaufgabe, für die Friedrichs sie als einziges weibliches Mitglied der Sonderkommission vorgesehen hatte. Sie sollte hier in ihrem kleinen Büro hocken, während die vier Kerle draußen ermittelten. Harkan Berk und Römer waren gleich nach der Besprechung mit ihrem Auto nach Hamburg gefahren, während sich Friedrichs und Ludwig zum Apollo abgesetzt hatten. Ob sie den entführten Sebastian oder Nantje Schreibers Mörder im Puff finden würden? Pat hatte große Zweifel.

Sie lehnte sich auf ihrem Bürostuhl zurück und nippte an ihrem Mineralwasser. Sollte sie sich bei Horst über die Behandlung der vier Kollegen beschweren? Aber wie jämmerlich würde das aussehen? Wenn sie eins gelernt hatte, dann, dass man sich als Frau bei der Polizei durchbeißen musste.

Sie blickte zu Theos verwaistem Platz auf der anderen Tischseite, kämpfte gegen den Drang, auf Hooge anzurufen und ihm zu erzählen, wie man sie hier behandelte. Aber Theo war ja immer noch sauer auf sie. Er würde wenig Mitleid mit ihr haben. Was wohl geschehen würde, wenn er morgen ebenfalls zu der Soko stoßen würde? Friedrichs hatte kein Wort darüber verraten, wie er sich Theos Mitarbeit vorstellte.

Pat entschied sich, Theo eine SMS zu schicken. So störte sie ihn nicht auf der Feier. Außerdem war Telefonieren sowieso nicht so ihre Sache, aber irgendwie musste sie Theo ja vorwarnen, damit er wusste, was ihn am nächsten Tag erwartete.

Also tippte sie eine Nachricht ins Handy. Dass Friedrichs jetzt den Vorsitz der Soko übernommen hatte. Dass sie eine neue Spur ins Hamburger und Husumer Drogenmilieu verfolgten. Natürlich alles in Absprache mit dem Chef.

Pat überlegte, ein paar persönliche Worte anzuhängen, beließ es dann aber bei einem »LG« und einem Zwinker-Emoji.

Sie betrachtete ihr Werk. Nur eine kurze, professionelle Nachricht, ohne Jammern, ohne persönlichen Schnickschnack. Den Rest könnten sie morgen Mittag klären, wenn Theo wieder im Büro war. Zufrieden drückte sie auf Senden.

Dann checkte sie noch ein paar andere Nachrichten – wenn sie das Handy schon mal in der Hand hatte. Sie hatte Friedrichs von dem Plan erzählt, die Angestellten aus dem Restaurant noch einmal zu befragen – schließlich ging es jetzt nicht nur um Nantje, sondern auch um das Verschwinden ihres Chefs. Friedrichs hatte sie verständnislos angeschaut. »Ja, kannst du machen«, hatte er dann gesagt. »Ruf an, wenn sie was über die Drogenverbindung wissen sollten.«

Pat begann sich durch die Liste zu arbeiten. Wie sie wusste, war das »Schreibers« inzwischen geschlossen worden. Mit den Angestellten, die sie am Telefon erwischte, machte sie für den nächsten Tag Termine im Büro aus. Hoffentlich war Theo dann wieder da.

Als sie mit den Telefonaten fertig war, stand sie auf. Was gab es noch zu tun? Sie holte sich ein Wasser, spielte ein bisschen mit ihrem Handy herum, sortierte die Unterlagen von einer Schreibtischseite auf die andere und surfte schließlich im Internet.

Das war also die Arbeit in einer Soko. Vielleicht sollte sie sich morgen ein Kissen mit ins Büro nehmen, dann konnte sie die Zeit wenigstens zum Schlafen nutzen.

Das Klingeln des Telefons riss sie aus ihren Gedanken. Sofort hatte sie die Hand am Hörer. Friedrichs. Pat griff nach dem Kugelschreiber, bereit, sich Notizen zu machen. Hatten sie etwas herausgefunden?

Doch Friedrichs ging auf ihre Frage gar nicht ein. Stattdessen bat er sie, für ihn einen Strauß Rosen auf dem Markt zu kaufen, seine Frau habe heute Geburtstag. Pat wollte etwas sagen, aber da hatte er schon aufgelegt.

Pat atmete tief durch, stand auf und marschierte in

dem kleinen Zimmer auf und ab, bevor sie sich wieder hinsetzte.

Blumen kaufen? Für wen hielt er sich?

Sie schnappte sich die Mappe, die sie für die Soko-Sitzung vorbereitet hatte, die dort aber niemanden interessiert hatte. Sie las sich alles noch einmal durch, verglich die Daten und versuchte, sie in eine logische Reihenfolge zu bringen, jetzt unter der Prämisse, dass es sich bei dem Mord um ein Verbrechen aus dem Drogenmilieu handelte. Bei der Besprechung waren ihr die Argumente der Kollegen zum Teil noch nachvollziehbar erschienen. Doch je mehr sie darüber nachdachte, desto unwahrscheinlicher kam ihr diese Idee vor. Ein Drogenkrieg in Husum mit Nantje und Sebastian im Mittelpunkt? So ein Blödsinn.

Natürlich war Sebastians Verschwinden ein großes Rätsel. Über das sie aber erst nachdenken wollte, wenn sie den Bericht der Spurensicherung in der Hand hatte, die das Haus untersuchte.

Pat beschloss, sich erst einmal nur auf den Mord an Nantje Schreiber zu konzentrieren. Sie schaute sich die Berichte über die Spuren im Hafen und der Pathologie an, überlegte, ob sie was übersehen hatte, konnte aber nichts finden. Erneut fiel ihr auf, was für ein Irrlauf der Mörder durch den Hafen gemacht hatte und an wie vielen Stellen er mit der Leiche angestoßen war. Nach der Tat eines Profikillers aus dem Drogenmilieu sah das nicht aus.

Pat bemerkte eine Anmerkung, die Fleischer auf seinen Bericht geschrieben hatte: »vorläufig«. Sie überlegte kurz und wählte dann die Nummer der Pathologie.

Als der Mediziner abnahm, begrüßte sie statt eines »Hallo« erst einmal ein heftiges Husten.

»Doktor Fleischer?«, erkundigte sich Pat vorsichtig.

»Ja, was ist denn?«, kam es mit heiserer Stimme zurück.

Pat seufzte. Sie wusste schon, warum sie alles tat, um dem Kerl aus dem Weg zu gehen. Sie erkundigte sich, ob es mittlerweile ein endgültiges Ergebnis zu Nantje Schreiber gab.

»Habe ich euch doch längst hochgeschickt!«

»Ach ja? Hier ist noch nichts angekommen.«

»Ich lüge doch nicht …«, schimpfte Fleischer.

Pat konnte hören, wie er auf seinem Schreibtisch in den Unterlagen herumkramte.

»Ach, hier liegt der Bericht ja noch«, brummte er. »Nicht meine Schuld, hier brennt gerade die Hütte, da kann so was schon mal passieren«, murrte er, als wenn Pat ihm Vorwürfe gemacht hätte.

Tatsächlich fragte Pat sich, von welcher Hütte er sprach. Natürlich wusste sie, an was für Fällen in Husum zurzeit gearbeitet wurde. So viel konnte in der Pathologie nicht los sein – zum Glück.

»Ich schick den Bericht gleich los, dann habt ihr ihn morgen früh auf dem Tisch.«

»Hat sich denn noch was Neues ergeben?«

»O ja, durchaus. Aber werdet ihr ja sehen.«

Pat sprang von ihrem Stuhl auf. Bis morgen wollte sie nicht warten. Sie sah auf die Uhr. Sie konnte hier ohnehin Feierabend machen. Nichts sprach dagegen, vorher noch dem Mediziner einen Besuch abzustatten.

»Bewegen Sie sich nicht von der Stelle, Herr Doktor«, sagte sie und griff sich ihre Jacke. »Ich komm zu Ihnen.«

33

Broder stellte den Teller mit den geschmierten Schnitten vor Schreiber auf den Boden. Von den Handfesseln hatte er ihn befreit, nicht jedoch von der schweren Kette um seinen Fuß. Er hatte sie an einem alten, aber stabilen Rohr befestigt. Schreiber, der sich in seiner Ecke unter der Dachschräge noch nicht einmal aufrichten konnte, hatte keine Chance, sich zu befreien, da war Broder sicher.

Er beobachtete mit nachdenklicher Miene, wie sein Gefangener hungrig das Brot herunterschlang und gierig einen Schluck Wasser trank.

Schließlich hatte Schreiber alles aufgegessen. Erschöpft lehnte er sich an die Wand und erwiderte Broders Blick mit einem bitteren Lächeln.

»Was soll das werden?«, wollte sein Gast wissen. »Erst haust du mich k. o., dann fütterst du mich? Willst du Geld? Dann stell dich hinten an. Ich habe nur Schulden. Von mir kriegst du keinen Cent.«

Broder schüttelte den Kopf. »Ich will kein Geld.«

Schreiber sah müde vor sich hin. »Auch egal.«

Broder verschränkte die Arme vor der Brust. »Du hast Nantje umgebracht.«

»Habe ich nicht, du Schwachkopf!«

»Du lügst!«

»Was geht dich das überhaupt an? Gehörst du etwa zu ihrer buckeligen Verwandtschaft, oder was?«

»Nein, ich ...« Broder schwieg, sah seinen Gefangenen verstört an, ballte die Fäuste und senkte dann den Blick.

»Wie heißt du eigentlich?«, fragte Schreiber, jetzt etwas freundlicher.

Broder schaute den großen, schlanken Mann zu seinen Füßen überrascht an. In ihm arbeitete es. Seine Miene verriet nicht nur Verachtung, sondern auch Unsicherheit.

»Broder«, brummte er schließlich.

»Okay, Broder, ich bin Sebastian, dann ist das schon mal geklärt.«

Schreiber versuchte, sich in eine bequemere Position zu setzen, aber die rasselnde Kette ließ das kaum zu. Er stöhnte. »Also, jetzt im Ernst, wie kommst du darauf, dass ich Nantje umgebracht habe? Sie war meine Frau. Ich habe sie geliebt.«

»Du lügst«, wiederholte Broder schnaufend. »Du hast sie betrogen. Du hast eine andere.«

Schreiber musterte ihn irritiert. »Woher willst du das wissen?«

Broder sah ihn empört an, schüttelte den Kopf. Er hatte keine Lust, länger mit dem Kerl zu reden. Er hob das Seil hoch, mit dem er Schreiber gefesselt hatte.

»Her mit den Händen!«

Schreiber seufzte. »Ist das wirklich nötig? Ich kann ohnehin nicht ...«

Broder trat drohend näher. »Los, mach schon!«

Schreiber schüttelte verächtlich den Kopf, gehorchte aber.

»Egal, was du denkst«, redete er weiter, während Broder ihn mit der Erfahrung eines Fischers, der viele Jahre lang Seemannsknoten geschlungen hatte, wieder fesselte. »Ich habe Nantje nicht ...«

Schreiber hielt überrascht inne. In einiger Entfernung war ein Geräusch zu hören, das sich offensichtlich näherte.

Auch Broder war darauf aufmerksam geworden. Kein Zweifel – ein Auto. Schließlich hielt der Wagen, der Motor wurde abgestellt. Das Klappen einer Autotür.

»Hey, hallo?«, rief Schreiber aufgeregt und streckte den Hals. »Hier bin ich! In dem Schu...«

Weiter kam er nicht. Broder drückte ihm einen schmutzigen Lappen in den Mund, holte die Rolle Klebeband, die er mitgebracht hatte, aus seiner Hosentasche und umwickelte damit zweimal Schreibers Kopf. Der riss die Augen panisch auf, hatte Angst zu ersticken. Aber Broder zeigte keine Gnade, stieß ihn zurück in die Ecke, wo er sich, jetzt wieder gefesselt und geknebelt, nicht mehr rühren konnte. Dann sprang er auf und verließ den Schuppen.

Hektisch schloss er die Tür mit einem Vorhängeschloss ab, keine Sekunde zu früh, denn eine junge Frau und ein glatzköpfiger Hüne kamen in Arbeitsklamotten um die Ecke.

»Moin, Broder.«

Paula und Friedemann Mertens. Er kannte die beiden, sie wohnten auf der anderen Seite Pellworms und besaßen eine kleine Gärtnerei, die einzige auf der Insel.

»Moin«, erwiderte Broder und ging den beiden entgegen, wischte sich dabei mit der Hand den Schweiß aus der Stirn.

»Alles klar?«, erkundigte sich Paula, eine am ganzen Körper tätowierte und gepiercte junge Frau. Obwohl zierlich von Statur war sie eine zähe, drahtige Person, die es in puncto Kraft mit jedem Mann leicht aufnehmen konnte. »Hast du gerade Besuch?«

»Besuch? Ich? Nein ... wieso?«, stotterte Broder.

»Ich dachte, wir hätten was gehört«, sagte Friedemann, Paulas Chef und ihr Vater.

»Vielleicht Gänse?« Broder zeigte zu der Wiese, auf der sich laut schnatternd ein großer Schwarm herumtrieb.

»Ist ja auch egal.« Paula winkte ohne jeden Argwohn ab. »Was machen die Geschäfte?«

»Muss ja.« Broder entspannte sich ein wenig. »Was treibt euch her?«

»Sag bloß, du hast es vergessen?«

»Was?«

»Wir haben dir doch vor zwei Monaten Bescheid gesagt.«

Broder sah die beiden verständnislos an. Er hatte keine Ahnung, wovon Paula sprach.

»Mann, die Sielarbeiten.« Friedemann zeigte auf einen zugewachsenen Priel hinter der Terrasse. Zwischen dem ganzen Schilf war das Wasser kaum zu erkennen.

Endlich fiel bei Broder der Groschen. Erschrocken sah er die beiden an. »Wie? Wollt ihr etwa jetzt loslegen?«

Friedemann klopfte ihm freundlich auf die Schulter. »Nein, Mann. Nur mal kurz gucken. Aber morgen fangen wir an. Hatten wir doch alles besprochen! Kannst dich nicht erinnern?«

Broder blickte nervös an den beiden vorbei zum Schuppen. Langsam fiel es ihm wieder ein. »Doch, na klar. Passt bloß gerade nicht so gut.«

»Mach keinen Scheiß.« Friedemann sah ihn vorwurfsvoll an. »Auf dem Dengelhof steht das Wasser regelmäßig im Wohnzimmer. Wir müssen den Priel reinigen, unbedingt.«

Die beiden gingen zum hinteren Ende des Hofs. Broder folgte ihnen.

Paula zeigte auf den Graben. »Guck dir das an. Ist noch schlimmer geworden. Das müssen wir alles freibuddeln. Sonst hast auch du das ganze Zeug beim nächsten Regen bei dir in der Werkstatt.«

Broder nickte. Sie hatten ja recht.

Paula sah seine niedergeschlagene Miene. »He, wir müssen das jetzt machen, sonst schaffen wir das nicht mehr vor dem Urlaub.«

»Außerdem ist das ein Gemeindeauftrag. Den Termin müssen wir einhalten.«

Broder nickte. Er warf einen vorsichtigen Blick zum Schuppen. Hatte er ein leises Scheppern gehört?

»Sach mal, hast du Fieber?«, erkundigte sich Paula, die Hände tief in den Taschen ihres zu großen Blaumanns. »Du schwitzt ja.«

»Fieber? Ich? Nein. Alles bestens.« Broder wischte sich den Schweiß von der Stirn. »Hab nur gerade viel zu tun«, sagte er und schaute dabei verlegen auf den Boden.

Friedemann grinste. Er zeigte auf die leere Terrasse. »Was hast du denn schon zu tun?«

»Der Diesel vom Kutter macht Zicken. Den muss ich reparieren.«

»Aber das passt doch perfekt. Mach im Hafen deine Arbeit, während wir hier rumwerkeln. Ein, zwei Tage, mehr brauchen wir nicht.«

Broder kratzte sich am Kopf. Er musste ruhig bleiben. Er ließ den Blick schweifen, schaute über die Insel, über die saftig grünen Felder, sah die Bauernhöfe und Ferienhäuser, die sich hinter kleinen Baumgruppen versteckten. Von dieser Position aus konnte er sogar den rot-weiß gestreiften Pellwormer Leuchtturm im Süden erkennen.

Wieder ein leises Scheppern aus dem Schuppen. Zum Glück waren die beiden so auf den Priel konzentriert, dass sie auf nichts anderes achteten.

Er holte tief Luft. »In Ordnung«, sagte er schließlich, »morgen dann.«

34

Pat war klar, dass es für eine Kriminalkommissarin wenig professionell war, aber sie hasste die Gerichtsmedizin im Husumer Krankenhaus. Schon der Geruch auf dem Gang – diese undefinierbare Mischung aus Desinfektionsmitteln und süßlich-muffig ...

Theo wusste, dass sie sich auch nach vier Jahren nicht an den Anblick und den Geruch von Toten gewöhnt hatte, und übernahm meistens die Gespräche in Dr. Fleischers Keller. Doch heute musste sie die Angelegenheit selbst regeln.

Als sie vor der Tür zur Pathologie stand, konnte sie in Gedanken das spöttische Gelächter ihrer männlichen Soko-Mitglieder hören, wenn sie sehen würden, wie sie sich quälte. Also jetzt bloß nicht kneifen. Pat straffte sich, klopfte an und trat ein.

Vorsichtig schaute sie sich in dem blitzblank geschrubbten Raum mit den blauen Kacheln um. Keine Spur von Fleischer. Auch sein kleines Labor, das sich hinter einer Glaswand befand, war verlassen.

War er etwa schon nach Hause gegangen? Sie hatte ihm doch gesagt, er solle warten.

Schnell ging sie zurück auf den Flur und rannte zu seinem Büro, das sich um die Ecke in einem Seitengang befand. Und tatsächlich, da stand er in Mantel und Schlapphut und schloss gerade seine Tür ab.

»Herr Doktor Fleischer«, rief Pat außer Atem. »Wo wollen Sie hin, ich dachte, wir hätten eine Verabredung?«

Fleischer taxierte sie, hatte bereits eine Zigarette hinter sein rechtes Ohr gesteckt.

»Feierabend ist Feierabend. Kommen Sie morgen früh wieder.«

»Aber ich habe Ihnen doch am Telefon gesagt, dass es wirklich wichtig ist.«

»Das ist meine Doppelkopfrunde mit den Kollegen aus der Geriatrie auch. Ich muss noch einkaufen.«

So verbrachte der wandelnde Tod also seine Abende. Aber für Kartenspiele hatte Pat gerade keinen Sinn.

»Bitte, Herr Doktor, Ihre Erkenntnisse sind für uns von größter Bedeutung.«

»Davon bin ich überzeugt, junge Dame.«

Er wollte sich mit seiner speckigen Ledertasche an ihr vorbeischieben. Doch Pat stellte sich ihm in den Weg. Obwohl Fleischer nicht gerade klein war, überragte sie ihn um einen halben Kopf.

Überrascht blickte er zu ihr auf, zögerte noch einen Moment. »Na schön.« Er schnaufte verärgert. »Kommen Sie mit. Aber schnell. Der Supermarkt macht bald zu.«

Kurz darauf standen sie vor den Kühlfächern mit den Toten. Pat blickte sich unsicher um. Eigentlich mussten die meisten Schubladen ja leer sein, aber trotzdem …

»So, aufgepasst, junge Dame«, sagte Fleischer, der sich die Zigarette, die eben noch hinter seinem Ohr klemmte, angezündet hatte.

Er öffnete ein Fach und zerrte eine Schublade mit einem langen Plastiksack heraus. Dann zog er an einem Reißverschluss, und schon lag die tote Nantje Schreiber vor ihnen. Pat schluckte, als sie ihr grau-bleiches Gesicht sah. Zum Glück schaute sie sie nicht mehr mit den toten Augen an wie am Dienstag in der Segelyacht.

»Ich habe mir die Einstiche noch mal genauer angeschaut«, begann Fleischer. »Hier, hier, hier und hier.« Er hob Nantjes rechten Arm, um Pat die Stelle zu zeigen. Was wegen der Leichenstarre nicht ganz einfach war. Pat spürte, wie ein metallischer Geschmack den Hals hinaufkroch. Sie hielt sich die Hand vor den Mund und hüstelte.

Fleischer beobachtete sie und lächelte, wie ein Vampir, der Blut witterte. »Jetzt nicht schwächeln. Das Beste kommt ja noch.«

Pat schluckte und nickte. »Machen Sie weiter.«

Fleischer legte die Hand fast zärtlich auf die Tote. Er hatte seinen Mantel immer noch an, aber immerhin Plastikhandschuhe übergezogen.

»Eindeutig Einstiche eines Messers«, fuhr er fort. »Kein besonders großes, ich würde auf ein Taschenmesser tippen. Aber entscheidend ist etwas anderes.« Er sah Pat mit einem stolzen Lächeln an.

»Nämlich?«

»Der Einstichwinkel. Er geht bei allen Wunden von oben nach schräg unten.«

»Aha«, sagte Pat, die nicht verstand, worauf das hinauslaufen sollte.

Fleischer trat zu ihr und demonstrierte es mit seinem Kugelschreiber. »Stellen Sie sich vor, Sie wären das Opfer und ich der Mörder.«

Pat nickte.

»Jetzt stehe ich vor Ihnen und steche immer wieder mit dem Messer zu.«

»Okay …« Pat trat unwillkürlich einen Schritt zurück.

»Was fällt Ihnen auf?«

»Sagen Sie's mir.«

»Ich halte das Messer in der linken Hand.«

Pat horchte auf. »Sie meinen, der Täter …«

»… war Linkshänder.«

»Da sind Sie sich sicher?«

Fleischer nickte. »Ich weiß natürlich nicht, wie die genaue Situation vor Ort aussah, aber dass ein Rechtshänder eine solche Tat mit seiner schwächeren Hand ausführt, ist wohl eher unwahrscheinlich.«

Pat ließ die Information sacken, überlegte. »Das ist allerdings interessant.«

»Nicht wahr?« Fleischer nahm einen tiefen Zug von der Zigarette.

Pat überlegte und hatte eine Idee. »Sie haben gerade gesagt, die Tatwaffe wäre ein Taschenmesser gewesen. Geht's vielleicht noch etwas genauer?«

Fleischer sah sie verständnislos an. »Wie? Genauer?«

»Sie haben doch bestimmt reichlich Erfahrung.

Sehen die tödlichen Verletzungen wie die Tat eines Profikillers aus?«

»Keine Ahnung«, meinte Fleischer, »auch Profikiller können mal ein Buttermesser benutzen. Ein langes Jagdmesser war es aber nicht.«

Pat überlegte einen Moment, sah Fleischer dann freundlich an. »Vielen Dank, Herr Doktor. Gute Arbeit.«

Fleischer nickte mit breitem Lächeln, zog wieder an seiner Zigarette. »Ich weiß.«

Als Pat kurz darauf das Krankenhaus verließ, steuerte sie die nächstbeste Bank an. Endlich wieder frische Luft! Es wurde langsam dunkel, aber es war noch warm, und in dem nahegelegenen Park herrschte reges Treiben. Sie dachte an das, was sie soeben erfahren hatte.

Der Mörder war Linkshänder. Und eines wusste Pat mit Sicherheit – Sebastian war Rechtshänder.

Eine wichtige Neuigkeit.

Und eindeutige Hinweise auf die Tat eines Profikillers gab es auch nicht.

Sollte sie die Kollegen von der Soko anrufen und sie davon in Kenntnis setzen? Sie sah auf ihr Handy. Sie hatte ihre Büronummer umgeleitet, aber nicht ein einziger Anruf war eingegangen und auch keine SMS. Pat verzog das Gesicht. Die vier Kerle schienen null Bedarf zu haben, sie über ihre Ermittlungen zu informieren. Da reichte es, wenn sie bis zur morgigen Sitzung wartete.

Aber was war mit Theo?

Sie hatte den Beweis oder zumindest ein starkes Indiz, dass er mit seinem Verdacht falschlag. Sebastian konnte nicht der Mörder seiner Frau sein! Das musste er unbedingt wissen. Die Nachricht, die sie ihm noch im Büro geschrieben hatte, hatte er gelesen, aber nicht beantwortet. Pat beschloss, ihn anzurufen, auch wenn er sich vielleicht gerade mit seinen Freunden auf Hooge amüsierte.

Sie wählte seine Nummer und wartete. Aber Theo ging nicht ran. Hatte er sein Handy ausgeschaltet? Sie schüttelte verärgert den Kopf. Anders als sie schien er es wohl nicht für nötig zu halten, immer erreichbar zu sein.

Sie überlegte, ihm eine weitere Kurznachricht zu schreiben, ließ es dann aber bleiben.

Warum die Mühe? Offensichtlich war heute keiner ihrer Männerkollegen an ihrer Arbeit interessiert. Fleischer hatte recht, Feierabend war Feierabend.

Damit steckte Pat ihr Handy weg, schnappte sich ihre Umhängetasche und machte sich auf den Weg nach Hause.

35

Immer mehr Gäste drängten sich in Swantjes Garten. Sogar Marianne war plötzlich da. Eingepackt in einen dicken Schal stieß sie mit ihm an. Hannah, Krummes Tochter, stand zusammen mit Lilly an Martjes Wiege. Pat saß mit ihrem Freund Mike, Mannsen und Harke an der langen Festtafel. Gemeinsam tranken sie einen Schnaps nach dem anderen und lachten herzlich über Mannsens Witze. Zu Krummes Ärger waren offensichtlich auch der lange Friedrichs und sein bescheuerter Kollege, der moppelige Ludwig, eingeladen. Und noch schlimmer. Sie wollten ständig mit ihm über den Fall Nantje Schreiber reden. Dabei lief sie doch ebenfalls auf der Gartenparty herum – lebendig, wenn auch mit ernster Miene und blutverschmierter Bluse.

Krumme hatte genug. Er schaute auf seine Uhr und stellte mit Schrecken fest, dass die Fähre bald kommen würde. Wenn er sich umwandte, konnte er sie schon in Richtung Hafen fahren sehen. Er blickte über das weite Wattenmeer, erkannte am Horizont die hohen Speicher im Husumer Hafen, entdeckte einen alten Kirchturm auf einer einsamen Insel.

Krumme sagte Marianne Bescheid, dass sie aufbrechen mussten, sofort! Doch sie rührte sich nicht vom Fleck und lachte nur. Aufgebracht wandte er sich an Mannsen und Pat, aber auch die hörten nicht auf ihn, quatschten weiter und grinsten nur. Krumme konnte es nicht fassen, waren denn auf einmal alle verrückt geworden?

In diesem Moment zupfte ihn jemand heftig an der Jacke. Krumme drehte sich unwillig um – und wollte es nicht glauben: Schreiber stand vor ihm. Er sah schrecklich aus, blau-violett geschwollene Augen, die Sonnenbrille hing ihm schief auf dem Kopf, aus seinem Mundwinkel tropfte Blut.

»Noch ein bisschen Lachs, Herr Kommissar?«, fragte er ächzend, das Reden fiel ihm schwer. Krumme wich verwirrt zurück. Aber Schreiber folgte ihm, zog immer wieder an seiner Jacke, flehte mit zitternder Stimme: »Bitte, bleiben Sie, lassen Sie mich nicht allein!«

Mit einem leisen Aufschrei schreckte Krumme aus seinem Nickerchen. Und zuckte erneut entsetzt zurück. Vor ihm stand ein uniformierter Mann und zupfte sachte an Krummes Jacke.

»Moin, junger Mann«, sagte er. »Wir sind da. Ich nehme an, Sie wollen auch aussteigen?«

Krumme schaute sich hektisch um. Wo war er?

Auf der *Adler-Express*, der Fähre, die ihn zurück von Hooge nach Nordstrand bringen sollte. Er war in den bequemen Sitzen im Fahrgastraum eingeschlafen. Das Letzte, woran er sich erinnerte, war, wie er aus dem Fenster die Küstenlinie der Insel Pellworm betrachtet hatte.

Nun hatten sie ihr Ziel erreicht, den kleinen Hafen Strucklahnungshörn. Die anderen Passagiere waren bereits alle ausgestiegen. Er war der Letzte, der noch im Gastraum saß. Der Kapitän, denn um den handelte es sich bei dem uniformierten Mann, lächelte. »Gucken Sie mal, ich glaube, Ihr kleiner Kumpel kann es auch kaum erwarten, wieder festen Boden unter die Pfoten zu kriegen.«

Tatsächlich, da war Sonny. Krumme konnte sich erinnern, wie er, kaum dass die Fähre abgelegt hatte, zu seinen Füßen eingeschlafen war, komplett erschöpft vom stundenlangen Spielen mit den Kindern. Doch jetzt sprang er aufgeregt, mit wild hin- und herschlagendem Schwanz vor ihm herum und wäre schon längst vom Boot gelaufen, wenn Krumme ihn nicht an der Lehne festgebunden hätte.

Schnell befreite er Sonny von seinen Fesseln und eilte dann gemeinsam mit ihm als Letzter von der Fähre, hinaus auf den Kai. Immer noch in Gedanken bei seinem Traum sah Krumme den anderen Passagieren hinterher, die zu ihren Autos oder zu dem wartenden Linienbus nach Husum gingen.

Krumme hatte seinen Golf auf dem großen, bezahlten Parkplatz hinter dem Deich abgestellt, aber er brauchte noch einen Moment, um zu sich zu kommen. Nach der klimatisierten Luft der modernen *Adler-Express* sog er die frische Seeluft gierig ein und schaute sich dabei um. Während die Mannschaft auf der Hallig-Fähre ihre Sachen packte, dümpelten ein Fischkutter und ein Seenotrettungskreuzer auf der gegenüberliegenden Seite des kleinen Hafenbeckens sanft im öligen Wasser. Dahinter, auf der anderen Seite des Hafens, ragte der gelbe Anlegeturm der Fähre nach Pellworm in den abendlichen Himmel. Das Schiff selbst lag jetzt wohl auf der Insel und würde seinen Dienst erst am nächsten Morgen wieder aufnehmen.

Krumme ging mit Sonny nachdenklich zu seinem Auto. Ohne Schwierigkeiten zu machen, sprang der Hund nach hinten in die Hundeecke und legte sich auf seine Decke.

Krumme setzte sich ans Steuer. Aber noch fuhr er nicht los. Wieder musste er an seinen verrückten Traum denken.

Lassen Sie mich nicht allein!, hallte Schreibers Stimme in seinem Kopf nach. Ein bescheuerter Traum, genau das war es gewesen, mehr nicht. Und trotzdem …

Krumme seufzte und drehte sich nach hinten um.

»Hast du morgen früh schon was vor, mein Freund?«

Sonny legte den Kopf schief, bellte kurz und ließ dann freundlich die Zunge aus dem Maul hängen. Für Krumme sah das nach einem »Ja« aus. Zufrieden startete er den Motor, verließ den Parkplatz und fuhr zurück nach Husum.

36

Rungholt, nordfriesische Uthlande, Januar 1362

Der Sturm trieb Oke wie eine mächtige Hand vor sich her. War dies ein Zeichen Gottes, der wollte, dass er diesen Weg ging? Wollte auch Gott Gebhardt dafür bestrafen, was er Beeke angetan hatte?

Am finsteren Himmel zuckten Blitze und erhellten für einen kurzen Moment die pechschwarze Nacht.

Nein, nicht Gott führte ihn. Es war der Teufel, der ihn zur Rache antrieb und seine Wut befeuerte.

Oke war das egal. Vielleicht würde er am Ende für seine Tat in der Hölle landen. Alles, was er wollte, war, Gebhardt das Herz aus dem fetten Leib zu reißen.

Immer schneller lief Oke, je näher er seinem Ziel kam. Den eisigen Regen spürte er nicht. Wilder Hass strömte durch seinen Körper, wärmte ihn wie glühende Kohlen.

Endlich erreichte er die ersten Häuser Rungholts. Die Wolkendecke brach für einen Moment auf. Der Mond kam heraus, und Oke konnte erkennen, wie der Regen in Wellen über die glänzenden Dächer der Stadt tanzte. Er sah die Spitze des Kirchturms, der in der

Ferne fast in den schwarzen Wolken des Unwetters verschwand.

Trotz des fürchterlichen Sturms und Regens waren immer noch Menschen unterwegs. Sie versuchten, ihr Vieh in Sicherheit zu bringen. Für Oke waren sie nur gesichtslose Schatten eines nicht enden wollenden düsteren Traums.

In der Nähe des Hafens erreichte er Gebhardts Haus, eines der prachtvollsten Gebäude von Rungholt und eines der wenigen, die aus Stein und nicht aus Lehm errichtet waren. Oke blickte hinauf zum hohen Giebel, der stolz und trotzig in den sturmumtosten Himmel ragte. Erschöpft vom langen Marsch wischte er sich mit dem Handrücken die Regentropfen aus dem Gesicht. Sein Atem dampfte in der kalten Luft. Dann trat er vor das Tor, hämmerte mit den Fäusten dagegen, immer wieder.

»Gebhardt, du Hurensohn, mach auf!«, brüllte er in den Lärm des über ihm wütenden Orkans.

Es dauerte ewig, bis sich die Tür knirschend öffnete. Die verwirrten Augen einer alten Magd blinzelten durch den Spalt. Misstrauisch fragte sie, was er um diese Zeit und vor allem bei diesem Wetter wolle.

Keine Zeit für lange Reden! Oke warf sich gegen die Tür, stieß die Alte zur Seite und stürmte in das Haus.

»Wo ist dein Herr?«, schrie er, während er sich bereits in den ersten Kammern umschaute.

Die Magd, die zu Boden gestürzt war, rappelte sich auf, hielt sich den Kopf und rief mit schriller Stimme um Hilfe.

Oke beachtete sie nicht. Er rannte durch die dunkle, von wenigen Kerzen spärlich erleuchtete Diele, blickte in die Küche, wo ein Topf über dem knisternden Feuer hing. Er ging in den Pesel, wo ein Hund aus dem Schlaf schreckte, als er Gebhardts Namen rief.

Schließlich stürmte er in den Hof. Regen prasselte auf das Pflaster, Wasser rauschte in einem breiten Strom vom Dach.

Oke schaute sich um. Gegenüber, hinter einem Fenster mit schweren Gitterstäben, bemerkte er einen schwachen Lichtschein. Oke rannte durch den Regen hinüber auf die andere Hofseite und warf sich mit einem wütenden Schrei gegen die Tür. Sie schwang auf. Oke stand in Gebhardts Lager.

Völlig außer Atem schaute er sich um. Er sah hohe Regale mit übereinandergestapelten Kisten. Verschnürte Stoffbündel. Krüge und Schalen mit fremdartigen Gewürzen. Salzfässer standen an der Wand, eins neben dem anderen in einer langen Reihe. Ein unermesslicher Reichtum. Auf einem Regal glänzte Schmuck, so golden und prachtvoll, wie Oke es noch nie in seinem Leben gesehen hatte.

Ein Knirschen, Schritte auf dem trockenen Holzboden. »Was ist hier los, du ...«

Oke fuhr herum. In der Tür zum nächsten Raum stand Gebhardt. Er trug eine leichte Joppe. Sein dicker Körper füllte fast den gesamten Türrahmen aus.

»Oke?«

Er war am Ziel, hatte es geschafft. Wütend ballte er die Fäuste. Seine Augen schlugen Funken.

Doch der Kaufmann zeigte keine Angst. Im Gegenteil, in seinem Blick lag nur Verachtung.

»Bei diesem Sauwetter solltest du dich nicht draußen rumtreiben. Was willst du hier?«

Oke antwortete nicht. Stattdessen ging er langsam auf Gebhardt zu, den Körper angespannt, zum Angriff bereit.

Gebhardt rührte sich nicht von der Stelle, scheinbar unbeeindruckt. Doch Oke konnte er nichts vormachen. Auf seiner Stirn glänzte Schweiß. Er hatte Angst. Die fette Sau stank vor Angst!

»Jetzt wirst du bezahlen für das, was du Beeke angetan hast«, zischte Oke und zog ein Messer aus dem Ärmel, das er auf dem Ingwersen-Hof eingesteckt hatte.

»Alles nur deine Schuld. Wieso bist du heute nicht zu Hause bei deiner Familie geblieben?«, erwiderte der Kaufmann verächtlich und wich langsam zurück. »So musste dein Weib deine Schuld bezahlen.«

Oke stöhnte wütend auf. Er war ein kräftiger Bursche, natürlich hatte er sich auch schon im Wirtshaus geprügelt. Aber noch nie hatte er jemanden getötet.

Sein Gegner bemerkte sein Zögern. »Du hast eine hübsche Frau, Oke. Aber am Ende war sie wie alle Weiber …«

»Halt den Mund!«

»Sie hat gestöhnt wie eine Hure, als ich es ihr besorgt habe.«

Mit einem Schrei stürzte sich Oke auf Gebhardt, stieß mit dem Messer nach ihm. Doch der Dicke wich überraschend gewandt zur Seite – und schnappte sich eine Axt, die an der Wand hing. Oke trat einen Schritt zurück, zitternd vor unbändiger Wut. Draußen donnerte es. Der Sturmwind fand seinen Weg ins Haus. Die beiden Männer hörten, wie über ihnen der Dachstuhl knarrte.

»Was jetzt?« Gebhardt zeigte mit der im zitternden Licht einer Fackel glänzenden Axt auf Oke. »Wolltest du mir Angst machen? Für wen hältst du dich? Ich bin der reichste Mann von Rungholt. Und du, du bist nur ein jämmerlicher Torfbauer, jemand der Tag für Tag im stinkenden Schlamm steht.«

Oke presste die Lippen aufeinander, warf dabei das Messer von einer Hand in die andere. »Und wenn du der König wärst, ich werde dich trotzdem aufschlitzen wie ein Schwein.«

Gebhardt grinste noch immer. »Das glaube ich kaum.« Dann ging sein Blick hinter Oke. Er nickte.

Mit einem Ruck fuhr Oke herum. Und da stand er, direkt vor ihm. Wie ein Dämon hatte er sich lautlos in dem dunklen Lagerraum herangeschlichen.

Nickels, natürlich Nickels. Groß wie ein Bär ragte er in seinem dunklen Ledermantel vor ihm auf. Seine schwarzen Augen unter den dicken Brauen schienen zu glühen, die Arme ausgestreckt, bereit, sein Opfer zu ergreifen und mit spatengroßen Händen zu zermalmen. Aber noch verharrte er – eine Aufforderung an Oke, den ersten Schritt zu tun.

Doch Oke zögerte erneut. Er hätte schneller handeln sollen. Hätte Gebhardt einfach erschlagen und unbemerkt wieder verschwinden sollen. Was für ein Fehler!

Oke holte tief Luft. Er dachte an Beeke. Was mit ihr geschehen war. Die fürchterlichen Schläge, die schändliche Entehrung.

Schweiß tropfte von Okes Stirn, als er das Messer ausgestreckt vor sich hielt. Hatte Nickels eine Waffe? Oke konnte keine erkennen.

»Los, mach schon!«, rief Gebhardt. Oke sah, wie er ihn und seinen Diener mit glänzenden Augen beobachtete – und war für einen Moment abgelenkt!

Plötzlich schlug Nickels ihm mit einem schnellen, heftigen Schlag das Messer aus der Hand. Laut klirrend flog es auf den Holzboden. Oke starrte erschrocken zu seinem Gegner.

Nickels verzog keine Miene. Kein Lächeln, keine Genugtuung. Er streckte sich, ging in Position für den nächsten Angriff.

Oke schaute sich verzweifelt nach einer anderen Waffe um – als ihn ein weiterer Schlag traf, dieses Mal mitten ins Gesicht. Oke wurde zur Seite geschleudert, stieß mit dem Kopf gegen ein Regal, rutschte benommen zu Boden. Schon war Nickels über ihm. Mit seinen Pranken versetzte er ihm weitere Schläge, mit links, mit rechts. Oke schrie auf, krümmte sich, versuchte davonzukriechen. Aber Nickels ergriff seinen Fuß, zog Oke mit einem Ruck zurück. Schlug erneut auf ihn ein.

Oke stöhnte, hielt die Arme über den Kopf. Aus den Augenwinkeln sah er Gebhardt, der mit breitem Grinsen zuschaute. Sein fettes Gesicht glänzte im Licht der Fackel. Die verschwitzten Haare hingen ihm wirr über die Schultern.

Draußen brüllte der Sturm immer lauter. *Heute ereilt dich dein Schicksal*, schien ihm der Orkan zuzurufen, der über der Stadt tobte.

Er würde sterben, hier und heute, da war sich Oke sicher. Aber er wollte nicht einfach totgeschlagen werden wie ein räudiger Hund. Er wollte nicht sterben, ohne Beeke gerächt zu haben. Sein Kopf blutete, der Körper ein einziger pulsierender Schmerz, die Beine wie gelähmt. Und doch …

Mit der Wut der Verzweiflung nahm er alle Kraft zusammen – und trat Nickels zwischen die Beine.

Der Riese stöhnte auf, schnappte nach Luft, erstarrte einen Moment, ging ächzend in die Knie.

Oke rollte sich zur Seite, war im nächsten Augenblick auf den Beinen und versetzte dem noch immer nach Luft ringenden Nickels einen Tritt gegen den Kopf. Der Riese ging zu Boden, krachte mit seinem schweren Körper gegen ein Regal. Jetzt war Oke bei ihm. Das Blut seiner zerschlagenen Stirn lief über sein Gesicht, tropfte in die Augen. Oke konnte kaum etwas sehen. Aber er erkannte, dass er eine Chance hatte, die einzige, die sich ihm heute bieten würde. Laut schreiend trat er zu, immer und immer wieder, wie im Rausch.

Doch Nickels hatte noch nicht aufgegeben. Plötzlich zuckte seine Hand vor, fing Okes Tritt ab und zog ihm mit Schwung das Bein unter dem Leib weg.

Oke stürzte. Er wollte sich fortrollen, doch da wurde er bereits von dem Riesen gepackt. Nickels' Linke grub sich in Okes wollene Cotte und riss ihn hoch. Mit der Rechten packte er Okes Hosenbund. Dann hob er ihn hoch, mühelos, als würde er ein leeres Fass stemmen, schleuderte er ihn mit all seiner Kraft gegen die Wand.

Oke stöhnte auf. Der Schmerz nahm ihm den Atem, jeder Knochen in seinem Körper schien gebrochen.

Nickels stand vor ihm, aufrecht, unbesiegbar, eine Urgewalt. Okes Blick ging zu Gebhardt. Er hatte den Kampf mit offensichtlicher Genugtuung verfolgt.

»Nickels, hier«, rief er jetzt und warf seinem Diener die Axt zu. Nickels wandte sich um und fing die Axt geschickt im Flug, umschloss den langen Griff mit seiner mächtigen Pranke.

»Töte ihn«, rief Gebhardt und trat gemächlich näher.

Oke ächzte, versuchte, sich aufzurichten, aber die Beine wollten ihm nicht gehorchen.

Nickels packte die Waffe mit beiden Händen, bereit, zum tödlichen Schlag auszuholen. Er blickte zu Oke, der sich verzweifelt mühte, wieder auf die Beine zu kommen. Er schmeckte das Blut in seinem Mund, tastete mit den Händen über den dunklen Boden.

Die Zeit schien stehen zu bleiben. Warum griff Nickels nicht an? Hatte der Riese so viel Ehre im Leib, dass er nicht auf einen wehrlos am Boden Hockenden einschlagen mochte?

»Na los! Worauf wartest du?«, rief Gebhardt ungeduldig. »Bring es zu Ende!«

Schwer atmend, den Blick immer auf den über ihn emporragenden Nickels gerichtet kroch Oke rückwärts über den Boden, als seine Hand einen kalten Gegenstand ertastete.

In dem Moment rauschte die Axt herunter. Oke warf sich im letzten Augenblick zur Seite, sah, wie die schwere Klinge direkt neben seinem Kopf in den Holzboden fuhr. Nickels zerrte an der Axt, wollte die Klinge aus dem Holz befreien, als Oke sich plötzlich mit einem Schrei aufrichtete und ihm das Messer in den Hals stieß – das Messer, das Nickels ihm aus der Hand geschlagen hatte und das Oke jetzt auf dem staubigen Boden wiedergefunden hatte. Nickels stieß einen erstickten Schrei aus, ließ die Axt fallen. Mit weit aufgerissenen Augen starrte er den auf dem Boden kauernden Oke an. Er schien nicht zu begreifen, was geschehen war, seine Hand tastete nach dem Messer, das bis zum Schaft in seinem Hals steckte. Ein erstickter Laut, dann riss er sich vor Okes entsetzten Augen die Klinge aus dem Hals. Blut spritzte aus der Wunde wie Wein aus einem angestochenen Schlauch. Nickels wankte, dann kippte er nach hinten, fiel krachend auf den Boden und rührte sich nicht mehr.

Oke rang nach Atem. Alles tat weh, sein geschwollenes Gesicht, sein geschundener Körper. Nach Atem ringend starrte er auf den leblosen Körper, der neben ihm auf dem Boden lag. Er griff nach der Axt, stützte sich ächzend auf den langen Stiel, um langsam aufzustehen.

Gebhardt stand mit offenem Mund unter dem flackernden Licht der Fackeln und schien nicht zu glauben, was gerade passiert war.

Er blickte zu Oke, und der blickte zurück, immer noch mit gebeugtem Rücken, aber jetzt mit der Axt in den Händen. Gebhardt wich zurück, erkannte seine Entschlossenheit und zitterte auf einmal am ganzen Körper. Angst quoll ihm aus jeder Pore.

»Ich kann dir Gold geben, viel Gold«, flüsterte der dicke Kaufmann.

Oke spuckte verächtlich Blut auf den Boden, ging langsam auf ihn zu, als er ein verzweifeltes Gurgeln hörte.

Nickels.

Blut breitete sich überall unter dem massigen Körper auf dem Boden aus. Aber noch lebte er.

Oke blickte mit einer Mischung aus Faszination und Verachtung zu ihm herunter. Zu seiner Überraschung hatte Nickels in diesem Augenblick kurz vor seinem Tod nichts Teuflisches oder Dämonisches mehr an sich. Er war einfach nur ein großer, kräftiger Mann, mit dem es zu Ende ging. Oke hätte sein Leiden verkürzen können, aber er konnte sich nicht rühren, stand wie erstarrt neben dem sterbenden Riesen.

Für einen kurzen Moment trafen sich ihre Blicke, dann schaute Nickels nach oben seinem Schicksal entgegen. Verzweifelt, voller Angst. Und Oke konnte es kaum glauben.

Eine dicke Träne lief über Nickels' Wange. Er weinte.

Dann ging ein leiser Ruck durch seinen gewaltigen Körper, und er war tot.

Wie hypnotisiert blickte Oke auf den Toten herab. Er schüttelte den Kopf, erinnerte sich dann, warum er eigentlich hier war.

Mit einem Ruck ging sein Kopf nach oben. Oke schaute sich verwirrt im Lager um und begriff endlich, dass Gebhardt geflohen war.

37

Ein neuer Tag. Und schon wieder war er auf der Nordsee unterwegs.

Krumme stand draußen an der Reling der Fähre, ließ sich vom Wind durchpusten und schaute hinaus aufs Meer. Während er selbst oben auf dem Sonnendeck vereinzelt Gischttropfen in seinem Gesicht spürte, war es für ihn immer wieder faszinierend zu sehen, wie viele verschiedene Farben das Wasser haben konnte. Am Horizont strahlte das Meer in hellem Azurblau. Um die Fähre schimmerte es smaragdgrün. Unter dem Schatten der Wolken, die sich wie fliegende Inseln über den Himmel schoben, glänzte es in einem warmen, dunklen Blau. Hinter dem Schiff schäumte die See in fast weißen Strudeln, während das Meer vor der Insel in einem hellen Grau Richtung offene See strömte.

Wunderschön. Krumme liebte es, auf der Nordsee unterwegs zu sein – solange es keinen Sturm und keine zu hohen Wellen gab. Zum Glück sah heute alles nach einem ruhigen und friedlichen Tag aus.

Wie friedlich, würde sich noch herausstellen.

Als er am Morgen neben der schlafenden Marianne erwacht war, war er bei seinem Entschluss geblieben, der Insel Pellworm einen kleinen Besuch abzustatten. Pat würde ihn nicht vor Mittag erwarten, und wer weiß, vielleicht würde er ihr dann sogar ein paar sehr interessante Neuigkeiten präsentieren können.

Ein schlechtes Gewissen wegen Marianne hatte er ja schon. Hoffentlich machte sie sich keine Sorgen. Er wusste, dass sie am letzten Abend eine Schlaftablette genommen hatte, um durchzuschlafen und an diesem Morgen möglichst gesund wieder aufzuwachen.

Gleich nach der Abfahrt der Fähre hatte er sie trotzdem angerufen. Leider hatte sie nicht abgenommen. Schließlich hatte er ihr eine kurze Nachricht auf den Anrufbeantworter gesprochen. Wenn alles gut ging, war er mittags zurück und konnte ihr alles in Ruhe erklären.

Er schaute zu Sonny, der trotz des Trubels auf der Fähre friedlich neben Krummes Füßen lag. Vielleicht machten ihm das Brummen des Schiffsmotors und das leichte Schwanken auch ein bisschen Angst. Zum Glück dauerte die Fahrt weniger als eine Stunde.

Vom Sonnendeck herab sah Krumme, dass das Parkdeck der Fähre so früh am Tag nur zur Hälfte gefüllt war. In den Kombis, viele mit Kennzeichen aus Nordrhein-Westfalen und Baden-Württemberg, konnte er Schwimmnudeln, Badewesten, Strandtücher und bunte Bälle erkennen. Auf dem Sonnendeck standen Familien mit kleinen Kindern und schauten voller Vorfreude zu der größer werdenden Insel am Horizont.

Vorfreude war nicht das, was Krumme gerade empfand. Vielmehr hatte ihn seit dem seltsamen Traum, den er auf der Rückfahrt aus Hooge gehabt hatte, eine gewisse Unruhe ergriffen. Eigentlich glaubte Krumme nicht an derartigen Spökenkram. Aber irgendwas in seinem Innern sagte ihm, dass mehr an der Sache war. Und dass er Schreiber auf der Insel finden würde.

Er blickte auf sein Handy. Pat hatte ihm gestern eine Zusammenfassung der Soko-Sitzung geschickt. Was für ein Affentheater. Ein Glück, dass er sich das nicht hatte antun müssen.

Er schaute zur noch tief stehenden Sonne im Osten und überlegte. Sollte er Pat anrufen und ihr von seinem Ausflug und seiner Ahnung erzählen?

Seufzend probierte er es im Büro. Aber Pat war noch nicht an ihrem Platz, vielleicht saß sie ja bereits in einer oberwichtigen Soko-Sitzung.

Langsam näherte sich die *MS Pellworm 1* der Insel. Anders als die Halligen war Pellworm komplett von einem hohen, breiten Deich umgeben, der es vor den heftigen Stürmen der Nordsee schützte, aber auch die freie Sicht vom Meer auf die Insel erschwerte. Immerhin konnte er den Leuchtturm, die neue Kirche in der Mitte der Insel und dahinter, auf der anderen Seite, den markanten Backsteinturm der Salvator-Kirche erkennen. Tammensiel, der einzige Hafen der Insel, lag in einer kleinen, engen Bucht im Inneren Pellworms. Doch die Fähre steuerte nicht den Hafen an, sondern den Tiefwasseranleger am Ende einer weit ins Meer hinausragenden Straße etwas weiter im Süden.

Um ihn herum kam Unruhe auf. Die Familien stiegen aufgeregt plappernd hinunter zu ihren Autos. Auch Krumme ging mit Sonny vom Sonnendeck hinunter zu seinem Golf. Es dauerte nicht lange, und die Fähre legte mit einem sanften Ruck am Anleger an. Erst verließen die Fußgänger und dann die Autos das Schiff. Er und Sonny waren die Letzten, die die Rampe herunterfuhren.

Krumme hatte auf seinem Handy eine Karte mit der genauen Lage der Tischlerei herausgesucht. Pat wäre stolz auf ihn gewesen. Pellworm war eine kleine Insel. Schon nach zehn Minuten erreichte er einen alten, abgelegenen Friesenhof mitten auf der Insel, umgeben von saftigen Marschfeldern. Den nächsten Bauernhof konnte Krumme erst in mehreren Hundert Metern ausmachen, umgeben von einer grünen Weide, auf der sich eine Herde Schafe herumtrieb.

Eine nordfriesische Idylle.

Dagegen wirkte die Tischlerei ein wenig von der Welt vergessen. Krumme hielt auf einem kleinen, sandigen Parkplatz. Zusammen mit dem jetzt sehr aufgeregten Sonny kletterte er aus dem Auto. Krumme konnte in direkter Nähe keine Schafe oder andere Tiere sehen und beschloss, auf eine Leine zu verzichten. Wo sollte er schon hinlaufen? Und vielleicht entdeckte er ja etwas, was ihm verborgen blieb.

Krumme schaute sich um. Der Hof bestand aus einem kleinen Friesenhaus, einem Vorbau, der vermutlich als Werkstatt diente, und einem niedrigen Schuppen. Ein schiefes Firmenschild an der Hausmauer sagte ihm, dass er hier richtig war. Den Lieferwagen, an den

Sonny vor zwei Nächten in der Theodor-Storm-Straße gepinkelt hatte, konnte Krumme allerdings nicht entdecken. Dafür stand ein alter Pick-up vor der Haustür, beladen mit diversen Gartengeräten.

Krumme ging die paar Schritte bis zur Haustür. Er klingelte, aber niemand öffnete.

Krumme drückte die Nase an die Scheiben und versuchte, durch die Fenster etwas zu entdecken. Nicht die feine Art, aber er konnte doch nicht wieder zurückfahren, ohne irgendetwas Konkretes erfahren zu haben.

In diesem Moment ließ ihn ein lautes Motorenknattern zusammenfahren. Krumme schaute sich um. Es gab hier also doch menschliches Leben.

Er ging um das Haus herum, betrat einen gepflasterten Hof. Am hinteren Ende, am Rande der Wiese, arbeitete eine junge Frau mit einem kleinen Bagger an einem Priel, während ein älterer Mann, ein bulliger Kerl mit Glatze, danebenstand. Sie waren so auf ihre Arbeit konzentriert, dass sie ihn nicht bemerkten.

Krumme nutzte die Gelegenheit und riskierte einen Blick durch die hier größeren Fenster. Er sah in eine geräumige Küche. Auf dem Tisch standen ein Becher und ein Teller, was ihn an seinen Einpersonenhaushalt in Berlin-Neukölln erinnerte. Eine Familie wohnte hier bestimmt nicht.

»Hallo? Kann ich Ihnen helfen?«

Krumme drehte sich mit schuldbewusster Miene um. Der bullige Kerl kam auf ihn zu.

»Ja, hallo, moin«, sagte Krumme etwas verlegen. »Sind Sie Broder Thomsen?«

»Nein«, sagte der Mann. Seine junge Kollegin hatte den Bagger ausgeschaltet und sah zu ihnen her.

»Können Sie mir sagen, wo ich ihn finde?«, fragte Krumme und sah sich zu Sonny um, der neugierig herumlief und überall schnupperte. Er rief ihn zu sich, aber der Hund beachtete ihn gar nicht.

»Worum geht's?«, fragte der Mann und stemmte die Hände in die Hüften.

Krumme räusperte sich. »Nun ja«, fing er an. Er hatte sich eine Geschichte zurechtgelegt. Schließlich war das nicht Teil der offiziellen Ermittlungen im Fall Schreiber. »Ich … ich komme aus Husum und bin auf der Suche nach jemandem, der mir eventuell eine neue Haustür bauen könnte.«

»Und da kommen Sie zu Broder? Nach Pellworm?«

Krumme merkte, wie er zu schwitzen begann. War wohl doch keine so gute Geschichte. »Er ist mir empfohlen worden.«

»Sie wollen eine neue Tür? Und dafür kommen Sie extra aus Husum?« Der Glatzkopf runzelte die Stirn.

Krumme nickte und lächelte nervös. »Ich dachte, ich könnte mir hier gleich mal ein paar Muster angucken.«

Der Mann sah ihn nur weiter unverwandt an.

Krumme zuckte mit den Schultern. »Tja, schade, dass er nicht da ist. Ich muss dann mal wieder. Die Fähre …«

Der Mann kniff die Augen zusammen. »Sie wollen schon wieder zurück nach Nordstrand?«

»Ja. Ich habe nicht so viel Zeit. Ich komme dann vielleicht ein andermal wieder.«

Der Glatzkopf sah ihn jetzt fast feindselig an. Doch dann entspannte sich seine Miene plötzlich, als Sonny zu ihm gelaufen kam und um ihn herumsprang.

»Ganz schön groß, der Kleine«, sagte er.

Krumme nickte. »Und er wird noch größer.«

Der Glatzkopf bückte sich und kraulte Sonny ausgiebig. Als er sich wieder erhob, wies er mit dem Daumen zu der Tür, die in die Werkstatt führt. »Dann gucken Sie sich eben um.«

Krumme atmete erleichtert auf und betrat die Werkstatt. Der Raum wirkte recht aufgeräumt. Ein Arbeitstisch, eine Kreissäge, Holzspäne auf dem Boden, an der Wand weitere Sägen, Hammer und anderes Werkzeug. An den Wänden überall Holz.

Von Schreiber keine Spur.

»Ich dachte, Sie wollen die Türen sehen?«

Krumme fuhr herum. Der Glatzkopf war ihm gefolgt.

»Was? Ach ja, natürlich.« Wo war Sonny? Offensichtlich wollte er lieber draußen herumspielen. »Schöne Werkstatt«, sagte er. Der Glatzkopf zuckte nur mit den Schultern. Dann zeigte er stumm zu der Wand, an der hinter einigen Holzplatten auch eine einfache Holztür stand.

»Ah, wunderbar«, sagte Krumme mit gespielter Begeisterung. »Sieht doch schon mal ganz interessant aus.« Er strich mit Kennerblick über das Holz. »Tja, sehr schön. Sehr gut verarbeitet. Gibt's die auch in anderen Farben? Weiß vielleicht?«

»Keine Ahnung.«

»Oder schwarz?«

Der Glatzkopf zuckte mit den Schultern. »Müssen Sie Broder fragen.«

Krumme lächelte gequält. Was tat er hier nur? Er schaute sich langweilige Holztüren an. Wie hatte er nur auf die dumme Idee kommen können, ausgerechnet hier Schreiber zu finden? Gut, dass er Pat und den anderen nichts von seinem Vorhaben erzählt hatte.

Draußen hatte Sonny angefangen zu bellen.

»He, kommen Sie mal raus!« Die junge Frau hatte die Pause offenbar genutzt, um eine Zigarette zu rauchen. »Irgendwas ist mit Ihrem Hund.«

Sie verließen die Werkstatt. Sonny stand vor der Tür des kleinen Schuppens, den Krumme schon von der Straße aus gesehen hatte, und bellte und kratzte an der Tür, als wollte er sie öffnen. Ein ungutes Gefühl beschlich Krumme.

»Was ist denn mit dir, mein Kleiner?«, fragte Krumme und ging zu ihm.

Aber Sonny beachtete ihn nicht. Er sprang jetzt an der Tür hoch und schaffte es tatsächlich, die Klinke herunterzudrücken. Die Tür öffnete sich einen Spaltbreit.

»Sonny, bei Fuß! Sofort!«, rief Krumme, wollte ihn festhalten, aber der Hund wand sich aus seinen Händen und drängte in den Schuppen hinein. Krumme öffnete die Tür ganz und folgte ihm.

Bis auf einige Arbeitsgeräte war der kleine Raum leer. Sonny hatte wohl nur Mäuse gewittert, die längst die Flucht ergriffen hatten. Doch noch immer bellte er wie irre.

Krumme schaute sich in dem Schuppen um. Nichts Auffälliges zu sehen. Doch dann nahm er den Geruch war. Es roch wie drüben in der Werkstatt – nach Meer und Holz. Aber da war noch etwas anderes. Ein schwacher Uringeruch, der von dem Bleicheimer auszugehen schien, der an der hinteren Wand stand. Und dann sah er es. Über dem Eimer, an einem langen Rohr, war eine Kette befestigt, die jetzt nutzlos herunterhing.

»Also, was jetzt?«, meldete sich wieder der Glatzkopf. »Ich muss dann mal zurück an die Arbeit.«

Krumme verließ den Schuppen, nickte dem Mann zu. »Danke für Ihre Zeit. Ich glaube, ich würde sehr gerne noch mal mit Herrn Thomsen persönlich reden. Haben Sie eine Ahnung, wo ich ihn finde?«

38

Das kleine Örtchen Tammensiel an der Ostküste bestand aus zwei, drei gemütlichen Straßen mit Boutiquen, Eisdielen, Restaurants, einem Schwimmbad, einem Fahrradverleih – und einem kleinen Hafen. Er war die Hauptattraktion Tammensiels. Die wenigen Schiffe lagen, anders als beim Tiefwasseranleger, bei Ebbe auf Grund. Doch als Krumme mit seinem Golf auf den Parkplatz fuhr, war Flut, und die Boote dümpelten alle friedlich im Wasser.

Um diese Zeit war noch nicht viel los. Das kleine Schiffsmuseum hatte geschlossen, und auch das Restaurant »Hafen-Pub« öffnete erst gegen Mittag. Die Sonne schien warm vom Himmel, aber der Wind, der über die Kaianlage pfiff, war recht frisch. Nur ein paar vereinzelte Touristen schlenderten herum und bestaunten die Krabbenkutter, die neben einem Ausflugsschiff die einzigen Boote im Hafen waren.

Der Krabbenkutter, den Krumme suchte, lag am hinteren Ende des Hafens, dort, wo er sich zur Nordsee öffnete – die *Nele*, den Namen des Kutters hatten ihm die beiden Gärtner verraten. Und hier stand auch der Transporter, den Krumme vor zwei Tagen in der Theodor-Storm-Straße gesehen hatte.

Hatte der Tischler, der gleichzeitig auch Kutterkapitän war, etwas mit Schreibers Verschwinden zu tun? Mittlerweile, nach der kurzen Fahrt über die Insel, war Krumme sich da nicht mehr so sicher. Jetzt, wo er auf dieser verträumten Insel mit ihren grünen Feldern, Kühen und Schafen war, kam ihm die Idee, dass er ausgerechnet hier einen hässlichen Mordfall lösen könnte, ein wenig albern vor.

Auf dem Weg zum Hafen hatte er überlegt, Pat anzurufen, um sich mit ihr abzusprechen, sich dann jedoch dagegen entschieden. Entweder konnte er ihr und dieser verdammten Soko eindeutige Ergebnisse präsentieren, oder er würde kein Wort über seinen Ausflug verlieren. Sowieso wollte er die nächste Fähre zurück ans Festland nehmen. In der Ferne konnte er sie schon auf dem Meer sehen. Er musste sich also beeilen.

Als Krumme sich dem Kutter näherte – mit Sonny an der Leine –, konnte er weit und breit keinen Menschen sehen. Das Boot schien verlassen. Das Schiff unterschied sich nicht von den anderen Kuttern – eine Kajüte, ein großer Mast mit zwei Auslegern und Netzen rechts und links, auf dem Deck alle möglichen Geräte und Maschinen für die Verarbeitung von Krabben auf See wie zum Beispiel ein großer Stahlkessel zum Kochen, dazu Taue und Netze. Ein Detail fiel Krumme auf. An der Stirnseite der Kajüte war eine aufwendige Schnitzerei befestigt. Krumme konnte einen Wal und ein Segelschiff in stürmischer See erkennen. Dazu stand dort ein plattdeutscher Spruch, den er ohne Brille aber nicht entziffern konnte. Wenn diese Schnitzerei von Käpt'n Thomsen stammte, dann war er offenbar ein sehr begabter Tischler.

Krumme sah sich suchend um und ging dann zu dem Transporter. Er warf einen Blick in die Fahrerkabine. Im Fußraum entdeckte er drei leere Schnapsflaschen und eine zerknüllte Kekspackung. Er klopfte vorsichtig an die Schiebetür, aber natürlich war da niemand. Auch Sonny interessierte sich nicht für den Transporter, sondern schaute lieber einigen Enten hinterher, die am Rande des Kais über ein Rasenstück watschelten. Krumme nahm das als Bestätigung, dass in dem Wagen nichts Verdächtiges war.

Er ging zurück zu dem Kutter. Er überlegte. Die Fähre zum Festland würde bald da sein. Wenn er noch einen Blick in das Schiff werfen wollte, dann jetzt. Er konnte nicht warten, bis sein Besitzer zurück war.

Kurzentschlossen betrat er den schmalen Landesteg. Sonny gefiel das gar nicht. Krumme musste ihn praktisch hinter sich herziehen. Als sie an Bord waren, schaute Krumme durch die Scheibe in die Kabine. Niemand da. Neben dem Steuerrad gab es allerlei technische Geräte, offensichtlich hatte auch beim Krabbenfang das digitale Zeitalter Einzug gehalten.

Er wollte sich schon abwenden, als er erstaunt innehielt. Auf einem kleinen Regal entdeckte er neben einer Seekarte ein gerahmtes Foto. Das Glas war zersplittert, das Bild verschmiert, aber Krumme konnte auch durchs Kabinenfenster erkennen, was darauf zu sehen war – und er traute seinen Augen kaum: Nantje

Schreiber, lächelnd, fröhlich, zusammen mit einem großen, etwas zerzausten und unsicher dreinblickenden Mann in kurzer Hose und derben Arbeitsschuhen.

Krumme lief ein Schauer über den Rücken. Er war auf der richtigen Spur!

In diesem Moment hörte er ein Scheppern, das aus dem Innern des Schiffs zu kommen schien. Krumme sah sich um und entdeckte eine Luke in der Mitte des Schiffs. Sie war geöffnet.

»Hallo?«, rief er und trat näher. »Ist jemand da?«

Wieder ein Geräusch im Innern. Diesmal ein dumpfer Schlag, dann ein leises Fluchen. Kurz darauf streckte der zerzauste Mann, den er eben auf dem Foto gesehen hatte, seinen Kopf aus dem Bauch des Kutters und rieb sich mit einer ölbeschmierten Hand die Stirn, dort, wo er sich eben offenbar gestoßen hatte.

»Verdammt, was ist denn?«, brummte der Mann und wischte sich mit den Händen die verschwitzten Haare aus dem Gesicht. Dann sah er ihn und Sonny vor sich auf dem Deck – und fuhr so erschrocken zusammen, dass auch Krumme überrascht zurückzuckte.

»Moin«, grüßte Krumme verwirrt. »Tut mir leid, ich wollte Sie nicht erschrecken.«

Der Mann in der Luke starrte ihn mit aufgerissenen Augen an, als wäre er der Teufel persönlich. Kannten sie sich? Krumme hatte ein gutes Personengedächtnis, konnte sich aber nicht erinnern.

»'tschuldigung, dass wir auf Ihrem Boot herumlaufen. Ich wusste nicht, ob jemand da ist.«

Der Mann sah Krumme nur schweigend an und wischte weiter die Hände an dem Lappen ab.

»Alles in Ordnung?«, erkundigte sich Krumme.

Der Mann verzog keine Miene. »Was wollen Sie?«

Krumme räusperte sich. »Sind Sie Broder Thomsen?«

Der Mann zögerte kurz, dann nickte er.

Krumme beschloss, es noch einmal mit der alten Geschichte zu versuchen: »Ich komme aus Husum und bin eigentlich auf der Suche nach einer Holztür. Ich war deshalb auch schon bei Ihnen in der Werkstatt.«

»In der Werkstatt?« Thomsen warf den Lappen zu Boden und kletterte über eine kurze Leiter an Deck.

»Ihre Freunde haben mir verraten, wo ich Sie finden kann.«

»Sie wollen eine Tür?«, wiederholte Thomsen ungläubig.

»Sie sind doch Tischler, oder nicht?«

»Jo.«

»Sie sind Tischler und Kutterkapitän in einem? Wie interessant. Haben Sie das schöne Schild mit dem plattdeutschen Spruch auch geschnitzt?«

»Ein Erbstück. Von meinem Großvater. Sehr alt«, sagte Thomsen und sah ihn finster an.

»Und dieser Spruch? Ohne Brille kann ich das leider nicht lesen.«

Thomsen musterte ihn, schien ihm nicht abzunehmen, dass er sich wirklich für nordfriesische Handwerkskunst interessierte.

»Eeb an flödj täiwe eefter niimen«, sagte Thomsen, ohne ihn aus den Augen zu lassen.

Krumme stutzte. War das nicht auch derselbe Spruch, den Harke ihm gestern auf Hooge gesagt hatte? Verwirrt sah er den Krabbenfischer an.

»Ebbe und Flut warten auf niemanden.«

»Was?« Krumme konnte nicht mehr folgen.

»Das heißt das, auf Hochdeutsch.«

»Verstehe«, sagte Krumme. War das ein Zufall? Wie war der Knecht ausgerechnet auf diesen Satz gekommen? Krumme sah sich um, tat interessiert. »Ich war noch nie auf einem Krabbenkutter. Darf ich mich ein bisschen umgucken?«

Thomsen sah ihn erstaunt an und schüttelte den Kopf. »Nein! Das geht nicht. Ich habe zu tun.«

Aber Krumme war schon auf der anderen Seite der Reling und redete einfach weiter. »Wirklich beeindruckend. Ich habe mal einen Bericht im Fernsehen gesehen. Kaum zu glauben, wie viel Arbeit in einem einzelnen Krabbenbrötchen steckt. Ich meine, die Menschen, die Krabben nur aus dem Supermarkt kennen, die wissen das doch gar nicht zu schätzen …«

Thomsen sah ihm nach. »Haben Sie nicht gehört? Ich habe zu tun. Gehen Sie jetzt!«

»Und das ist der Motor?« Krumme beugte sich vor und sah in den Maschinenraum.

Von Schreiber keine Spur.

»Verdammt, verschwinden Sie endlich von meinem Schiff!« Thomsen war näher getreten, als wollte er Krumme eigenhändig von Bord werfen. Aber jetzt hatten sich Spaziergänger genähert, und Thomsen wollte offensichtlich kein Aufsehen erregen. Mitten in seiner Bewegung hielt er inne.

»Ist der Motor kaputt?«, erkundigte Krumme sich ungerührt.

»Das geht Sie gar nichts an, hauen Sie endlich ...«

Er brach ab. Im Innern des Schiffs war laut vernehmlich ein Hämmern zu hören. Es kam von weiter vorn im Bug.

Krumme sah Thomsen überrascht an. Der blickte abwechselnd zu ihm und zu den Spaziergängern, die sich inzwischen wieder entfernten.

Krumme zögerte nicht länger. Er ging zum Bug des Schiffes, wo sich ebenfalls eine Luke befand. Wie ferngesteuert ging er in die Knie, hob den schweren Deckel hoch und schaute nach unten.

Ein Lagerraum. Zuerst konnte Krumme in der Dunkelheit nichts erkennen. Doch als er sich weiter vorbeugte, sah er die am Boden liegende Gestalt. Ein Mann, gefesselt an Händen und Füßen. Zwei panisch aufgerissene Augen starrten zu ihm nach oben.

Sebastian Schreiber. Er hatte ihn gefunden.

Im selben Moment erkannte Krumme seinen Fehler. Aus dem Augenwinkel bemerkte er Thomsen, der einen großen Schraubenschlüssel in der Hand hielt und näher kam. Krumme wollte aufspringen, doch es war zu spät. Der Schlag traf ihn mit voller Wucht am Kopf. Dann Schwärze.

39

Pat hatte kaum das Büro betreten, als das Telefon klingelte. Es war Friedrichs.

»Irgendwas Neues von Harkan und Frank?«, erkundigte er sich.

Friedrichs musste irgendwo auf einem Acker stehen. Im Hintergrund blökten Schafe, und der Wind knatterte im Hörer.

»Nein«, sagte sie. »Die beiden haben sich bei mir noch nicht gemeldet.« Sie hatte nicht den Hauch einer Ahnung, was die Kerle in Hamburg trieben. Dabei sollten bei ihr hier in Husum alle Fäden zusammenlaufen. Von wegen.

»So? Na gut«, brummte Friedrichs. »Vielleicht rufe ich sie mal direkt an und frage, wie der Stand ist. Sonst was Neues?«

»Nein, leider nicht.«

Sie konnte hören, dass er immer noch verärgert war. Pat hatte ihm gestern Abend am Telefon beichten müssen, dass sie die Blumen vergessen hatte. Friedrichs hatte geflucht und so getan, als würde seine Ehe von diesen dämlichen Rosen abhängen.

Pat war es egal. Sie hatte viel eher Grund, sauer zu sein. Sie hatte Friedrichs gestern Abend doch davon berichtet, was sie von Fleischer erfahren hatte, dass der Täter mit großer Wahrscheinlichkeit Linkshänder war. Und dass die Tatwaffe nicht unbedingt auf einen Mord aus dem organisierten Verbrechen hindeutete. Aber es hatte den Leiter der Soko Fischmob überhaupt nicht interessiert.

»Mach 'ne Notiz in deinen Unterlagen«, hatte er nur gesagt und dann angekündigt, dass sie heute wieder die Telefonzentrale machen musste. Alle Proteste hatten nichts geholfen, sie sollte im Büro bleiben.

»Denkst du, wir machen das hier zum Spaß?«, hatte er sie zurechtgewiesen. »In so einer Soko muss eben jeder das machen, was er am besten kann.«

So ein Idiot! Vor Wut hatte Pat kaum schlafen können. So hatte sie sich die Arbeit in der Soko gewiss nicht vorgestellt.

Friedrichs hatte noch etwas auf dem Herzen. Offensichtlich eine etwas heikle Sache. Seine Stimme war jedenfalls gleich viel freundlicher. »Pat, hör mal zu, du musst mir unbedingt helfen.« Er brauchte von ihr die Adresse einer Bar in Flensburg, wusste aber nur den ungefähren Namen. »Kannst du mal nachschauen und dich später melden?«

»Einen Moment, kann ich dir auch jetzt sagen.« Sie öffnete den Browser, gab ein paar Optionen in die Suchmaschine ein und konnte Friedrichs schon nach einigen Augenblicken die gewünschte Information liefern. Sie bot an, ihm die Adresse inklusive Stadtplan aufs Handy zu mailen.

»Oh, sehr gut«, sagte Friedrichs baff, »mach das.«

»Und was ist mit den Kollegen?«, fragte Pat. »Trifft sich die Soko heute nicht? Was habt ihr denn bis jetzt herausgefunden?«

»Treffen geht nicht. Harkan und Frank sind noch in Hamburg. Und Katsche und ich stecken auch noch mitten in den Ermittlungen.«

»Was für Ermittlungen?«

»Unsere Drogentheorie scheint sich zu bestätigen«, sagte Friedrichs. »Harkan und Frank hatten gestern wohl ein paar sehr ergiebige Gespräche in St. Pauli. Und auch Katsche und ich sind gerade einem Tatverdächtigen auf der Spur.«

Pat horchte auf. »Ein Tatverdächtiger? Hier in Husum? Wer denn?«

»Wie erwartet aus dem Milieu«, erklärte Friedrichs etwas unbestimmt.

»Was habt ihr denn im Apollo herausgefunden?«

»Ach, nur ein paar Namen. Scheint so, als wenn es da eine Connection nach Flensburg gibt.«

»Meinst du, dass sie Sebastian nach Flensburg entführt haben?«

»Sebastian?«

»Na, Schreiber natürlich!«

»Ach so. Ja, kann sein.«

Pat hörte, wie er an einer Zigarette zog. Kein Wunder, dass Friedrichs so scharf auf Außeneinsätze war, da konnte er endlich in Ruhe paffen. Er räusperte sich, hustete heiser, bevor er fortfuhr.

»Wir müssen gucken. Ich sag dir Bescheid, wenn wir was Konkretes wissen. Ist Krumme schon da?«

»Nein. Er muss ja auch erst mittags kommen. Du weißt schon, wegen seiner Party gestern.«

»Ach ja, die Party«, brummte Friedrichs. »Ich hätte eigentlich gedacht, dass er früher aufläuft. Er weiß doch, wie viel gerade los ist. Aber na schön, er muss wissen, was er tut. Danke für deine Hilfe.« Damit legte er auf.

Gern geschehen, Idiot!

Pat lehnte sich stöhnend auf ihrem Stuhl zurück. Was bildete sich der Kerl nur ein? Machte er sich mit seinem Kumpel einen schönen Tag im Puff oder fuhr an die Ostsee, während sie hier in Husum hockte und untätig am Telefon saß? Mit finsterer Miene dachte sie an ihre letzten Jahre bei der Kripo zurück. Sie wusste, dass die anderen Kollegen von Anfang an Witze über sie gemacht hatten, nicht nur weil sie die einzige Frau gewesen war, sondern auch weil sie fast alle Männer um mindestens einen Kopf überragte.

Nur Theo hatte immer zu ihr gehalten. Obwohl er sich nach seinem Wechsel von Berlin nach Husum zuerst sicher nicht eine junge Polizeischülerin als Partnerin gewünscht hatte. Natürlich hatte er seine Macken und war manchmal ein sturer Bock. Trotzdem hatte sie viel von ihm lernen können.

Aber jetzt war er nicht besser als die anderen. Sie hatte keine Ahnung, wo er sich herumtrieb. Friedrichs hatte recht – Hooge hin oder her, Theo hätte heute ruhig früher auftauchen können. Und auf ihre Nachricht von gestern hatte er auch nicht reagiert.

Sie seufzte. Scheißjob.

Aber dann lächelte sie. Wenn alle sich herumtrieben und es sich gut gehen ließen, würde sie gewiss nicht hier im Büro versauern.

Zehn Minuten später saß sie auf einer Bank am Hafenbecken. Das Wasser blitzte, als hätte jemand Brillanten hineingeschüttet. Wie schon gestern Abend hatte sie das Bürotelefon auf ihr Handy umgestellt. Die paar Anrufe und Rechercheaufträge der Soko konnte sie genauso gut von hier aus erledigen. Das waren die modernen Zeiten, aber das würden Idioten wie Friedrichs und Ludwig nie verstehen.

Sie stand auf und ging zur Eisdiele, um sich noch eine Kugel Salted-Caramel zu holen. Anschließend setzte sie sich wieder auf die Bank, streckte die Beine aus und beobachtete weiter das Treiben im Hafen. Herrlich, sie sollte einen Spaziergang durch die Altstadt machen und ein bisschen shoppen gehen. Wie immer hatte sie ein schwarzes T-Shirt an, etwas Helleres wäre bei diesem schönen Wetter bestimmt angenehmer. Oder eine neue Sonnenbrille? Außerdem könnte sie sich eine eisgekühlte Cola und irgendetwas Süßes aus dem Supermarkt holen.

Doch in diesem Moment klingelte ihr Handy. Sie nahm das Eis in die linke Hand und kramte mit der rechten umständlich ihr Telefon hervor.

Es war Marianne. Schon bei der Begrüßung konnte sie hören, dass etwas nicht stimmte. »Pat«, sagte sie, »weißt du, wo Theo ist?«

40

Kurz darauf saß Pat in Mariannes Küche im Treibweg. Theos Freundin setzte sich ihr gegenüber an den Tisch und goss ihr mit zitternden Händen einen Tee ein. Sie war noch immer erkältet und trug trotz der warmen Temperaturen ein Tuch um den Hals.

»Wann ist Theo denn aus dem Haus?«

Marianne hustete, bevor sie an ihrer Tasse nippte. »Ich weiß nicht. Ich bin gestern früh ins Bett gegangen, habe eine Tablette genommen, damit ich durchschlafen kann. Hat auch geklappt. Ich bin erst um sieben Uhr aufgewacht.«

»Und er war schon weg?«

Marianne nickte. »Ja, mit Sonny. Zuerst dachte ich, die beiden machen ihren Morgenspaziergang. Aber das Auto steht auch nicht vor der Tür.«

»Und keine Nachricht?«

»Doch. Auf dem Telefon. Hab ich erst später gesehen.«

Marianne schaltete den Anrufbeantworter an. Es knackte kurz, dann war Theos Stimme zu hören: »*Hallo mein Schatz, ich hoffe, es geht dir besser. Sonny und ich machen noch einen kleinen Ausflug. Nicht dass du dir Sorgen machst. Küsschen und bis nachher.*«

Pat sah sie überrascht an. »Das ist alles?«

Marianne seufzte. »Du kennst ihn doch. Theo ist kein Freund vieler Worte.«

»Kleiner Ausflug? Wo kann er denn hingefahren sein?«

»Keine Ahnung. Ich habe ihn angerufen, hat aber nicht geklappt. *Der Teilnehmer ist im Moment nicht erreichbar.*« Sie imitierte mit gequälter Stimme die Telefonansage. »Immer wieder habe ich es probiert. Nichts!«

Pat schüttelte den Kopf. »Wo treibt er sich jetzt schon wieder herum? Er weiß doch, dass wir heute viel zu tun haben.«

Marianne zuckte ratlos mit den Schultern und schwieg.

»Aber gestern Abend hast du noch mit ihm gesprochen?«

»Ja, aber nur kurz. Mir ging's echt nicht gut. Aber auf Hooge scheint es sehr nett gewesen zu sein. Viel erzählt hat er allerdings nicht.«

Pat war verwirrt. Sie forschte in ihrer Erinnerung, ob Theo irgendwann etwas von einem Ausflug erzählt hatte, aber ihr fiel nichts ein.

Marianne griff nach Pats Hand. »Habt ihr bei der Polizei nicht so Tricks, um rauszukriegen, wo sich das Handy befindet?«

»Schon. Aber das klappt nur so ungefähr. Und eigentlich ist er ja auch noch nicht so lange weg.« Sie sah Mariannes verzweifelte Miene und nickte. »Ich probier es nachher gleich mal.«

Für einen Moment tranken beide schweigend ihren Tee und dachten nach. Pat schaute aus dem Fenster. So ein schöner Tag, kaum eine Wolke am blauen Himmel. Trotzdem war es nicht zu heiß, eine angenehm frische Brise strich durch die Blätter der Eiche und verfing sich in der Gardine am Küchenfenster. Lächelnd beobachtete Pat, wie eine Spatzenbande sich um einen Futterring stritt, den Marianne an einem Ast aufgehängt hatte. Sie seufzte. Wie gern würde sie jetzt einfach nur den schönen Tag genießen. Stattdessen suchten sie einen Mörder und jetzt schon zwei verschwundene Männer.

Marianne sah Pat an. »Darf ich dich was fragen?«, fragte sie.

Pat nickte. »Klar.«

»Theo war in den letzten Tagen ein bisschen …« Marianne zögerte, suchte nach dem richtigen Wort: »… unglücklich.«

»Unglücklich?«

Marianne räusperte sich. »Na ja, wie es sich aktuell bei der Arbeit entwickelt. Mit den Kollegen und dieser Soko und …« Sie hustete, brach ab.

Pat nickte erneut. »Ja, kann sein, dass ihm die Entscheidung, eine Soko einzurichten, nicht so gefallen hat. Mir ja auch nicht.«

»Ach nein?« Marianne schaute sie aufmerksam an.

Pat brauchte einen Moment, bis sie verstand, warum.

»Hat Theo behauptet, dass ich lieber mit Friedrichs und den anderen Schwachköpfen zusammenarbeite als mit ihm?«

»Nein, nein. So nicht …«

»Was dann?«

Marianne atmete tief durch. »Was soll ich sagen? Ich habe ihm versichert, dass bestimmt alles in Butter ist. Aber er hatte den Eindruck, dass ihr beide … nicht unbedingt am gleichen Strang zieht.«

Pat stöhnte. »Hat er sich über mich beschwert?«

»Nicht richtig beschwert, aber …«

»Verdammt. Manchmal ist Theo so eine Diva. Bloß weil wir nicht hundertprozentig der gleichen Meinung sind, heißt das doch nicht, dass ich nicht hinter ihm stehe.«

Marianne nickte. »Das habe ich ihm auch gesagt. Du hast recht, manchmal ist er ein furchtbarer Sturkopf! Wenn er eingeschnappt ist, hilft nur ein Eimer Eiswasser, damit er wieder zu klarem Verstand kommt.«

Pat grinste. »Hast du das schon mal probiert?«

»In Gedanken jeden Tag.« Die beiden Frauen tauschten ein vertrautes Lächeln.

Pat trank ihren Tee aus. »Meinst du, die Sache hat was mit seinem *Ausflug* zu tun?«

Marianne zuckte mit den Schultern. »Ich habe mit Holger in Kleebüll telefoniert. Er wusste auch nicht, was Theo heute vorhat. Meinte aber, sogar auf der Party in Hooge hat Theo über seine Probleme auf der Arbeit gejammert. Selbst Petra hat gesagt, dass Theo sehr nachdenklich ausgesehen hat.«

»Und?«

Marianne seufzte. »Na ja, vielleicht hat er aktuell einfach keine Lust, zur Arbeit zu kommen. Und macht sich irgendwo mit Sonny eine schöne Zeit.«

»Obwohl du krank im Bett liegst? Ohne dir was zu sagen?«

Marianne zeigte traurig zum Anrufbeantworter. »Er hat mir doch was gesagt.«

»Die lächerliche Nachricht? Hältst du Theo wirklich für so kaltherzig?«

Marianne rieb sich die Stirn. »Nein, eigentlich meldet er sich immer. Nicht dass ihm etwas passiert ist.«

Pat griff nach ihrer Hand. »Quatsch. Bestimmt macht er auf irgendeinem Deich gerade einen langen Spaziergang. Außerdem … er hat doch Sonny dabei, was soll da schon passieren?«

Marianne lächelte gequält, war aber dankbar für Pats Worte.

»He, mach dir keine Sorgen«, fuhr Pat fort. »Ich orte sein Handy.« Sie grinste. »Oder geb eine Suchmeldung raus. Ein älterer Herr mit einem riesigen Hundebaby, so was fällt doch auf.«

Marianne nickte und wollte ihr noch einen Tee eingießen, aber Pat hielt ihre Hand über den Becher. »Vielen Dank, aber ich muss zurück ins …«

Das Brummen ihres Handys unterbrach sie. Pat guckte auf das Display. »Schau an, wenn man vom Teufel spricht.«

»Was ist?«

Pat zeigte auf die Anzeige. Sie lächelte. »Theo. Er ruft aus dem Büro an.«

41

Dieses brutale Hämmern. Das laute Dröhnen. Als würde sein Kopf auf einem Amboss liegen und immer und immer wieder mit einem schweren Hammer malträtiert. Bilder verschwammen, bevor sie feste Konturen annahmen. Wellen klatschten gegen Scheiben. Der einsame Hof mitten in der Marsch. Die Fähre auf dem Meer vor Pellworm. Der in der Sonne blitzende Schraubenschlüssel.

Sonny.

Der Gedanke an seinen Hund löste die Erstarrung. Krumme gab sich einen Ruck. Er musste sich aus dem Sumpf befreien, in dem er versunken war.

Er musste aufwachen, sofort.

Im selben Moment zuckten Blitze schmerzhaft grell durch die dunklen Tiefen seines Bewusstseins, führten ihn langsam zurück ins Licht.

Doch da war kein Licht.

Krumme wollte die Augen öffnen, musste dann aber feststellen, dass sie schon längst offen waren. Es dauerte, bis er verstand, dass er gefesselt und verschnürt in einem schwarzen Nichts lag.

Er stöhnte, versuchte, sich zu befreien. Aber er konnte sich kaum rühren. Dafür schlug ihm jetzt das wogende Auf und Ab auf den Magen. Schon konnte er schmecken, wie ihm sein Frühstück hochkam.

Er bemühte sich, ruhig und gleichmäßig zu atmen. Tatsächlich ließ die Übelkeit sofort ein wenig nach.

Wo war er gelandet? Er drehte den Kopf. Offenbar in der Nähe einer Maschine. Das Hämmern und Dröhnen musste von ihr ausgehen. Kolben, Scharniere, Gelenke, die arbeiteten, quietschten und rasselten.

»Na, endlich wach?«, erkundigte sich eine bekannte Stimme im Dunkeln.

»Was ... ist passiert?«, fragte Krumme, der noch immer bemüht war, die einzelnen Sinneseindrücke zu einem Ganzen zusammenzusetzen.

»Na, was wohl?«, sagte Schreiber. »Dieser durchgeknallte Affe hat Ihnen eins übergebraten. Sie gefesselt und dann hier runter zu mir in mein neues Wohnzimmer geworfen.«

»Aber wo ...?« Das Hämmern in seinem Rücken war kaum zu ertragen.

»Das ist die Maschine von diesem Seelenverkäufer. Er hat sie wieder zum Laufen gekriegt.«

»Und dieser Gestank?« Er stöhnte. Es roch nach Öl und Schmiermitteln. Aber noch viel mehr nach Fisch, in einer so überwältigenden Intensität, als ob er bis über beide Ohren in einem Berg aus Fischabfällen stecken würde.

»Riechen Sie das nicht? Normalerweise werden hier die Krabbenkisten gelagert und gekühlt.«

Inzwischen hatten sich seine schmerzenden Augen an die Dunkelheit gewöhnt. Er erkannte Metallstreben und Stützpfeiler, Wände mit großen Nieten. Und nun entdeckte er auch Schreiber – immer noch gefesselt, unrasiert und offensichtlich mit einigen blauen Flecken im Gesicht, dafür jetzt ohne Knebel im Mund.

Krumme schluckte, seine Kehle fühlte sich völlig ausgetrocknet an. »Wie lange war ich weg?«, fragte er.

»Sorry, komm gerade nicht an meine Uhr ran«, entgegnete Schreiber. »Was weiß ich. Eine Stunde vielleicht.«

»Der Hund? Wo ist der Hund? Was hat er mit ihm gemacht?«

»Keine Sorge, Herr Kommissar. Dem geht's gut. Hab ihn schon ein paarmal rumkläffen hören.«

Krumme beruhigte sich ein wenig. Immerhin. Er hätte sich niemals verziehen, wenn Sonny etwas passiert wäre. Nur weil er so dumm gewesen war, ohne Absicherung auf dieses verdammte Schiff zu gehen.

»Was meinen Sie, wie lange wir noch warten müssen?«, fragte Schreibers Stimme aus der Dunkelheit.

»Warten? Worauf?«

»Na, bis Ihre Kollegen uns finden.«

»Keine Ahnung.«

»Aber das müssen Sie doch wissen. Schließlich haben Sie mich auch gefunden! Wo ist Pat?«

Krumme räusperte sich. »Ich muss Sie enttäuschen. Im Präsidium weiß niemand, wo ich bin. Auch Pat nicht.«

»Mann! Was sind Sie denn für ein Polizist? Wollen Sie mir erzählen, dass Sie allein hier rausgefahren sind?«

Krumme schwieg betreten, während Schreiber einen Fluch ausstieß. Leider hatte er ja recht. Warum dieser dämliche Alleingang? Jetzt saßen sie hier in der Falle. Pat würde ihm ordentlich den Kopf waschen – falls sie sich jemals wiedersahen.

Er dachte an Marianne, die sich bestimmt schon Sorgen machte. Er hatte ihr zwar eine Nachricht geschickt, aber dumm, wie er war, ohne zu sagen, dass er nach Pellworm fahren wollte.

»Was ist Mittwochnacht bei Ihnen im Haus passiert?«, fragte Krumme.

»Sie meinen, nachdem Sie mit Ihrem bescheuerten Köter dafür gesorgt haben, dass Ute sich nach Hause verzogen hat? Vielleicht hätte dieser Schwachkopf mich nie überfallen, wenn ich nicht allein gewesen wäre!«

»Er hat Sie überfallen?«

»Broder stand auf einmal bei mir in der Wohnung und hat mich k. o. geschlagen.«

»Wieso? Hat er was gesagt?«

»Hat behauptet, ich hätte Nantje ermordet. Dieser Idiot! Hat er die Idee etwa von Ihnen?«

Krumme ging nicht darauf ein. »Warum hat er Sie mitgenommen?«

»Was weiß ich? Vielleicht dachte er, ich wäre tot, und wollte mich beseitigen. Aber ich war eben doch noch nicht hinüber.«

»Hat er gesagt, was er vorhat?«

»Nein, der kriegt seine Klappe nicht auf. Der Typ ist verrückt! Ich glaube, der hat absolut null Plan. Ein Irrer.«

Krumme schloss für einen Moment die Augen. Sein Kopf tat höllisch weh. Trotzdem musste er sich konzentrieren.

Schreiber hatte sich neben ihm inzwischen etwas aufgesetzt. Er sah zu Krumme. »Und Sie, was wissen Sie über diesen Kerl? Ist das ein Verwandter von Nantje?«

Krumme dachte an das Foto in der Kajüte. »Ich glaube, er ist Ihr Vorgänger. Nantjes früherer Freund.«

»Was? Nantje und dieser Freak? Niemals! Das hätte sie mir doch erzählt! Ich habe den Kerl noch nie gesehen.«

»Wir werden es schon noch erfahren.« Krumme versuchte ebenfalls, sich aufzusetzen. Was nicht so leicht war. Sein Kopf wollte bei jeder Bewegung explodieren. Auch wurde der Seegang jetzt heftiger. Selbst im Sitzen hatte Krumme noch Schwierigkeiten, das Gleichgewicht zu halten.

Als er endlich saß, rutschte er unruhig hin und her.

»Was treiben Sie denn da?«, wollte Schreibers Stimme im Dunkeln des Frachtraums wissen.

»Ich such was, um die verdammten Fesseln durchzuschneiden. Eine scharfe Kante. Oder ein Werkzeug.«

»Oh, ich vergaß, Sie sind schließlich der Supercop! Bin gespannt, was Horst sagen wird, wenn ich ihm von Ihren Kaspereien erzähle.«

Krumme bemühte sich, Schreibers Gerede zu ignorieren. Er versuchte, in der Dunkelheit etwas zu ertasten. Aber der Frachtraum schien bis auf sie beide komplett leer zu sein.

Stöhnend sank er wieder zu Boden, bemühte sich, mit aller Macht eine Panikattacke zu bekämpfen. Was sollte hier unten nur aus ihnen werden?

Auf einmal hörte er Schritte an Deck. Ein schweres Stapfen. Broder Thomsens Arbeitsstiefel?

Im nächsten Moment wurde knirschend die Luke über ihnen geöffnet. Krumme kniff die Augen zusammen. Grelles Licht flutete ihr Gefängnis. Als er die Augen vorsichtig ein wenig öffnete, sah er oben Thomsens Schatten aufragen.

Dann sprang der Mann zu ihnen in den Frachtraum.

Krumme zuckte erschrocken zurück, soweit ihm das mit seinen Fesseln möglich war. Er sah zu Schreiber, der zu seiner Überraschung Thomsen freundlich anlächelte.

»Broder, mein Freund!«, rief er mit gespielter Heiterkeit. »Willst du uns endlich freilassen?«

Ihr Entführer stand mit seinen kurzen Hosen breitbeinig in dem niedrigen Raum. Er wirkte nicht mehr so verschreckt wie vorhin, als Krumme ihn im Hafen gesehen hatte. Dafür konnte man selbst hier unten bei dem Fischgestank riechen, dass er Alkohol getrunken hatte. Schweigend starrte er Schreiber an.

Der nickte in Krummes Richtung. »Na, weißt du nicht, wer das da ist?«, fragte er. »Das ist ein echter Kriminalkommissar.«

»Ich weiß«, erwiderte Broder leise.

Krumme stutzte. Hatte Thomsen seine Brieftasche durchwühlt?

»Na dann, mein Freund«, fuhr Schreiber fort. »Lass

uns hier raus, und wir vergessen die ganze Sache. Oder was sagen Sie, Herr Krumme?«

»Halt's Maul«, fuhr ihn Thomsen mit vom Alkohol schwerer Stimme an. »Niemals lass ich dich frei. Und du bist nicht mein Freund.«

Schreiber stöhnte verächtlich. »Du bist so dumm, mach doch was du …«

Er konnte den Satz nicht zu Ende sprechen. Thomsen schlug ihm mit der flachen Hand so fest ins Gesicht, dass er zur Seite fiel und sich nicht mehr rührte.

Krumme drückte sich geschockt gegen die Wand zum Maschinenraum. Thomsens Kopf drehte sich zu ihm herum. Dann hockte er sich ihm gegenüber auf den Boden und betrachtete ihn mit ausdrucksloser Miene. Krumme hatte in seinem Beruf schon viele Trinker gesehen. Broder Thomsen war definitiv einer, das erkannte er an seinen Augen. Eine halbe Flasche Schnaps hatte er bestimmt intus.

Was hatte er vor? Würde er ihn auch schlagen? Als Strafe dafür, dass er ihn vorhin am Hafen belogen hatte?

»Broder ist Ihr Name, oder?«, versuchte es Krumme auf die versöhnliche Art. »Hören Sie, Broder, ich kann den Mann auch nicht ausstehen«, sagte er leise. »Aber er hat recht. Diese ganze Geschichte kann noch ein gutes Ende nehmen, wenn Sie …«

Er stutzte. Broder schien ihm gar nicht zuzuhören. Unvermittelt stand er auf. Er wandte sich um und griff mit beiden Armen durch die Luke – und hatte im nächsten Moment Sonny im Arm. Er hockte sich mit dem Hund hin und setzte ihn vor Krumme ab.

Der gar nicht so kleine Hund war außer sich vor Freude, ihn wiederzusehen. Er sprang zu Krumme und leckte ihm das Gesicht ab. Krumme hätte heulen mögen, so erleichtert war er, dass es seinem Freund gut ging. Zu seiner Verwunderung schien Sonny keinerlei Berührungsängste gegenüber Broder zu haben. Im Gegenteil, er ließ sich von diesem sogar in den Arm nehmen und streicheln. Der Hund schien nicht im mindesten zu ahnen, in welcher Gefahr sie schwebten.

Krumme sah Broder an. Was ging in dem Mann vor?

War da Wut in seinem Blick? Oder nur grenzenlose Verzweiflung?

42

Rungholt, nordfriesische Uthlande, Januar 1362

Der Sturm peitschte Oke den eisigen Regen ins geschwollene Gesicht. Mit seinen von Blut verklebten
Augen konnte er kaum etwas sehen. Die Axt in der
Hand stapfte er durch die finsteren Gassen der Stadt,
vorbei an niedrigen Hütten, die hier und da von Kerzen und flackernden Feuerstellen spärlich erhellt
waren. Nur wenige Menschen kämpften sich wie er
durch die engen Gassen. Ein Bauer versuchte, ein ver-
ängstigtes Pferd zu beruhigen. Ein Schwein lief plötzlich grunzend um eine Hausecke, gefolgt von einem
panisch dreinblickenden Pastor. Eine junge Mutter mit
einem weinenden Kind im Arm rannte Oke fast um.
Als sie die Axt in seiner Hand und sein mit Blut ver-
schmiertes Gesicht sah, schrie sie laut auf, als wäre sie
dem Leibhaftigen begegnet. Und tatsächlich hatte Oke
das Gefühl, als würde eine fremde Macht ihn durch
diese unheimliche Nacht führen.

Gebhardt! Wo steckte er?

Als Oke Gebhardts Lagerhaus verlassen hatte und
auf die Gasse getreten war, hatte er den Flüchtenden
noch gesehen. Mit großen Schritten war der dicke

Kaufmann die Gasse entlanggeeilt. »Haltet ihn auf! Hilfe! Seht ihr diesen Mann? Er ist vom Teufel besessen!«, hatte Gebhardt anderen Bewohnern zugerufen und auf Oke gezeigt. Aber in dem tosenden Sturm hatte keiner auf ihn gehört, alle hatten sie eigene Probleme und versuchten, Schutz vor dem Wetter zu finden.

Oke war ihm gefolgt, aber jeder Schritt war eine Qual. Seine Beine schienen aus Blei zu sein. Am Ende eines Torwegs musste er schwer atmend innehalten. Er war völlig erschöpft. Selbst die Axt war zu schwer geworden, wollte ihm immer wieder aus den nassen, halb erfrorenen Händen entgleiten.

»Gebhardt! Wo steckst du«, brüllte er, doch das Tosen des Unwetters dämpfte seine Stimme zu einem matten Flüstern. »Los, zeig dich, du Hurensohn!«

Wieder zerriss ein Blitz die Nacht, rasch gefolgt von einem ohrenbetäubenden Donner. Oke ließ verzweifelt den Kopf hängen. Was tat er nur hier? Allein in dieser gottlosen Stadt! Der Herr strafte die Menschen mit seinem Zorn, und er, Oke, war nicht bei seiner Familie, bei Beeke und Luider. Tränen liefen ihm über die kalten Wangen.

Doch schon im nächsten Moment glühte das Verlangen nach Rache wieder in ihm auf! Gebhardt musste bezahlen für das, was er Beeke angetan hatte! Wie sollte er, Oke, weiterleben, wie sollte er seinem geliebten Weib jemals wieder unter die Augen treten, ohne die Gewissheit, dass der Kerl für seine Tat im Feuer der Hölle brannte?

Ein lauter Aufschrei.

Eine Magd! Gebhardt hatte sich vor ihrem Haus im Dunkeln vor Oke versteckt. Laut schimpfend jagte sie ihn mit einem Stock davon. Auf einmal stand Gebhardt auf der Gasse und starrte in Okes Richtung. Als ein neuerlicher Blitz am Himmel zuckte, sah Oke das Gesicht seines Widersachers. Es war wutverzerrt. Aber da war auch etwas anderes. Furcht. Gebhardt fürchtete um sein nacktes Leben!

Neuer Mut erfüllte Oke. Wild entschlossen packte er die Axt und trat auf Gebhardt zu. Der wandte sich ab, lief erneut davon. Oke beschleunigte seine Schritte, doch Gebhardt war schneller. Oke sah, wie er in eine Seitengasse einbog, folgte ihm und stand auf einmal auf dem Marktplatz. Oke schaute sich mit zusammengekniffenen Augen um, während ihm der Regen ins Gesicht klatschte. Er schwankte, konnte sich im Sturm kaum auf den Beinen halten. Wo war Gebhardt? Oke konnte nirgends einen Menschen sehen. Sein Blick ging auf die andere Seite des Marktplatzes. Auf einmal zuckte ein triumphierendes Lächeln auf seinen blutig geschwollenen Lippen. Er wusste, wo Gebhardt sich in Sicherheit bringen wollte. Oke umklammerte die Axt wieder fester mit den Händen, dann ging er los, ohne große Eile. Gebhardt konnte ihm nicht mehr entkommen. Es wurde Zeit, dass er endlich die Strafe bekam, die er verdiente.

43

Als Pat ins Büro trat, saß ihr Patenonkel auf Theos Stuhl.

Seine Miene verriet, dass seine Laune nicht die beste war.

»Sag mal, was ist los mit dir, Patrizia?«, sagte er statt einer Begrüßung.

»Wieso?«, fragte sie, obwohl sie genau wusste, was er meinte.

»Deine Kollegen reißen sich bei ihren Ermittlungen ein Bein aus, und was treibst du?«

»Ich mache auch meine Arbeit, keine Angst«, sagte sie trotzig.

»Ach ja? Und wieso bist du nicht an deinem Platz?«

»Weil ich mich noch um andere Dinge als den dämlichen Telefondienst kümmern muss.«

»Was heißt dämlich? Die Kollegen verlassen sich auf dich.«

»Gab's irgendwelche Beschwerden?«

»Nein, sei froh, dass Friedrichs nichts mitbekommen hat.«

Pat setzte sich auf ihren Stuhl und sah ihn schweigend an.

»Auch ich habe mich auf dich verlassen, als ich dich in diese Sonderkommission berufen habe.«

»Die sich um einen Fall kümmert, den ich vorher zusammen mit Theo bearbeitet habe!«, konterte sie.

»Apropos, wo steckt dein Kollege eigentlich?«

»Er ist verschwunden«, erklärte Pat.

Horst sprang auf. »Wie bitte?«

»Er hat heute Morgen das Haus verlassen und ist seitdem verschwunden.« Dann berichtete sie, was Marianne ihr kurz zuvor erzählt hatte.

Horst sah ratlos auf Pat herab. »Was hat das denn jetzt zu bedeuten?«

»Keine Ahnung. Ich wollte gerade versuchen, ob ich sein Handy orten kann.«

Horst kratzte sich am Kopf. »Was hat er seiner Freundin auf die Mailbox gesprochen? ›Ich mache noch einen kleinen Ausflug‹?«

»Von dem er bislang nicht zurückgekommen ist.«

»Kein Wort, wohin er wollte?«

Pat schüttelte den Kopf.

Er stöhnte. »Krumme ist ein guter Polizist. Aber diese Extratouren sind wirklich eine Zumutung.«

»Extratouren? Theo war in all den Jahren nicht einmal krank, hat nie blaugemacht.«

Horst überlegte. »Er ist natürlich verärgert, dass ich die Kollegen für die Sonderkommission dazugeholt habe. Meinst du, er sitzt irgendwo am Strand und schmollt?«

»Vielleicht sitzt er auch irgendwo in der Tinte. Genau wie Sebastian!«

Krüger machte eine skeptische Miene. »Du sagst, er hatte seinen kleinen Hund dabei?«

Pat nickte. Sie musste ihm ja nicht unbedingt sagen, dass Sonny jetzt schon größer als die meisten anderen Hunde war.

»Gib eine Fahndung raus. So ein Pärchen muss doch auffallen.« Er streckte den Rücken durch. »Ich hoffe für ihn, dass er eine gute Begründung für sein Wegbleiben hat. Wehe, er hat sich abgesetzt, während wir uns gerade mit so einem schwierigen Fall beschäftigen.«

»Das hat er bestimmt nicht.«

»Wir werden sehen. Wenn doch …«

Ein Klopfen unterbrach ihn, die Tür ging auf, und ein junger Mann streckte den Kopf in den Raum. »Moin, Pat«, rief er mit frechem Lächeln. »War gerade in der Nähe und dachte, ich schau mal bei dir auf einen Kaffee vorbei.«

Pat sah sich verlegen zu ihm um, lächelte. Himmel, Jakob sah wirklich umwerfend aus. Er trug ein helles Leinenhemd, das seine braungebrannte Haut zur Geltung brachte. Dazu eine teure Denim-Jeans und modische Sneaker. Um die Schulter hing eine stylische Ledertasche.

Jakob war zu ihnen getreten. Er sah zu Horst, der ihn argwöhnisch musterte, und reichte ihm die Hand. »Hallo, ich bin Jakob Uhland, ein alter Freund von Pat. Wir sind zusammen zur Schule gegangen.«

»Ach ja?« Horst warf Pat stirnrunzelnd einen Blick zu.

»Das ist Polizeidirektor Krüger«, stellte Pat ihren Patenonkel vor, »der Leiter dieser Direktion.«

»Oh, dann störe ich wohl gerade?«

»Allerdings«, brummte Horst mit finsterer Miene.

»Sorry, Pat hat mich angerufen, ob ich nicht mal vorbeikommen will. Und da ich gerade Zeit hatte …«

»Schön, dass Sie Zeit haben, die junge Kollegin hier hat jedenfalls keine. Sie steckt nämlich gerade in wichtigen Ermittlungen.«

Pat verdrehte die Augen. »Und deshalb habe ich ihn angerufen. Genau wie die anderen Kollegen aus dem Restaurant.«

»Welches Restaurant?« Horst sah sie verdutzt an.

»Das ›Schreibers‹. Ich brauche noch Fingerabdrücke der Angestellten und hatte auch an Jakob noch ein paar Fragen wegen des Todes von Nantje Schreiber.«

Horst erkannte seinen Fehler. Er räusperte sich. »Ach so, verstehe. Ist das mit Friedrichs abgesprochen?«

Pat erhob sich und schob ihren Patenonkel sanft Richtung Tür. »Natürlich. Und mit Theo auch. Keine Sorge, hat alles seine Ordnung.«

Horst warf Jakob noch einen letzten strengen Blick zu und ließ sie dann endlich alleine. Pat atmete erleichtert aus.

»Ups«, machte Jakob und setzte sich auf den Besucherstuhl. »Da habe ich wohl einen falschen Eindruck gemacht.«

»Schon gut. Ich freue mich, dass du gekommen bist. Wie geht's dem Restaurant?«

»Wie schon? Wir haben geschlossen. Unsere Geschäftsführerin wurde ermordet. Und unser Chef entführt. Da kann doch keiner von uns arbeiten.«

»Natürlich nicht.« Pat sortierte ihre Unterlagen auf dem Tisch.

»Habt ihr schon eine konkrete Spur?«, fragte Jakob. »Oder darfst du mir das nicht verraten?« Er zwinkerte ihr mit einem frechen Lächeln zu.

Sie zuckte die Schultern. »Wir haben eine Sonderkommission gebildet.«

Jakob sah sie beeindruckt an. »Dann ist es ja wohl nur eine Frage der Zeit, bis ihr den Fall löst.«

»Na ja, das heißt nicht, dass alles ganz schnell geht. In Fernsehkrimis dauert das immer nur ein paar Tage. In Wirklichkeit arbeiten Sokos mehrere Wochen, manchmal auch Monate zusammen.«

»Haben sich Sebastians Entführer schon gemeldet?«

»Wir sind nicht einmal sicher, ob er wirklich entführt wurde.«

»Ach nein? Und wo soll er dann sein?«

Pat überlegte, wie viel sie ihm verraten durfte. »Meine Kollegen verfolgen eine heiße Spur.«

»Von der du mir natürlich nichts erzählen darfst?«

Pat schüttelte den Kopf. »Nein, darf ich wirklich nicht.«

Jakob nickte verständnisvoll. Er zeigte auf den leeren Platz ihr gegenüber. »Wo ist dein Kollege?«

Pat zögerte. »Unterwegs.«

Jakob nickte und schlug lässig ein Bein über das andere. Er sah sich um. »Ich hatte mir das hier irgendwie größer vorgestellt. Auch hektischer.«

Pat räusperte sich. »Könnten wir vielleicht zur Sache kommen? Es geht noch mal darum, was Nantje am Montagabend gemacht hat.«

»Keine Ahnung. Das habe ich dir doch schon alles erzählt.«

Pat schaute auf das Gesprächsprotokoll in ihrem Computer. »Du hast gesagt, weder sie noch Sebastian wären an dem Abend da gewesen. Wie läuft der Betrieb denn so ohne die beiden Geschäftsführer?«

»Das geht schon. Wir sind eben ein eingespieltes Team.«

Pat schaute auf den Computerbildschirm. »Und du hast dann das Restaurant um eins abgeschlossen?«

Jakob nickte. »Montag eben. Da ist nie so viel los.«

»Dann hast du ja schon eine etwas verantwortungsvollere Position in dem Laden, oder?«

Jakob zuckte mit den Schultern, lächelte aber.

»Ihr habt gesagt, Nantje hätte sich im Gegensatz zu Sebastian vor allem um die Finanzen gekümmert?«

Er nickte. »Auf jeden Fall. Ohne Nantje wäre der Laden bestimmt längst pleite gewesen.«

Pat horchte auf. »Habt ihr denn Geldprobleme? Das Restaurant läuft doch super.«

»Schon. Aber Sebastian kann nicht so gut mit Geld. Keine Ahnung, wo die Kohle bleibt.«

»Haben sich die beiden deshalb auch mal in den Haaren gelegen?«

Jakob nickte.

»In der letzten Zeit auch?«

»Vor ein paar Tagen habe ich mal einen Streit mitbekommen. Ziemlich heftig.«

»Worum ging's genau?«

»Keine Ahnung. Ich war bei ihnen im Büro. Als es losging, habe ich mich lieber diskret zurückgezogen. Geht mich ja nichts an.«

Pat nickte und sah Jakob nachdenklich an. »Wo hatte Nantje eigentlich ihren Arbeitsplatz?«

Jakob blickte verwirrt drein. »Na, in ihrem Büro natürlich.«

»Aber wir haben keinen Rechner gefunden. Zu Hause in ihrer Wohnung auch nicht.«

»Keine Ahnung, wie sie gearbeitet hat. Ich bin im Service, Kellner. Mit den Finanzen hatte ich absolut nichts zu tun.«

Pat sah erneut auf ihre Unterlagen und überlegte. Normalerweise führte Theo solche Gespräche, er konnte das einfach besser. Pat hatte Angst, dass sie etwas Wichtiges übersah. »Mal was anderes. Hast du eventuell gehört, dass es in einem von Sebastians Restaurants Probleme mit … Drogen gibt?«

Jakob sah sie überrascht an. »Wie Drogen? So richtig?«

Sie nickte. »Kokain.«

»Was? Nee, keine Ahnung, davon weiß ich nichts.«

Pat stellte noch ein paar Fragen zu seinem Verhältnis zu Nantje, hatte aber nicht den Eindruck, dass sie irgendetwas Neues erfuhr. Dabei verunsicherte es sie enorm, dass Jakob sie während ihres Gesprächs immer wieder mit diesem frechen Lächeln beobachtete.

Als sie fertig waren, sagte er: »Ich kann es noch immer nicht fassen, Pat. Du bist wirklich eine richtige Polizistin geworden.«

Pat wich seinem Blick aus. »Ist das ein Problem für dich?«

»Nein, ich find's cool. Du machst das hier richtig gut. Wirklich.«

»Freut mich, dass es dir so gefällt. Eine Sache hätten wir nämlich noch. Ich brauche deine Fingerabdrücke.«

Jakob sah sie irritiert an. »Echt jetzt?«

»Nicht nur von dir. Von allen deinen Kollegen.«

Er grinste und streckte ihr seine Hand entgegen. »Okay. Sag mir, wo ich drücken soll. Ich mache alles, was du sagst.«

44

Krumme blickte aufs Meer hinaus. Er sah, wie die Wellen im strahlenden Licht der Sonne funkelten, beobachtete, wie die Möwen dicht über das Wasser segelten, und konnte nicht erkennen, wo am Horizont das Blau des Meeres aufhörte und der Himmel begann.

Aber um die Schönheiten des nordfriesischen Wattenmeeres zu genießen, war Krumme heute nicht in Stimmung. Obwohl sich seine Situation eindeutig verbessert hatte: Er musste nicht mehr im engen Kühlraum des Kutters liegen, sondern hatte in der Kajüte neben dem Fenster auf einem Hocker Platz nehmen dürfen – allerdings mit einem Seil und einem quälend festen Seemannsknoten an ein Stahlrohr angebunden.

Alles war schweigend geschehen. Krumme hatte zwar einige Worte an Broder gerichtet, ihn gefragt, wo sie hinfuhren und was er vorhatte, doch nie eine Antwort erhalten. Immerhin freute Sonny sich wie verrückt, ihn wieder an seiner Seite zu haben. Nun lag er friedlich schlummernd neben Krummes Hocker. Das Wanken und Schwanken des Kutters in der bewegten See schien ihn kein bisschen zu stören. Krumme erinnerte sich, wie nervös Sonny sich auf der *Adler-Express* an ihn gedrückt hatte. Doch inzwischen schien Sonny ein richtiger Nordsee-Hund geworden zu sein!

Nun waren sie also zu dritt in der kleinen, nach Fisch und Diesel riechenden Kajüte der *Nele*. Der Motor war hier fast ebenso laut wie unten im Frachtraum. Krumme beobachtete, wie Broder den Kutter mit starrem, seltsam melancholischem Blick durch die See steuerte, und fragte sich, wie viele einsame Tage und Nächte der Fischer in seinem Leben schon in diesem kleinen Kabuff verbracht hatte.

Ihn und Sonny schien Broder in diesem Moment komplett vergessen zu haben. Krumme versuchte, die Gelegenheit zu nutzen, und zog mit der freien Hand heimlich an dem Knoten, um ihn irgendwie zu lockern. Aber sosehr er sich auch mühte, der Knoten blieb unerbittlich fest um sein Handgelenk.

»Den kriegen Sie nicht auf«, sagte Broder mit stolzem Grinsen. »Nur mit einem Messer.«

Er griff in einen kleinen Schrank und holte eine Flasche Korn heraus, dieselbe Marke, die Krumme auf dem Boden des Transporters gesehen hatte, und nahm einen tiefen Schluck.

»Auch was?«, fragte Broder und hielt ihm die Flasche hin.

Krumme schüttelte verwirrt den Kopf. »Im Moment nicht. Vielen Dank.«

Broder zuckte mit den Schultern, trank selbst noch einen Schluck und stellte die Flasche dann in Griffnähe vor sich auf eine mit allerlei Krimskrams zugemüllte Ablage und blickte wieder hinaus aufs Meer.

Krumme räusperte sich. »Schönes Schiff«, sagte er.

»Was?« Broder hatte ihn bei dem Lärm in der Kajüte nicht verstanden.

»Schönes Schiff!«, wiederholte Krumme etwas lauter.

Broder sah ihn nur kurz an, blickte dann wieder aufs Wasser. Er seufzte. »Der Motor läuft immer noch nicht rund. Keine Ahnung, was mit dem Schietding nicht stimmt«, erwiderte er nach einer kleinen Pause.

Krumme nickte verständnisvoll, wusste aber beim besten Willen nicht, wie er das kommentieren sollte. Und so verfielen sie in Schweigen.

Das gleichmäßige Heben und Senken des Schiffes und das Tuckern des Diesels machten Krumme schläfrig. Mit halb geschlossenen Augen saß er da und döste vor sich hin. Als er ein wenig zur Seite sackte, spürte er sofort den engen Knoten an seinem bereits wundgescheuerten Handgelenk. Er schreckte hoch und war wieder hellwach.

Wie lange waren sie schon unterwegs? Er hatte keine Ahnung. Wo genau waren sie? Auch wenn die *Nele* ein älterer Kutter war, verfügte sie doch über die übliche elektronische Ausstattung: Echolot, Funkgerät, GPS. Letzteres war allerdings ausgeschaltet.

»Wohin fahren wir eigentlich?«, fragte Krumme.

Broder reagierte nicht. Er trank noch einen Schluck Korn und wischte sich mit dem Handrücken über den Mund. Krumme musste sich selbst orientieren. Sie fuhren nach Westen, das konnte er an der Sonne sehen. Aber sonst? Am fernen Horizont konnte er einen Küstenstreifen sehen. Pellworm? Eine Hallig? Vielleicht sogar Hooge? Auf jeden Fall waren sie irgendwo im Wattenmeer unterwegs, Kurs offene See.

»Kriege ich jetzt vielleicht doch einen Schluck?«, fragte er schließlich.

Broder drehte sich um und sah ihn einen Moment überrascht an. Dann reichte er ihm wortlos die Flasche.

Obwohl Krumme nur einen kleinen Schluck nahm, musste er sofort husten. »Köstlich«, log er und gab Broder die Flasche zurück. Der stellte sie ab und konzentrierte sich wieder auf das Steuerrad. Obwohl es mittlerweile keine Markierungen oder Bojen mehr gab, lenkte er kurz in die eine, dann nach einer Weile wieder in die andere Richtung. Krumme wusste, dass das nordfriesische Wattenmeer ein tückisches Gewässer war. Aber Broder fuhr nur nach Gefühl. Er schien sich hier draußen bestens auszukennen.

Krummes Blick fiel auf das Foto mit Nantje. Er nickte Broder zu. »Sie haben sie sehr geliebt, nicht wahr?«

Der Krabbenfischer drehte sich um, zum ersten Mal schien er Krumme wirklich anzusehen. Dann schaute er wieder nach vorn aufs Meer. Langes Schweigen, schließlich nickte er langsam, sagte aber nichts. Krumme sah, wie eine Träne in seinem Auge schimmerte. Auch Broder bemerkte es und wischte sie sich hastig mit der schmutzigen Hand weg.

»Waren Sie lange mit ihr zusammen?«

Broder schien zu überlegen, zuckte dann nur mit den Schultern. Krumme fragte sich, was das bedeuten sollte.

»Haben Sie Schreiber deshalb entführt? Um sich an ihm zu rächen?«

»Ich habe ihn nicht entführt!«, stieß Broder hervor.

»Nein? Aber er liegt jetzt gefesselt vorne in Ihrem Schiff.«

Broder starrte ihn an, verzweifelt, unglücklich – und drehte sich dann mit einem entschlossenen Ruck zurück zum Steuerrad. »Der Dreckskerl ist selbst schuld. Ich ...« Er schwieg.

Krumme holte tief Luft. »Ich weiß, Sie halten ihn für den Mörder Ihrer Freundin. Vielleicht ist er es. Vielleicht aber auch nicht. Solange es keine eindeutigen Beweise gibt ...«

»Natürlich hat er Nantje umgebracht!«, brach es plötzlich aus Broder heraus. »Er, nur er ist schuld, dass sie tot ist!« Schwer atmend sah er Krumme an. »Und sie hat es geahnt!«

Broder hatte so laut gesprochen, dass Sonny wach wurde und den Mann erstaunt ansah.

Krumme stutzte. »Sie haben mit Nantje geredet? Wann ...?«

Broder kämpfte mit sich, wich Krummes forschendem Blick mit gequälter Miene aus. Er war kein großer Redner. Aber jetzt musste er sprechen, wollte unbedingt die richtigen Worte finden. »Vor zwei Wochen. Wir haben uns wiedergesehen ...« Er brach ab, schluckte.

»Und da hat sie Ihnen erzählt, dass …«, half Krumme nach.

»Nantje hatte Angst! Und sie hat es gewusst«, stieß Broder hervor. Seine Stimme bebte, Tränen liefen ihm übers Gesicht. »Nantje hat gewusst, dass er sie umbringen wird!«

45

»Nantje hätte sich längst absetzen müssen, ihr eigenes Ding machen.«

Pat sah ihren Gast an. »Absetzen? Wie meinen Sie das?«

Die junge, hübsche Frau, die in dem Besucherstuhl saß, verschränkte die Arme vor der Brust und musterte sie mit einem abschätzigen Lächeln. »Na, wenn Nantje diesem Kerl rechtzeitig einen ordentlichen Tritt in den Arsch gegeben hätte, würde sie heute noch leben.« Sie pustete eine lange schwarze Locke zur Seite, die ihr ins Gesicht gefallen war. »Ich hab ihr das immer wieder gesagt. Sie war viel zu gut für diesen Angeber.«

»Sie meinen also, er hat sie umgebracht?«

»Das will ich nicht direkt sagen, aber, na ja …«

Pat schaute in ihre Unterlagen. Tatjana Clausen hatte früher im nördlich von Husum gelegenen Schobüll gewohnt und besaß seit drei Jahren eine kleine Boutique in Flensburg. Ihr Name hatte auf Sebastians kurzer Liste gestanden.

»Sie haben gesagt, Sie haben Nantje schon lange nicht mehr gesehen?«, fragte sie jetzt.

»Ist ewig her. Da war sie gerade mit Sebastian verheiratet. Ich habe sie in Hamburg besucht.« Sie kramte nach einer Zigarette und hielt sie fragend hoch. Pat schüttelte den Kopf. Seufzend steckte Tatjana Clausen sie wieder weg. »Sie hat mir erzählt, wie glücklich sie mit diesem Lackaffen ist. Aber mir konnte sie nichts vormachen, der Kerl war echt für die Tonne. Wir haben uns sofort in die Haare gekriegt. Der war nicht echt, falls Sie verstehen, was ich meine.«

»Und seit damals haben Sie die beiden nicht mehr gesehen?«

»Nein.«

»Und telefoniert haben Sie mit Nantje auch nicht?«

Tatjana Clausen überlegte. »Selten. Das letzte Mal vor ein paar Wochen. Aber nur ganz kurz.«

»Ach ja? Und worum ging's?«

»Sie hat ein bisschen gejammert. Dass sie so viel Stress hat.«

»Bei der Arbeit?«

Tatjana Clausen schlug die langen Beine übereinander und nickte. »Nantje hat sich bei den Restaurants ja um die Buchhaltung gekümmert. Obwohl sie das eigentlich nicht gelernt hat. Zum Glück war sie ein plietsches Mädchen. Aber trotzdem, sie hatte sich da wohl irgendwie verkalkuliert. Es gab hohe Fehlbeträge, sie hat richtig Ärger bekommen. Von ihrem Sebastian. Ich mein, der Blödmann hätte es ja auch selbst machen können.«

Pat machte sich fleißig Notizen.

Tatjana Clausen strich ihre widerspenstigen Haare nach hinten. »Ha, und noch was. Sie hatte wohl Stress mit irgendeinem Ex.«

Pat schaute auf. »Wie bitte? Was für ein Ex?«

»Na ja, nicht wirklich ein Ex. Irgendein Typ eben. Von früher. Vor Sebastian.«

»Irgendein Name?«

»Nein, hat sie mir nicht erzählt. Nur dass er wohl immer noch in sie verknallt war. Sie aber ganz und gar nicht.«

Pat sah Tatjana Clausen mit großen Augen an. »Und Sie haben wirklich keine Ahnung, wer das gewesen sein könnte?«

»Nein, sie hat's ja auch nur kurz erwähnt, so nebenbei. Hatte nicht den Eindruck, dass ihr der Typ besonders wichtig war. Eigentlich ging's bei unserem Gespräch ja um ein Kleid aus meinem Laden, das sie auf meiner Website gesehen hatte. War ihr dann aber zu teuer.«

Pat nickte nachdenklich. »Ich habe noch nie gehört, dass sie vor Sebastian einen anderen Freund hatte.«

»Hallo? Nantje war eine Hübsche. Es gab immer irgendwelche Typen, die ihr hinterhergerannt sind und genervt haben.«

»Echt?«

Tatjana Clausen nickte. »War schon in der Schule so. Auf Nantje waren alle scharf. Aber sie wollte nie eine feste Beziehung.«

»Und hatte auch keine?«

»Nicht dass ich wüsste.«

»Aber mit Sebastian war es was anderes?«

Tatjana Clausen schüttelte verächtlich den Kopf. »Hätte nie gedacht, dass sie ausgerechnet so einen

Idioten heiratet. Aber hat ihr wohl gefallen, dass er sie mit nach Hamburg genommen hat.«

Als Pat die Befragung wenig später beendete, zückte Tatjana Clausen eine Karte, die sie Pat reichte.

»Sie können ja mal bei uns im Laden vorbeischauen, wenn Sie in Flensburg sind.«

Pat bedankte sich und brachte die offensichtlich sehr geschäftstüchtige Frau zur Tür. Als sie wieder allein war, setzte sich Pat wieder an ihren Rechner und trug die neuen Infos ein, die sie gerade erhalten hatte.

Seufzend schaute sie auf ihre Uhr. Schon fast vier Uhr. Was war da nur los? Pat hatte Krummes Handy mittlerweile geortet und herausgefunden, dass er sich auf Pellworm befinden musste. Wo genau, konnte sie nicht feststellen, nur dass sein Telefon am Mittag ausgeschaltet worden war. Zumindest war das Signal plötzlich verschwunden.

Sie hatte den einzigen Polizeibeamten, den es auf Pellworm gab, gebeten, sich einmal umzusehen. Aber noch hatte er sich nicht gemeldet. Ob Theo mit dem Hund gerade gemütlich im »Hafen-Pub« saß und ein Krabbenomelett futterte? Oder war er doch in Schwierigkeiten?

Auch ihre tollen Soko-Kollegen riefen nicht mehr an. Keiner, mit dem sie reden konnte, keiner, der etwas von ihr wissen wollte. Und trotzdem machte Horst ihr Vorwürfe. Es war zum Verrücktwerden!

Pat sah auf die Karte, die Tatjana Clausen ihr gegeben hatte. Kurzentschlossen rief sie im Internet ihre Website auf. Sie war überrascht, was für extravagante

Jeans- und auch Lederklamotten es in ihrem Laden gab. Zu Tatjana Clausen mochten die Sachen gut passen, aber für sie war das nichts.

Für Nantje, so wie Pat sie kannte, aber ebenfalls nicht.

Sie schaute zu den Fotos, die Theo an ihrer Pinnwand aufgehängt hatte, und fragte sich, ob sie nicht nur Sebastian falsch eingeschätzt hatte, sondern auch seine tote Frau.

Einen Engel, hatte Sebastian sie genannt. Eine ganz Liebe, hatte Jakob gesagt. Aber laut Tatjana Clausen hatte Nantje eine lange Spur gebrochener Herzen hinter sich gelassen. Wie passte das zusammen?

Pat klickte auf die Website des Restaurants und schaute sich dort ein Bild an. Ein Gruppenbild mit allen Angestellten des »Schreibers«. Vorne in der Mitte Nantje. Daneben Sebastian. Er hatte seinen Arm mit breitem Lächeln um sie gelegt. Sie versuchte, das fröhliche Foto mit Theos Augen zu sehen, und musste zugeben, dass Sebastians Geste nicht wie ein Liebesbeweis aussah, sondern eher wie ein Besitzanspruch. Entsprechend verhalten fiel Nantjes Lächeln aus. Hatte Tatjana Clausen recht? War Nantje schon lange unglücklich mit Sebastian? Mit ihrer Ehe? Hatte auch sie schon längst eine neue Beziehung? Hatten sie es also womöglich doch mit einer Beziehungstat zu tun?

Auf der Website des Restaurants gab es ein weiteres Foto von Jakob. Pat lächelte. Kein Wunder. Wenn sie, Pat, das »Schreibers« im Internet hätte präsentieren müssen, hätte sie auch Werbung mit ihm gemacht. Er sah wirklich klasse aus. Wie ein Model! Sie erinnerte sich daran, wie frech er vorhin mit ihr geflirtet hatte, ausgerechnet mit ihr, wo er doch sonst bestimmt jede haben konnte! Und wie gut er gerochen hatte! Als sie ihm die Fingerabdrücke abgenommen hatte, war sie ihm näher gekommen und hatte sein Rasierwasser riechen können. Oder war es sein Eau de Cologne? Ihr Freund Mike benutzte nie so was.

Sie lächelte versonnen und beschloss, mal zu gucken, ob Jakob sonst noch mit Bildern im Internet zu finden war.

Pat gab seinen Namen in die Suchmaschine ein. Wie erwartet war Jakob Uhland nicht nur auf Facebook, sondern auch auf Instagram vertreten. Pat sah jede Menge Partybilder, die ihn oft Arm in Arm mit hübschen Mädchen zeigten. Jakob schien nichts anbrennen zu lassen. Pat seufzte enttäuscht. Bei der Konkurrenz konnte sie niemals mithalten. Aber warum sollte sie auch? Sie hatte ja ihren Mike, der passte viel besser zu ihr. Wieder seufzte sie.

Gedankenverloren scrollte sie sich durch Jakobs Fotos, als sie bei einem Bild überrascht innehielt.

Was war denn das? Pat vergrößerte das Bild. Und konnte kaum glauben, was sie sah.

46

Krumme war immer wieder überrascht, wie schnell sich das Wetter im Norden verändern konnte. Den ganzen Tag hatte eine steife Brise geweht, doch plötzlich, von einem Moment zum nächsten, war es windstill geworden. Die Nordsee war so ruhig, dass Krumme beim Blick aus der Kajüte den Eindruck hatte, der Kutter würde über einen Spiegel gleiten. Dazu zeigte sich am Himmel ein spektakuläres Bild: Die bereits tief stehende Sonne war hinter einem großen Wolkenberg verschwunden. Mächtige Strahlen drangen dahinter hervor und leuchteten über das gesamte Firmament.

Krumme sah zu Broder, der für das Naturschauspiel keine Augen zu haben schien. Seit seinem Gefühlsausbruch und der Erklärung, Nantje hätte ihm verraten, dass sie Todesangst vor Schreiber gehabt hätte, hatte er geschwiegen. Krumme hatte alles versucht, ihm weitere Einzelheiten aus der Nase zu ziehen, doch ohne Erfolg. Broder hatte sein Schiff mit trotziger Melancholie und langsamer Geschwindigkeit durch das ruhige Meer gelenkt und kein Wort gesagt.

Mittlerweile war Sonny wach geworden. Gutgelaunt hatte er die Kajüte verlassen und sich einen neuen Liegeplatz gesucht, ganz vorn am Bug der *Nele*.

Krumme sah den großen Fellhaufen im Licht der warmen Sonne. Wie gerne hätte er sich jetzt neben ihn aufs Deck gesetzt und mit ihm in den Himmel geschaut.

Auch Schreiber hatte sich in seinem Gefängnis gemeldet, hatte laut Broders Namen gerufen und ihn aufgefordert, ihn endlich aus dem Frachtraum zu lassen.

Broder hatte nicht darauf reagiert, auch nicht, als Schreiber anfing, ihn zu beschimpfen und zu beleidigen.

Krumme wurde einfach nicht schlau aus dem schweigsamen Krabbenfischer, der ihm den Rücken zugewandt weiter Richtung Horizont tuckerte. »Wie lange soll der arme Mann denn noch da unten in dem dunklen Loch bleiben?«, fragte Krumme.

Broder zeigte keine Regung, trank nur noch einen weiteren Schluck Schnaps. Ein Wunder, dass er sich nach dem vielen Alkohol überhaupt auf den Beinen halten konnte.

Krumme seufzte leise. Wie sollte das hier bloß enden? Was hatte er mit ihnen vor? Und wo zum Teufel wollte Broder mit ihnen hin? Gerade hatte er noch etwas Tempo weggenommen, ließ den Kutter mit ruhig laufendem Diesel fast über das glatte Meer treiben. Hatten sie ihr Ziel erreicht? Aber was für ein Ziel sollte das sein, hier irgendwo westlich des nordfriesischen Wattenmeers?

Krumme schaute zu den vielen technischen Geräten, den Bildschirmen, die neben Broder standen oder von der Decke hingen. Hilfe zu rufen wäre so einfach, wenn er nur irgendwie drankommen könnte! Aber dafür müsste er sich schon die Hand abschneiden.

Sonny kam wieder in die Kajüte getrabt. Zu Krummes Überraschung griff Broder nach einer Schale und füllte sie mit Wasser. Während Sonny trank, streichelte er ihm freundlich über das Fell.

»Ich glaub, er mag sie«, sagte Krumme.

Zum ersten Mal lächelte Broder. »Ein guter Hund«, sagte er, ohne den Blick von Sonny abzuwenden.

»Das stimmt. Sonnys Vater ist auch ein guter Kumpel von mir. Watson heißt er. Hat mir sogar mal das Leben gerettet«, verriet Krumme.

Broder sah ihn nachdenklich an. Ob er ihm glaubte? Schließlich stellte er sich wieder neben das Steuerrad und schaute hinaus auf die See.

»Verrückt«, sagte Krumme. »Wo ist nur der Wind geblieben?«

»Ist manchmal so hier draußen«, erwiderte Broder.

»Herrlich. Der Himmel, meine ich.«

Wieder erschien ein sanftes Lächeln auf Broders Gesicht. Das Licht der Sonne funkelte in seinen Augen, als er kaum merkbar nickte.

»Wegen solcher Momente bin ich aus Berlin hierher an die Küste gezogen. Ich habe mich sofort in die Nordsee verliebt, als ich sie das erste Mal gesehen habe.«

»Berlin?« Broder musterte ihn skeptisch.

»Kennen Sie die Stadt?«

»Interessiert mich nicht. Zu groß.«

»Ja, ist eine andere Welt. Ich will da auch nicht

mehr zurück«, sagte Krumme. Endlich kam er mit dem Mann ins Gespräch. »Jetzt wohne ich in Husum und …«

Ein Rucken des Schiffs unterbrach ihn. Broder schlug mit der flachen Hand wütend auf die Konsole. »Scheun'n Schiet! Der Diesel macht wieder Zicken.«

Krumme sah ihn verstört an. »Schlimm?«

Broder zuckte mit den Schultern. »Egal, wir sind sowieso da.«

»So? Wo denn?« Krumme schaute überrascht aus dem Fenster, konnte aber außer der endlosen See nichts erkennen.

Broder zog unterdessen den Gashebel herunter und schaltete in den Leerlauf. Aus dem groben Poltern des Diesels wurde ein leises, friedliches Blubbern.

»Was jetzt?«, fragte Krumme.

Broder stand in der Kajütentür, schaute hinaus auf das glänzende Meer. Er war wieder in seiner eigenen Welt versunken. Nach einer Weile rieb er sich mit seinen großen Händen über das Gesicht, schien auf einmal einen Entschluss gefasst zu haben.

Er verließ die Kajüte und marschierte im jetzt ruhig im Wasser liegenden Kutter nach vorn zu der offenen Klappe zum Frachtraum und kletterte hinunter.

Krumme wartete, bis Broder unter Deck verschwunden war. Das war seine Chance! »Sonny«, flüsterte er zu seinem Hund, der bei ihm in der Kajüte geblieben war. »Du musst mir helfen, jetzt!«

47

Pat hatte beschlossen, ihre Kollegin Steffi um Hilfe zu bitten.

»Wieso kommst du ausgerechnet zu mir?«, fragte die Kommissarin der Schutzpolizei erstaunt. »Wo treiben sich denn deine Kollegen von der Soko rum?«

Pat war froh, dass Steffis Bürokollege nicht da war, so konnte sie offen reden. In knappen Worten beschrieb sie ihr den Stand im Fall Schreiber, erzählte von den dubiosen Ermittlungen ihrer Soko-Kollegen in Hamburg und von Krummes mysteriösem Verschwinden.

»Interessant. Aber wie soll ich dir da helfen? Ich bin doch nur eine kleine Streifenbeamtin«, sagte Steffi und grinste.

»Red keinen Blödsinn. Du bist schlau, und du hast einen gesunden Menschenverstand«, erwiderte Pat. »Und außerdem bist du eine Frau.«

»Und?«

»Schau dir einfach mal diese Bilder an und sag mir, ob ich völlig falschliege oder nicht«, sagte Pat und zeigte ihr im Internet die Fotos, die sie gerade gefunden hatte.

»Was meinst du dazu?«, fragte sie.

Steffi betrachtete das erste Bild. »Der ist süß.« Sie grinste.

»Das ist ein Kellner aus dem »Schreibers«. Aber schau dir mal die Frau an, die neben ihm steht.«

»Auch ganz hübsch.«

»Und jetzt sieh dir dieses Bild auf dem Instagram-Account der Frau an.«

Steffi vergrößerte den Bildausschnitt. »Sieht nach einer netten Mädchenparty aus. Und die Frau da, ist das nicht …«

»… Nantje Schreiber, genau.« Pat nickte und zeigte mit dem Finger auf den Bildschirm. »Siehst du, was unter dem Bild steht?«

Steffi las den Text und zuckte mit den Schultern. »Hm, was soll ich sagen? Ich verstehe nicht ganz, warum ist das so wichtig? Ist doch schön, dass sie als Team zusammenarbeiten.«

Pat schüttelte den Kopf. »Natürlich, außer man macht sich die Umstände klar und …« In diesem Moment meldete sich Pats Handy. Sie schaute irritiert auf das Display. »Hallo?« Sie riss die Augen auf. »Du? Endlich meldest du … Wo? Hallo? Bist du noch da? Ich kann dich nicht verstehen. Sag noch mal, was los ist …? Ich …?« Pat sah verstört auf ihr Handy und dann zu Steffi. »Verbindung abgebrochen.«

»Wer war das?«

»Theo.«

»Was? Wo steckt er?«

Pat schüttelte besorgt den Kopf. »In großen Schwierigkeiten, fürchte ich.«

48

Der Schmerz in seinem Arm raubte Krumme fast den Verstand, die Welt drehte sich, der Kutter, die Möwen mit ihrem lauten Geschrei, Sonny, der aufgeregt bellend um sie herumsprang. Auf einmal war alles zu viel! Er versuchte, trotz der Schmerzen bei klarem Verstand zu bleiben, aber es wollte ihm nicht gelingen.

Broder hatte ihn gepackt und zerrte ihn mit sich über das Deck. »Sie sind selbst schuld!«, schrie er außer sich vor Wut. »Sie sind ein Betrüger! Warum versuchen Sie diese Tricks?«

Krumme stolperte neben Broder her. Er hielt mit dem linken Arm den rechten, der in der Mitte in einem absurden Winkel nach unten geknickt war.

Jetzt nur nicht ohnmächtig werden, sagte er sich und versuchte, gleichmäßig zu atmen.

Dabei hatte er es beinahe geschafft.

Als Broder bei Schreiber im Frachtraum war, hatte er die Chance gesehen, Hilfe zu rufen. Mit der linken Hand war er an das Rohr gefesselt. Also hatte er versucht, mit dem Fuß an einen Schrubber zu kommen, der in der Ecke der Kajüte in einem Eimer stand. Aber sosehr er sich auch gestreckt hatte, er hatte es nicht geschafft.

»Sonny, mein Freund«, hatte er seinem aufgeregt herumspringenden Hund zugeflüstert und auf den Eimer gezeigt. »Hol das Stöckchen, Sonny, hol das Stöckchen!«

Und ein Wunder war geschehen! Sonny schien zu glauben, dass Krumme mit ihm spielen wolle, und hatte mit seiner Pfote den Eimer umgekippt. Auf einmal lag der Schrubber in Krummes Reichweite. Krumme hatte ihn aufgehoben und begonnen, mit dem langen Stiel nach dem Uralthandy zu angeln, das hinter dem Steuerrad auf dem Tresen lag. Fast wäre die Flasche dabei umgekippt. Dann endlich fiel es vom Tresen herunter.

Sofort war Sonny da gewesen und wollte es sich schnappen.

»Nicht Sonny, aus!«, hatte Krumme verzweifelt gezischt. Und dabei mit seinem ausgestreckten Bein versucht, am Hund vorbei an das Handy zu gelangen.

Er hatte es geschafft! Mit tauben Fingern hatte er hastig Pats Nummer eingegeben, ein kurzes Knacken und Pfeifen, dann endlich ihre Stimme. In knappen Worten hatte er versucht, ihr zu sagen, was passiert war und wo er steckte. Aber der Empfang war lausig gewesen. Pat hatte ständig nachgefragt.

Und dann plötzlich der Schmerz. Sein Arm schien zu explodieren! Broder war zurück, schlug mit dem großen Schraubenschlüssel auf seinen rechten Arm ein. Krumme hörte einen lauten Schrei – seinen eigenen! Dann lag das Handy auf dem Boden, und alles war vorbei.

Und schon wieder fesselte Broder ihn, dieses Mal mit dem Fuß an dem auf dem Deck festgeschraubten Bein eines großen schweren Kessels, in dem normalerweise die gefangenen Krabben gekocht wurden. »Broder, es … es tut mir leid …«, stammelte Krumme, verzweifelt bemüht, den gebrochenen Arm mit dem gesunden ruhig zu halten, während Sonny aufgeregt bellte.

»Klappe!«, schimpfte der Fischer.

Erschöpft kauerte Krumme auf dem Boden. »Geben Sie auf, Broder, das hat doch alles keinen Sinn. Ich habe Hilfe gerufen und …«

Eine harte Ohrfeige brachte ihn zum Schweigen.

»Halten Sie den Mund!«, brüllte Broder und sah ihn mit weit aufgerissenen Augen an, voller Wut, voller Verzweiflung. Krumme konnte es deutlich sehen: Broder hatte die Kontrolle verloren, hatte sich alles anders vorgestellt. Er war am Ende. Krumme hoffte nur inständig, dass der Mann jetzt nichts Unüberlegtes tat.

Und dazwischen stand Sonny. Verwirrt und völlig überfordert von der Situation versuchte er, Krumme mit seiner großen Zunge die Tränen aus dem Gesicht zu lecken, merkte aber nicht, dass er dabei immer wieder gegen den gebrochenen Arm stieß. Krumme stöhnte, kämpfte am Boden liegend mit aller Macht dagegen an, ohnmächtig zu werden.

»Das ist Ihre Schuld!«, stammelte Broder. »Ich wollte das nicht.«

Krumme blickte sich hektisch um. Wo war Schreiber? Steckte er noch immer im Frachtraum?

Nein, er saß jetzt an Armen und Beinen gefesselt auf der anderen Seite des Kutters, direkt neben den Netzen. Blaue Flecken auf den Armen, geschwollenes Gesicht.

»Hast du gehört?«, rief Schreiber mit heiserer Stimme. »Der Kommissar hat seine Kollegen alarmiert! Du hast keine Chance! Gib auf!«

Ein Ruck ging durch Broder. Voller Verachtung blickte er zu Schreiber, zitterte vor Wut und Anspannung. Mit wenigen Schritten war Broder bei den Netzen und versetzte ihm eine fürchterliche Ohrfeige. Schreiber sackte stöhnend zur Seite. Aber Broder war noch nicht fertig mit ihm. Er packte den benommenen Mann am Kragen und zerrte ihn in das Netz, das sorgfältig zusammengelegt neben ihm auf dem Deck lag.

Dann stampfte er zurück in die Kajüte. Krumme hörte, wie der eben noch leise tuckernde Motor hochfuhr. Vollgas!

Sofort nahm der Kutter Fahrt auf. Im nächsten Moment betätigte Broder einen Hebel draußen an der Kajüte. Seilwinden setzten sich knirschend in Bewegung, ratterten und hoben die beiden Mastbäume auf den Seiten des Kutters langsam in die Höhe, zusammen mit dem Fanggeschirr und den Netzen – in denen jetzt auf der einen Seite der gefesselte Schreiber hing.

Wie aus dem Nichts tauchte ein großer Schwarm Möwen auf und umkreiste laut kreischend das Schiff. Krumme sah, wie Schreiber langsam wieder zu Bewusstsein kam. Er begann, in dem Netz herumzuzappeln und zu schreien. »He, spinnst du? Lass mich raus! Sofort!«

Aber Broder dachte gar nicht daran. Er hatte das Steuer so eingestellt, dass die *Nele* in einem weiten Kreis durch das ruhige dunkelblaue Meer fuhr. Er selbst stand draußen neben der Kajüte bei den Hebeln für das Fanggeschirr. »Gib endlich zu, dass du Nantje umgebracht hast!«

»Niemals!«, brüllte Schreiber und zuckte wild mit den gefesselten Beinen.

Mittlerweile hatten sich die Mastbäume auf beiden Seiten auseinandergefaltet. Die Netze hingen dicht über dem Wasser. Selbst auf die Entfernung konnte Krumme Schreibers panischen Blick erkennen.

Krumme sah zu Broder. »Hören Sie auf«, flehte er, »bitte!«

Doch Broder beachtete ihn nicht. Stattdessen drückte er mit einem schnellen Ruck einen Hebel herunter. Unter dem Surren und Quietschen der Seilwinden und begleitet vom irren Gelächter der Möwen begannen sich die Netze langsam ins Wasser zu senken. Durch die Bewegung des Schiffes drehten sie sich so, dass sich vorne die mit einer Kette und Hartgummirollen versehenen Netze öffneten, während die Strömung die jeweiligen Netzbeutel nach hinten zog.

Schon nach wenigen Augenblicken verschwand der kreischende Schreiber unter der Wasseroberfläche.

»Aufhören!«, rief Krumme.

Tatsächlich fuhr Broder die Netze wieder hoch. Schreiber tauchte prustend aus dem Wasser auf. Er keuchte, rang nach Luft, während sich Möwen näherten, um zu sehen, ob bei diesem Fang etwas für sie abfiel.

»Deine letzte Chance! Sag dem Kommissar die Wahrheit!«, rief Broder.

»Krumme«, schnaufte Schreiber, »verdammt, sagen Sie ihm, dass ich es nicht gewesen bin!«

Krumme versuchte, die Aufmerksamkeit des Krabbenfischers auf sich zu lenken. »Broder, hören Sie«, rief er ihm gegen den Lärm des noch immer auf Hochtouren laufenden Motors zu. »Wir haben keinerlei Beweis, dass er der Mörder ist. Sie wollen doch keinen Unschuldigen töten. Broder!«

Der sah jetzt verächtlich zu ihm herab. Seine Augen funkelten – ein Besessener auf einer Mission.

»Ich gebe Ihnen Ihren Beweis!«, rief er und senkte wieder die Netze. Dieses Mal verschwand das komplette Fanggeschirr unter Wasser. Schreiber schrie noch einmal laut auf – dann war er verschwunden.

Die Möwen hatten sich wieder in die Luft erhoben und warteten geduldig auf das nächste Auftauchen.

Krumme sah entsetzt auf das Meer, auf die Strudel, die das Netz im Wasser erzeugte.

»Mein Gott«, flüsterte er, drehte sich dann zu Broder, der mit starrer Miene neben der Kajüte stand. »Um Gottes willen, holen Sie ihn wieder hoch, sofort! Broder!«

Aber Broder rührte sich nicht, blickte nur mit starrer Miene übers Meer.

»Er wird sterben!«

»Er ist schuld, dass Nantje tot ist.«

»Selbst wenn. Nantje hätte nicht gewollt, dass auch Sie zum Mörder werden!«, rief Krumme.

Broder schaute nachdenklich zu ihm, machte trotzdem keine Anstalten, die Netze hochzuziehen.

Plötzlich ein lautes Zischen. Qualm stieg aus dem Maschinenraum. Ein heftiges Scheppern, als würde jemand einen Haufen Rohre auf den Boden werfen. Ein Ruck ging durch das Boot, ein hoher Knall ertönte, dann war Stille.

Broder fluchte, wollte zum Maschinenraum laufen, als Krumme ihn zurückrief. »Die Netze, um Himmels willen, holen Sie sie hoch!«

Der große Mann zögerte, betrachtete den Qualm, der aus der Luke drang, sah dann aufs Wasser. Er stöhnte, sprang zurück zur Steuerung und drückte den Hebel hoch.

Nichts geschah.

Broder stutzte, riss den Hebel hoch und runter. Aber die Netze blieben unter Wasser.

»Versuchen Sie es weiter!«, rief Krumme. Er hatte sich mühsam erhoben, zerrte an seinen Fesseln, wollte helfen, konnte aber nicht.

Endlich ein Knacken. Die Sperre löste sich. Ein zähes Knirschen, und die Trommel begann, die Seile des Fanggeschirrs wieder aufzurollen. Quälend langsam hob sich das Netz aus der spiegelglatten See. Dann tauchte es aus dem Wasser auf. Ein verschnürtes Paket, in dem überall Leben zappelte, kleine Fische und Krabben, überall Krabben. Nur einer rührte sich nicht mehr – Schreiber.

Im Gegensatz zu den Möwen, die sich laut kreischend auf das Netz stürzten. Innerhalb von Sekunden war Schreiber unter einem hungrig flatternden Gewimmel aus Federn und spitzen Schnäbeln verschwunden.

49

Auch nach einer halben Stunde hatte Broder den Motor noch nicht zum Laufen bekommen. Krumme saß zusammen mit Sonny auf dem Deck, an die Reling gelehnt, den gebrochenen Arm aufs Knie gestützt. Die Schmerzen waren unerträglich.

Er hörte, wie Broder im Schiffsbauch herumschraubte, hämmerte. Schließlich tauchte er mit ölverschmiertem Gesicht in der Luke hinter Krumme auf. Er stieg heraus und setzte sich neben ihn. Niedergeschlagen vergrub er das Gesicht in seinen großen Händen.

»Läuft nicht?«, erkundigte sich Krumme.

Broder schüttelte den Kopf. Er sah zu Krumme, dann zu seinem gebrochenen Arm. »Schlimm?«

Krumme zuckte mit den Schultern und nickte.

Broder sah niedergeschlagen hinaus auf das Meer. »Tut mir leid.«

Für eine Weile schwiegen sie. Krumme schloss die Augen, die Schmerzen machten ihn wahnsinnig. Er musste unbedingt in ein Krankenhaus.

»Bitte«, stöhnte er erschöpft, »beenden Sie dieses Trauerspiel. Das hat doch alles keinen Sinn.«

Broder presste die Lippen zusammen, sagte nichts.

»Hör auf den Kommissar, Mann!« Ein müdes Krächzen von der anderen Deckseite. Schreiber. Er lag immer noch gefesselt zwischen den eingeholten Netzen. Zerrissenes Hemd, blutige Kratzer überall im Gesicht und am ganzen Körper. Aber er lebte. Krumme würde nie seine verzweifelten Schreie vergessen, als er nach seinem Tauchgang auf dem schlammigen Meeresgrund wieder zu Bewusstsein gekommen war – mitten in einer Attacke hungriger Möwen!

»Broder, geht das nicht in deinen dummen Schädel?«, ächzte Schreiber. »Du hast verloren! Die Polizei wird jeden Moment hier sein.«

Krumme sah, wie Broder sich mit schmerzerfüllter Miene zu Schreiber umschaute und dabei die Fäuste ballte.

Krumme versuchte, den Arm vorsichtig in eine bessere Position zu legen. »Ich weiß, Sie haben Nantje geliebt …«, begann er erneut.

»Sie wissen gar nichts«, fiel ihm Broder ins Wort.

Krumme seufzte. »Stimmt, ich weiß nichts über Sie und Nantje. Aber mit Liebeskummer kenne ich mich aus. Meine Frau Maria hat mich auch verlassen. Sie war alles für mich, und auf einmal war sie weg. Bei einem anderen. Ich war am Boden zerstört, jahrelang, allein in Berlin. Aber jetzt habe ich ein neues Leben und eine neue Liebe gefunden. Verstehen Sie? Es gibt für jeden eine neue Chance. Auch für Sie!«

Broder hatte ihm schweigend zugehört. Krumme fragte sich, ob er zu ihm vorgedrungen war. Eine Weile sah Broder nur mit starrer Miene auf seine großen

Hände. Doch dann schloss er traurig die Augen. Etwas schien in ihm vorzugehen.

Schließlich stand er auf und ging mit schweren Schritten in die Kajüte. Krumme hörte ein leises Scheppern. Holte Broder ein Messer, um ihn von diesen elenden Fesseln zu befreien?

Dann wieder Schritte. Er kam zurück. Krumme sah, was Broder in der Hand hielt. Kein Messer. Sondern eine Signalpistole!

Mit einem traurigen Lächeln stand er über Krumme und richtete die Pistole auf ihn. »Sie haben recht«, sagte er, »es hat alles keinen Sinn mehr.«

Krumme erstarrte. Auf einmal schien die Welt den Atem anzuhalten. Die Stille um ihn her war total. Nur das Blut pochte wild in Krummes Ohren.

»Nein, tun Sie das nicht«, hauchte er.

Broder atmete tief durch, hob die Pistole und setzte sie sich dann selbst an die Schläfe.

»Nein!«, rief Krumme. »Nicht!«

Tränen liefen über das Gesicht des Krabbenfischers, er schüttelte den Kopf. »Ich habe Nantje geliebt, aber sie … sie hat mich nie geliebt.« Er schluchzte leise.

Krummes Gedanken rasten. »Broder, ich verstehe nicht … Was soll das heißen?«

Broder schüttelte den Kopf, wollte nicht mehr reden. Er krümmte den Finger …

… als auf einmal Kirchenglocken erklangen. Tief und warm hallten sie zuerst noch leise, dann immer lauter über das spiegelglatte Wasser.

Das plötzlich zu leuchten begann! Kein Licht der

tief stehenden Sonne. Der goldene Schimmer kam von unten, aus der Tiefe des Meeres!

Broder blinzelte, schaute sich verwirrt um. Wie in Hypnose stand er da, senkte die Waffe.

Mit aller Kraft, die noch in ihm war, sprang Krumme auf, stieß mit seinem gesunden Arm gegen Broder, griff nach der Pistole und versuchte, sie ihm aus der Hand zu drehen.

Broder schrie auf, ließ die Pistole aber nicht los. Krumme, immer noch mit einem Bein an den Kessel gefesselt, brüllte ebenfalls, vor Schmerz, vor Verzweiflung. Ein kurzes, heftiges Ringen. Aber gegen den großen Mann hatte er keine Chance. Schon wollte Krumme sich geschlagen geben, als sich ein Schuss aus der Waffe löste.

Eine winzige rote Sonne explodierte, traf aber weder Broder noch Krumme. Sondern sauste direkt durch die offene Luke in den Maschinenraum.

»O Gott!«, stieß Krumme aus, bevor ihn eine heftige Explosion zurückschleuderte.

50

Rungholt, nordfriesische Uthlande, Januar 1362

Oke hatte schon viele Unwetter erlebt. Dieses war anders. Hinter dem tosenden Orkan vernahm er ein tiefes, unheilvolles Dröhnen. Er wusste, dass in der finsteren Nacht eine gewaltige Bestie erwacht war.

Die Nordsee.

Wie gut, dass Beeke und Luider in Sicherheit waren. Und dass das Meer weit entfernt war. Er mochte sich nicht vorstellen, wie es jetzt an der Küste aussah. Ob die Deiche hielten?

Dann hatte Oke mit der schweren Axt in den Händen sein Ziel erreicht. Die Alte Kirche. Kerzen leuchteten hinter den hohen Fenstern. Ein Blitz zerteilte den Himmel, erleuchtete den Turm, der hinauf bis in die schwarzen Wolken zu reichen schien. Und warf sein Licht auf das offen stehende Tor, das im Sturm laut hin und her schlug.

Oke war sicher, dass Gebhardt sich hier versteckte. Wo sonst hätte er jetzt noch Schutz suchen sollen als im Haus Gottes?

Gegen den tobenden Sturm kämpfte Oke sich die Kirchwarft hinauf. Oben angekommen öffnete er das Portal und schlüpfte hinein.

Schwer atmend schaute er sich in der hohen Halle um. Die Kerzen flackerten und warfen lange Schatten an die Wände. Vor dem Altar kniete der Pfarrer ins Gebet vertieft.

Oke sah sich um. Er war sicher – irgendwo hier hielt sich Gebhardt verborgen.

Plötzlich begannen die Glocken zu läuten. Ihr Klang ließ die Kirche erbeben, aber der Pfarrer reagierte überhaupt nicht. Von einer dunklen Ahnung getrieben betrat Oke den Zugang zum Turm. Er tastete sich die Stufen in der Dunkelheit nach oben, während ihm der Sturm durch die offenen Turmfenster entgegenbrauste. Alles schmerzte – jeder Schritt in dem engen, steilen Aufgang war eine Qual.

Endlich hatte er die Spitze erreicht und betrat den Glockenraum. Der Lärm der riesigen Glocken war schier unerträglich. Der Regen fegte so heftig über die niedrige Brüstung, dass es ihn fast hinuntergeschleudert hätte.

Und da war er – Meister Gebhardt! Die Augen weit aufgerissen, die teuren Kleider schlammverdreckt hängte er sich mit seinem ganzen Gewicht an den Glockenzug, ließ die Glocke mit aller Macht hin- und herschwingen, so laut, dass der Turm erzitterte.

»Das ist das Ende«, brüllte Gebhardt mit rot angelaufenem Gesicht gegen den Glockenlärm, die Adern am Hals traten dick wie Äste hervor. »Gott ist gekommen, um uns mit seiner mächtigen Faust zu strafen! Um uns auf den Grund der tiefsten See zu schleudern!

Wacht auf, ihr armen Menschlein, schon bald werdet ihr alle in der Hölle schmoren!«

Oke sah Gebhardt erschrocken an. Der Mann war offensichtlich verrückt geworden. Er erkannte den Kaufmann nicht mehr wieder.

In diesem Augenblick zuckte eine Folge von Blitzen über den Himmel, und für einen Moment war die Welt in grelles Licht getaucht.

Oke blickte auf die Stadt hinab, sah, wie der Sturm über Rungholt wütete. Er sah die berstenden Wolkenberge, die sich wie gewaltige Dämonen am Firmament jagten. Wie die Blitze die nassen Dächer aufleuchten ließen und den Himmel in einen goldenen Schimmer tauchten.

Und noch etwas sah Oke.

Die Flut, die gigantische, wild tosende Welle, die sich mit einem tiefen, schrecklichen Dröhnen vom Westen her über das Land wälzte und alles unter sich begrub.

Oke erstarrte, blickte gebannt auf dieses ungeheure Schauspiel. Er ließ die Axt fallen. Gebhardt hatte recht, das war das Ende. Was bedeutete da noch seine dumme Gier nach Rache? Was tat er hier? Wie hatte er nur seine geliebte Beeke und Luider allein lassen können?

Oke drehte sich um, rannte zurück in den Turm, die ewig lange Treppe, die vielen Stufen. Während hinter ihm die Glocken über Rungholt dröhnten, dachte er nur daran, so schnell wie möglich raus aus der Stadt zu kommen, zu seiner Familie, um sie vor der Katastrophe in Sicherheit zu bringen.

Unten angelangt stand plötzlich der Pfarrer vor ihm. Ein Greis mit kahlem Schädel und langem weißem Bart. Er lächelte, nickte ihm freundlich zu. Oke sah ihn entgeistert an, dann rannte er weiter, schnell, er hatte keine Zeit. Er riss das Portal auf, trat hinaus in die dunkle Nacht, in den Sturm.

Und erkannte, dass es viel zu spät war, natürlich war es das.

Die riesige Wasserwalze hatte Rungholt, die Stadt, den Hafen und die Kirche erreicht.

Oke ging in die Knie, schloss die Augen, um seinem Schöpfer entgegenzutreten. Sein letzter Gedanke war bei seiner Familie.

Beeke, Luider, ich liebe euch über alles!

Dann verschwand die Welt um ihn herum in einem Strudel aus Wasser und Schmerzen.

51

Es war Sonnys fernes Bellen, das Krumme zurück ins Leben holte. Alles schmerzte. Sein Rücken, seine Brust und natürlich sein pochender, gebrochener Arm.

Dazu das heftige Dröhnen in seinem Schädel. Wie eine Glocke, die wild geschlagen wurde.

Das Glockenläuten!

Mit der Erinnerung an den Glockenklang mitten auf dem Meer kamen die anderen Bilder wieder zurück.

Der zappelnde Schreiber, gefangen im Netz, eingehüllt von einem Schwarm hungriger Möwen.

Das Leuchten aus dem Meer.

Der Kampf mit Broder.

Der Schuss aus der Signalpistole.

Die Explosion.

Krumme entschloss sich, die Augen zu öffnen und einen Blick in die nähere Umgebung zu wagen.

Es war dämmrig. Die Sonne schien gerade untergegangen zu sein. Der Himmel war noch blau. Krumme lag dicht an die Reling gepresst im Heck des Schiffes auf dem schiefen Deck, hing an dem immer noch an den Kessel gebundenen Fuß mit dem Kopf nach unten. Im nächsten Moment erkannte Krumme die Dramatik der Lage. Die Explosion im Maschinenraum musste ein Loch in die *Nele* gerissen haben. Rauch stieg aus der Luke auf. Das Schiff lag bereits schräg im Wasser. Mittlerweile war wieder Wind aufgekommen. Kleine Wellen schwappten plätschernd und bedrohlich nah über das Deck. Überall knirschte und knackte es. Der Mast mit dem Fanggeschirr hatte sich zur Seite geneigt.

Eine unheimliche Stille lag über dem sinkenden Schiff.

»Hallo?«, stieß Krumme heiser hervor. Er versuchte sich zu drehen, was ihm nur mit viel Mühe gelang. Er sah sich um. Da war Schreiber, er hing immer noch gefesselt im Netz. Krumme rief seinen Namen, bekam aber keine Antwort.

Broder war nirgends zu entdecken. War er bei der Explosion über Bord gegangen?

Nur Sonny schien unverletzt zu sein. Als er hörte, dass Krumme erwacht war, sprang er herbei und leckte ihm glücklich übers Gesicht. Erleichtert streichelte Krumme ihm über den Rücken, merkte dabei aber, wie begrenzt seine Bewegungsmöglichkeiten durch seinen kaputten Arm und die Fessel an seinem Fuß waren.

Ihm wurde klar, was das bedeutete: Falls die *Nele* sinken sollte, würde er mit dem Schiff in die Tiefe gezogen werden. Er hatte keine Chance – genauso wenig wie Schreiber, der im Netz hing und sich den Wellen langsam näherte.

Verzweifelt rief Krumme nach Broder. Er bekam keine Antwort.

Dafür vernahm er jetzt ein Rumoren im Innern des Schiffes. Offenbar drang verstärkt Wasser in den

Rumpf. Ein heftiger Ruck ließ den Kutter erbeben. Krumme rollte zur Seite, fiel auf den gebrochenen Arm. Der Schmerz raubte ihm die Luft zum Atmen. Alles um ihn her drehte sich. Er fühlte, wie sich eine erneute Ohnmacht näherte. Tränen liefen ihm übers Gesicht. Wie aus weiter Ferne hörte er Sonnys aufgeregtes Bellen.

Das war das Ende.

Er dachte an Marianne, an den Kummer, den er ihr machen würde. Was war mit dem armen Sonny? Wie lange konnte sich der Kleine über Wasser halten, wenn das Boot erst mal untergegangen war?

Und wieder hörte er die Glocken, dieses Mal klar und deutlich.

Oder war es eine Sirene?

Er nahm eine erneute Erschütterung wahr. War es so weit? Sank das Schiff?

Sonny bellte immer lauter, sprang wie von Sinnen herum.

»Ja, hallo, du Süßer!«

Eine vertraute Stimme. Irritiert blinzelte Krumme. Steffi? Die Hundetrainerin? Das musste ein Traum sein.

Dann zeichnete sich vor dem dunkelblauen Abendhimmel die Gestalt von Pat ab. Sie blickte mit einem besorgten Lächeln zu ihm herunter.

»Mein Gott, Theo«, sagte sie. »Was hast du jetzt wieder angestellt?«

52

Drei Tage später kam die Soko Fischmob zum letzten Mal zusammen. Krüger hatte für ihr Treffen im Besprechungsraum zum feierlichen Anlass neben Kaffee auch Teller mit Keksen hinstellen lassen. Alle waren da: Friedrichs, Ludwig, Harkan Berk, sein Partner Frank Römer, Pat und natürlich Krüger. Krumme saß am anderen Ende des Tisches, seinen rechten Arm in einem dicken Gipsverband.

Krüger eröffnete die Sitzung. »Liebe Kollegen, vielen Dank, dass Sie alle gekommen sind. Und herzlichen Glückwunsch! Die Arbeit der Soko Fischmob war ein voller Erfolg. Mein Dank gilt Ihnen allen, besonders natürlich Ihrem Leiter Kriminalhauptkommissar Friedrichs.«

Allgemeines Trommeln auf den Tischen. Krumme blickte zu Friedrichs, der neben ihm an der Stirnseite des Tisches saß und jetzt stolz den Rücken streckte. »Vielen Dank, Herr Krüger. Aber diese wunderbaren Kolleginnen und Kollegen haben mir die Arbeit wirklich sehr leicht gemacht.«

Krumme schaute zu Pat, die keine Miene verzog, ihren Bleistift mit beiden Händen aber so heftig drückte, dass er jeden Moment zu brechen drohte.

»Seien Sie nicht so bescheiden. Sie haben nicht nur die Mörderin von Nantje Schreiber gefasst, sondern auch ein Drogennetzwerk in der norddeutschen Gastroszene enttarnt. Respekt, Friedrichs.«

Friedrichs lächelte. Krumme erinnerte sich nicht, seinen Kollegen schon mal mit so roten Backen gesehen zu haben. »Na ja, was die Aufklärung des Mordes an Frau Schreiber angeht, gebührt das Lob natürlich vor allem Pat.«

Krüger lächelte ihr zu. »Das stimmt, gut gemacht, sehr gut, Patrizia.« Er wandte sich wieder an Friedrichs. »Trotzdem hat man als Leiter einer Sonderkommission die schwierige Aufgabe, sein Team richtig einzusetzen. Und da scheint mir, haben Sie alles richtig gemacht. Die Koordination der Ermittlungen in Hamburg, hier in Husum und dann in Flensburg. Sehr gute Arbeit.«

»Ich bekenne mich schuldig«, erwiderte Friedrichs und grinste.

Allgemeines Schmunzeln, Ludwig klopfte seinem Freund stolz auf die Schulter, während Krumme gegen einen plötzlichen Übelkeitsanfall ankämpfte und hilfesuchend zu Pat hinübersah. Doch die wich seinem Blick aus.

»Dann hat diese Oberkellnerin also tatsächlich den Mord gestanden?«, fragte er in die Runde. Heute war sein erster Tag in der Direktion nach den Ereignissen auf See. Pat hatte ihn im Krankenhaus angerufen und ihn nur in groben Zügen über die Ergebnisse der Soko informiert.

Friedrichs schenkte ihm ein gnädiges Lächeln. »Ja«, sagte er, »ein komplettes Geständnis. Gestern Abend.«

»Sie war mit Nantje gut befreundet, hat sich mit ihr gemeinsam um die Buchhaltung gekümmert, auch für die Hamburger Filialen«, ergänzte Pat. »Hat ihre Freundschaft aber ausgenutzt, um immer wieder größere Summen auf ihr Privatkonto abzuzweigen. Als Nantje Schreiber das entdeckte und sie darauf angesprochen hat, kam es zum Streit, bei dem sie Nantje schließlich erstochen hat.«

Krumme sah sie ungläubig an. »Und dann hat diese ... Oberkellnerin ...«

»Claudia Bartels«, half Pat. »Du hast sie bei unserem ersten Besuch im ›Schreibers‹ gesehen. Kurze Haare. Rot geschminkte Lippen. Hat uns an der Tür empfangen.«

»Und dann hat diese Claudia Bartels sich die Leiche geschnappt, ist zum Hafen gefahren, hat den schweren Körper über den ganzen Bootssteg getragen und schließlich in das Schiff geworfen?« Krumme konnte es immer noch nicht glauben.

»Nein, das hat ihr Stiefbruder für sie erledigt«, warf Friedrichs ein, dem es sichtlich gefiel, ihn so verwirrt zu sehen. »Er arbeitet auch im ›Schreibers‹.«

»Jakob Uhland. Den kennst du ebenfalls«, sagte Pat.

»Hat auch gestanden«, sagte Ludwig stolz und wippte dabei mit seinem Stuhl wie ein kleiner Junge.

Krumme stieß einen leisen Pfiff aus. »Unglaublich«, sagte er.

»Verstehe, dass du überrascht bist«, gab sich Friedrichs mitfühlend. »Aber wer hätte das gedacht? Nach allem, was passiert ist, lag die Lösung des Falls genau vor deiner Nase.«

Krumme schenkte seinem Kollegen ein gequältes Lächeln. Was für ein Idiot! Aber das Schlimmste war: Er hatte recht!

Kaum zu glauben, dass er so viele Personen völlig falsch eingeschätzt hatte. Und dass diese absurde Drogenidee stimmte, hätte er ebenfalls nie gedacht. Konnte es sein, dass er zu alt für diesen Job wurde?

»Aber mit den Drogengeschäften hatte der Mord am Ende nichts zu tun, oder?«, fragte Krumme. Irgendein Haar musste man in Friedrichs' Suppe doch finden können.

Sein Kollege lächelte. »Die Details müssen noch geklärt werden. Aber es scheint, dass Claudia Bartels genau wie Nantje Schreiber über die Geschäfte informiert war. Und einfach einen Teil der illegalen Gewinne für sich holen wollte.«

»Was für Geschäfte?«, wollte Krumme wissen.

»Sebastian war offenbar nicht der Initiator, aber er hat zugelassen, dass in seinem Restaurant mit Kokain gehandelt wurde.«

»Was? Drogenhandel in seinem Restaurant? Hier in Husum?«

Berk hob die Hand. »Das müssen wir noch gucken. Aber auf jeden Fall in seinen Hamburger Filialen.«

»Und Nantje Schreiber …?«

»… muss davon gewusst haben. Aber nicht, dass

Claudia Bartels Gelder aus dem Drogengewinn für sich abgezogen hat.«

Krumme schwindelte. Die Kollegen hatten gut gearbeitet. Und er hatte diese Drogenidee für völligen Blödsinn gehalten! Wie hatte das passieren können?

Friedrichs klopfte ihm auf die Schulter. »Aber zum Glück hast du ja Schreiber gefunden. Auch wenn sich dein Verdacht nicht bestätigt hat und er nicht der Mörder ist, kommt er jetzt wegen Drogenhandels vor Gericht. Und das haben wir dir zu verdanken.« Friedrichs schaute wieder stolz in die Runde, nickte jetzt auch Berk und Römer anerkennend zu. Dazu hob er seine Kaffeetasse, als wäre sie ein Champagnerglas. Eine Geste, an der sich Pat und Krumme nur nach einigem Zögern beteiligten.

Während die männlichen Mitglieder der Soko gemeinsam mit Krüger feierten und über die Details der Drogenermittlung sprachen, saß Krumme schweigend da und schaute nachdenklich aus dem Fenster. Pat nickte ihm freundlich zu, aber das konnte seine Laune nicht aufhellen.

Schließlich löste Krüger die Runde auf. Als Krumme mit den anderen Kollegen den Raum verlassen wollte, wandte der Polizeidirektor sich noch mal an ihn.

»Krumme, könnten Sie bitte noch einen Moment bleiben?«

Böses ahnend setzte Krumme sich wieder, war froh, dass Pat aus Solidarität ebenfalls blieb.

»Was macht der Arm?«, fragte Krüger mit ernster Miene.

»Geht schon«, murmelte Krumme. »Eine Weile werde ich das Ding noch tragen müssen. Sah aber zuerst schlimmer aus, als es ist.«

Krüger nickte und musterte ihn einen Augenblick. »Was haben Sie sich dabei gedacht?«, fragte er dann.

»Wie bitte?«

»Dass Sie zu dieser Tauffeier nach Hooge fahren, während wir hier eine Soko aufbauen – okay, das hatten Sie schon lange angemeldet. Aber was hat Sie geritten, am nächsten Tag ohne Absprache mit Ihren Kollegen zu diesem Tischler zu fahren?«

Krumme spürte ein Kribbeln auf der Haut, auch unter dem Gips seines gebrochenen Arms juckte es unangenehm. »Ich hatte so eine Ahnung, dass Sebastian Schreiber eventuell von ihm entführt worden war.« Krumme erzählte ihm von dem Lieferwagen in der Theodor-Storm-Straße und dem Foto in Schreibers Regal. Von seinem seltsamen Traum auf der Hooge-Fähre verriet er lieber nichts.

Krüger winkte ab. »Ja, das hat mir Patrizia schon alles erzählt. Aber warum haben Sie uns nichts von dieser Ahnung verraten?«

»War zuerst ja nur ein vager Verdacht. Eigentlich nur ... ein Gefühl.«

»Gefühl hin oder her!«, unterbrach ihn Krüger ungeduldig. »Sie hätten sich trotzdem melden müssen. Wenigstens bei Patrizia.«

»Habe ich ja versucht, aber der Empfang auf Pellworm ...«, murmelte Krumme. Noch nie hatte er sich so armselig gefühlt.

Krüger schüttelte den Kopf, mehr resigniert als verärgert. »Immer diese Alleingänge, Krumme! Wann hört das endlich auf?«

»Immerhin hat Theo Sebastian gefunden und sein Leben gerettet«, versuchte Pat zu helfen. Krumme schloss die Augen, es wurde immer peinlicher.

»O ja!«, sagte Krüger. »Er ist wieder da. Lebendig. Nachdem er fast ertrunken und beinahe von einem Schwarm Möwen zerfleischt worden wäre! Er hat mir schon erzählt, dass Sie alles andere als eine Hilfe waren.«

Pat sah ihn böse an. »Ja, aber von seinen Drogengeschäften hat er dir nichts erzählt.«

Krüger stöhnte, holte tief Luft. »Okay, du hast recht.« Er sah zu Krumme. »Ich gebe zu, wir haben uns beide in ihm getäuscht. Sebastian ist kein Mörder, wie Sie vermutet haben. Aber dass er mit Drogen zu tun hat, hätte ich nie gedacht. Trotzdem ...«

Er ging im Zimmer auf und ab. Offenbar wollte er noch einen Punkt ansprechen.

»Krumme, ich weiß, Sie sind ein erfahrener Kommissar aus der Hauptstadt«, begann er schließlich. »Ich schätze Sie und Ihre Arbeit sehr. Auch hier in Husum haben Sie viel Gutes getan.«

»Vielen Dank.«

Krüger ließ sich nicht unterbrechen. »Aber was ist das für eine Geschichte?«, schimpfte er. »Gekidnappt von einem irren Krabbenfischer? Wilde Rachespielchen auf hoher See? Wenn Patrizia nicht rechtzeitig mit dem Seenotrettungskreuzer gekommen wäre, wären Sie alle ertrunken. Und das nur, weil Sie wieder einmal Ihr eigenes Süppchen kochen mussten und sich nicht mit Ihren Kollegen austauschen wollten!«

Krumme seufzte. Was sollte er darauf erwidern? Es gab nichts zu sagen, er hatte keine Entschuldigung. Krüger hatte recht. Er hatte sich verhalten wie ein Idiot.

53

»Willkommen in meinem neuen Büro!«

Pat reichte ihm eine Waffel mit zwei Kugeln Eis – Nuss und Erdbeere, seine Lieblingssorten. Dann setzte sie sich neben ihn auf die Bank und schaute mit ihm auf das bunte Treiben im Husumer Binnenhafen.

»Hast du gut gemacht«, erwiderte Krumme. Pat hatte ihm auf dem Weg von der Direktion von ihrem heimlichen Telefondienst im Hafen erzählt.

»Ich lass mich doch nicht für blöd verkaufen. Ihr Männer macht euch einen schönen Tag, und ich soll alleine im stickigen Büro versauern?« Sie zwinkerte ihm zu. Sie wusste, dass sein Tag alles andere als schön gewesen war.

»Friedrichs ist ein Idiot. Du allein hast den Mord an Nantje Schreiber aufgeklärt.«

Pat lächelte. »Ja. Und nein.«

Krumme sah sie fragend an.

»Ja, Friedrichs ist ein Idiot«, erklärte Pat. »Und nein: Steffi hat mir bei der Arbeit geholfen.«

Krumme nickte. »Verrätst du mir, wie du auf diese Bartels als Täterin gekommen bist?«

Pat erzählte ihm von dem Gespräch mit Nantjes Freundin Tatjana und ihrer Bemerkung, dass Nantje

Probleme mit einigen Fehlbeträgen hatte. »Und dann habe ich diese Fotos bei Instagram gesehen. Claudia und Nantje – Arm in Arm am Feiern. Und einmal auch grinsend bei der gemeinsamen Arbeit im Büro. Dazu der Text: ›Account staff – hard working together!‹«

»Account staff?« Krumme kapierte gar nichts.

»Die beiden haben die Buchhaltung zusammen gemacht! Dabei haben doch alle Angestellten im ›Schreibers‹ – auch Claudia Bartels – behauptet, Nantje hätte sich alleine um die Buchhaltung gekümmert. Steffi und ich haben diese Claudia in die Zange genommen. Ihr Konto überprüft, dann ihr Alibi für die Nacht. Schließlich hat sie sich in Widersprüche verstrickt, auch was diese Drogengeschichte angeht. Wir haben sogar den Rechner bei ihr in der Wohnung gefunden. Inzwischen hatten Harkan und Frank neue Infos dazu reingereicht. Na ja, und gestern Abend hat die Bartels alles zugegeben. Den Diebstahl, wie Nantje sie dabei erwischt hat. Und wie sie sie im Streit erstochen hat.«

Krumme starrte sie mit offenem Mund an. Für einen Moment fehlten ihm die Worte. »Pat, du bist genial«, sagte er schließlich.

Pat wurde rot und senkte den Blick. »Ach, so wild war das nicht.«

»Du bist die Beste! Wie bist du auf die Idee mit Instagram gekommen?«

Pat lächelte. »Ich wollte mir eigentlich nur ein paar Bilder von Jakob ansehen.«

»Dem gut aussehenden Kellner aus dem ›Schreibers‹?«

Pat nickte, sie holte ihr Handy hervor und zeigte ihm die entsprechende Seite. »Und da habe ich dann auch Fotos von Claudia Bartels und Jakob gefunden. Bis dahin hatte ich gar nicht gewusst, dass Jakob eine Stiefschwester hat. Das haben die beiden auch bei dem Verhör im Restaurant verschwiegen.«

Krumme betrachtete Jakobs Instagram-Feed.

»Darauf habe ich dann auch noch mal bei der Insta-Seite von Claudia Bartels nachgeschaut und dann etwas weiter unten dieses Foto gefunden.«

Krumme schaute es sich noch mal genau an. Nantje und Claudia schienen sehr gute Freundinnen gewesen zu sein. Auf einem Bild hielten sie sogar Händchen. Kaum zu fassen, dass ausgerechnet Jakobs Schwester zu Nantjes Mörderin wurde.

»Weiß Krüger das? Ich meine, wie du den Fall gelöst hast?«

»Ich denke, Friedrichs hat ihm alles gesagt.«

Krumme sah ihr tief in die Augen. Pat seufzte. »Okay, du hast recht, genau so wird er es Horst nicht erzählt haben. Ist ja auch egal.«

»Mir nicht.«

»Deshalb bist du ja auch mein Partner und nicht Friedrichs.«

Krumme war vor lauter Reden das Eis geschmolzen und über die Hand gelaufen. Leise fluchend stopfte er sich den Rest der Waffel in den Mund und wischte sich die Hand mit einem Taschentuch sauber.

Dann sah er Pat verlegen an. »Ich habe dich gar nicht verdient.«

Pat grinste. »Stimmt.«

»Und draußen auf dem Meer hast du mir sogar das Leben gerettet. Ich hatte schon die Hoffnung aufgegeben, dass du uns findest.«

»War bei deinem Geplapper am Telefon auch gar nicht so leicht. Aber die Hinweise Pellworm und Fischkutter waren schon mal eine große Hilfe. Dumm nur, dass wir in Nordstrand noch auf die Rückkehr des Seenotrettungskreuzers warten mussten.«

Krumme griff nach Pats Hand und schenkte ihr ein dankbares Lächeln. »Einen Spaziergang? Nach der Explosion auf der *Nele* kann ich nicht so lange sitzen. Mein Rücken, weißt du?«

Sie bummelten ein bisschen am Kai des alten Hafens entlang, wo wie immer reges Treiben herrschte. Überall Marktstände mit frischem Fisch und allerlei Schnickschnack für Touristen. Dazu lagen einige Schiffe am Anleger, neben einem großen Restaurantschiff, ein paar Yachten und Segelschiffen auch ein Krabbenkutter.

Krumme blieb stehen und warf einen nachdenklichen Blick auf das Schiff, das viel moderner und größer war als die *Nele*. Bei den hochgeklappten Masten musste er an Schreibers Tauchgang und die hungrigen Möwen denken.

»Wie ich gehört habe, hast du auch schon mit Broder gesprochen?«, fragte er Pat.

»Im Krankenhaus. Zusammen mit Steffi. Zunächst wollte er nicht reden. Aber als sie dann Plattdeutsch mit ihm geschnackt hat, ist er langsam aufgetaut.«

Krumme erinnerte sich, wie die Männer vom Seenotrettungskreuzer den bewusstlosen Krabbenfischer unter den Trümmern gefunden und mit einer Trage auf ihr Schiff gebracht hatten.

»Was hat er erzählt?«

Pat zuckte mit den Schultern. »Nicht viel. Irgendwie schien er von allem total überfordert zu sein. Hat immer wieder gesagt, dass er nicht gewollt hat, dass es so weit kommt.«

Krumme strich gedankenverloren über den Gipsarm. »Am Ende hatte ich fast geglaubt, er hätte Nantje umgebracht.«

Pat schüttelte den Kopf. »Er hat sie geliebt. Sie war die einzige Frau, die ihm jemals was bedeutet hat.«

»Broder und Nantje waren also tatsächlich mal ein Paar?«

»Nein. Für Nantje war er nie mehr als ein guter Freund. Geliebt hat sie ihn nie.«

»Broder hat mir erzählt, er hätte sie noch mal getroffen.«

Pat nickte. »Vor ein paar Wochen. Zufällig auf einem Markt auf Nordstrand. Da hat sie ihm wohl noch mal klargemacht, dass es für sie nie mehr als Freundschaft war. Hat ihn wohl sehr getroffen.«

»Das hat er euch alles verraten?«

»Nein, das hat Nantje Claudia Bartels erzählt. Und die uns.«

Krumme starrte gedankenverloren auf den leeren Kutter.

Pat beobachtete ihn. »Du hast Mitleid mit ihm? Obwohl er dir das angetan hat?« Sie tippte vorsichtig auf seinen Gips.

Krumme überlegte einen Moment, bevor er antwortete. »Zugegeben, Broder hat mir ziemlich Angst gemacht. Doch im Grunde ist er ein sehr einsamer, aber kein grundsätzlich böser Mensch.«

»Das sieht Sebastian wohl anders.«

Krumme zuckte mit den Schultern. »Wenn ich daran denke, was alle Beteiligten so getrieben haben, Mord, Drogen, Ehebruch und was weiß ich noch, da scheint mir Broder der einzige ehrliche Mensch zu sein.«

Pat sah ihn erstaunt an. »Findest du wirklich?«

»Er hat Nantje all die Jahre geliebt. Sie nie vergessen. War schließlich sogar bereit, selbst zum Mörder zu werden, um ihren Tod zu rächen. Wenn das nicht herzergreifend ist.«

Pat lächelte. »Na so was. Auf deine alten Tage wirst du richtig sentimental, Theo.«

Krumme grinste. »Außerdem mochte Sonny ihn auch, hat sich von ihm streicheln lassen, wenn das kein Zeichen ist.«

Pat nickte freundlich.

Krumme sah sie wieder ernst an. »Er hat behauptet, Nantje hätte Angst vor Schreiber gehabt.«

»So? Tatsächlich haben sie sich wohl manchmal ziemlich heftig gestritten. Keine Ahnung, was sie Broder erzählt hat. Vielleicht hat er was falsch verstanden.«

Krumme nickte. »Aus seiner Sicht war Schreiber der große Widersacher, der ihm seine Geliebte weggenommen hat.« Er seufzte. »Am Ende hatte er sich so in seinen Wahn verrannt, dass er sogar sterben wollte. Wenn die Glocken ihn nicht im letzten Moment abgelenkt hätten, dann ...«

Pat blickte ihn überrascht an. »Was für Glocken?«

Krumme erzählte ihr, was Broders Selbstmordversuch verhindert hatte. »Schon komisch. Kirchenglocken. Dabei waren wir weit draußen auf der Nordsee! Und so ein seltsames Leuchten im Wasser gab es auch noch.«

»So weit draußen im Meer wart ihr gar nicht. Eigentlich haben wir euch gar nicht weit von Pellworm entfernt gefunden.«

Krumme lächelte zufrieden. »Alles klar. Dann waren das die Kirchenglocken von Pellworm.«

»Oder von Rungholt.«

Krumme blickte Pat verwirrt an. »Von was?«

Pat grinste. »Sag bloß, du kennst die Legende von Rungholt nicht? Die unglaublich reiche Stadt, die vor über sechshundert Jahren in der Groten Mandränke in der Nordsee untergegangen sein soll.«

Krumme versuchte, sich unter dem Gips zu kratzen. In der warmen Sonne fing sein Arm zu jucken an. »Kann sein, ich glaube, hier im Museum habe ich darüber was gesehen.«

»Manchmal, bei ruhiger See, soll man das Glänzen ihrer goldenen Dächer sehen und das Läuten ihrer Glocken hören können.«

Krumme blickte seine Partnerin stumm an. Dann schüttelte er den Kopf. »Jetzt fängst du auch noch an

343

mit diesem Spökenkram. Bitte nicht. Mir reicht das bei Harke.«

Pat lächelte. »Die Legende kennt hier im Norden jedes Kind.«

»Ein Märchen, eben.« Krumme ließ seine Schulter kreisen, um seinen Rücken zu entspannen. »Na, Hauptsache, die Sache ist gut ausgegangen. Ich hoffe nur für Broder, dass er nicht zu schlimm bestraft wird.« Er schaute sich um.

»Was ist denn?«, fragte Pat.

»Ich habe Hunger«, sagte er.

»Hunger? Du hast doch gerade ein großes Eis gehabt.«

»Ja, aber ich brauch jetzt irgendwas Salziges.«

»Was denn?«

Krumme sah Pat mit einem breiten Lächeln an. »Ob du's glaubst oder nicht, aber ich könnte gerade sterben für ein Krabbenbrötchen.«

54

Pellwormharde, nordfriesische Uthlande,
Januar 1362

Als Oke aus seiner Ohnmacht erwachte, traute er seinen Augen nicht. Ein bleiches Schimmern im Osten kündigte den Morgen des neuen Tages an. Der Sturm hatte sich gelegt, aber am Himmel hingen immer noch dunkle Regenwolken.

Darunter die Spuren einer gewaltigen Katastrophe. Oke war auf einem Brett liegend an einen Deich gespült worden, der nur wenige Meter entfernt gebrochen war. Während auf der einen Seite die grauen Wellen der sich bis zum fernen Horizont erstreckenden Nordsee an die Deichkrone klatschten, war das Wasser durch die Öffnung weit ins Land geströmt. Oke erkannte im Regendunst Dächer von überschwemmten Scheunen und Häusern, in der Ferne ragte eine einsame Kirchturmspitze aus dem Wasser. Kleine und große Schiffe, darunter auch eine Kogge, waren ins Hinterland gespült worden, lagen irgendwo auf Grund oder dümpelten kieloben in den dunklen Fluten. Dazwischen ertrunkenes Vieh, Schafe, Schweine – und überall Leichen. Männer, Frauen, Kinder. Nicht weit von Oke entfernt trieb eine ganze Familie im Wasser. Die Eltern hatten ihre Kleinen an sich gebunden, um sie in der Flut nicht zu verlieren. Nun waren sie alle gemeinsam gestorben.

Beeke und Luider? Die Angst um seine Familie erfasste Oke und schnürte ihm die Kehle zu. Hatten sie dieses furchtbare Unglück überlebt? Er wusste, dass der Ingwersen-Hof schon viele Fluten überstanden hatte. Waren die Mauern stark genug gewesen, um diesen Wassermassen standzuhalten?

Noch nie hatte er sich so einsam gefühlt. Verzweifelt schaute er sich um. Eine unwirkliche Stille lag über der Landschaft. Oke hörte nur den jetzt schwachen Wind, das leise Plätschern der Wellen, das Knirschen der im Wasser schwimmenden Trümmer. Selbst die Möwen waren verstummt.

Wo genau war er gelandet? Er hatte keine Ahnung.

Er erinnerte sich, was letzte Nacht geschehen war.

Die Kirche. Die dröhnenden Glocken. Der irre Gebhardt. Der Kampf mit Nickels. Der lächelnde Pfarrer. Die riesige Welle, die auf ihn zugerollt war.

Nun war alles anders. Rungholt gab es nicht mehr. Die Welt hatte sich verändert, die Küste, die Felder und Marsch waren verschwunden. Hier und da ragten Warften aus dem Meer. Nirgends ein Anzeichen von Leben. Die Flut hatte alles mit sich gerissen.

Tränen liefen ihm über das Gesicht. Oke zitterte am ganzen Leib, nicht nur wegen der Eiseskälte. Es war so schrecklich! Was hatte die Welt, was hatten die Menschen getan, dass Gott sie so strafte?

Konnte es sein, dass er gestorben war? Dass er in seiner eigenen Hölle gelandet war?

Nein, er war nicht tot. Er hatte diese Flut auf wundersame Weise überlebt. Der Herr im Himmel hatte ihm dieses Brett gesandt, damit er nicht von der tobenden See verschluckt wurde. Er hatte ihn hierher geleitet und auf dem Deich abgelegt.

Oke betrachtete das Brett genauer, das ihm das Leben gerettet hatte. Es war in Wirklichkeit die Tür der Alten Kirche von Rungholt. Sie hatte ihn sicher durch den Sturm getragen. Er strich mit seinen vor Kälte klammen Fingern über die kunstvolle Schnitzerei – ein Wal und ein Segelschiff in stürmischer See. Darunter stand etwas. Vorsichtig tastete Oke über jeden Buchstaben. »Eeb an flödj täiwe eefter niimen«, las er stockend.

Oke verstand.

Der allmächtige Gott hatte ihn verschont. Und das konnte nur einen Grund haben. Er sollte sich auf die Suche nach seiner Familie machen, nach Beeke und Luider. In diesem Moment war Oke sicher, dass seine Frau und sein Sohn die Flut überlebt hatten und dass er sie wiederfinden würde. Er begriff, dass ihm eine große Gnade gewährt worden war, und überwältigt von dieser Erkenntnis faltete Oke schluchzend die Hände und dankte Gott, seinem Herrn.

Danke

... an alle, die bei der Entstehung dieses Buches geholfen haben. An Kerstin Schaub, meine umtriebige Lektorin vom Goldmann Verlag, an meinen Agenten Harry Olechnowitz und Heiko Arntz für das Lektorat.

Danke auch wieder an meine liebe Freundin Hedda, die mir als erfahrene Psychiaterin geholfen hat, Broders komplexe Seelenwelt zu verstehen. An meine genauso liebe Freundin Ele, die mir als erfahrene Hundetrainern gezeigt hat, wie viel Spaß (aber auch Arbeit) ein junger und gar nicht so kleiner Hund wie Sonny machen kann. Und ein ganz besonderer Dank geht an Frau Barbara Kirstein für die Privatführung durch die spannende Rungholt-Ausstellung im Husumer Nissenhaus, ein wundervolles Museum, das ich allen Nordseefreundinnen und -freunden sehr empfehlen kann. Danke auch an die vielen netten Menschen in Husum, auf Pellworm und überhaupt in Nordfriesland, die jede Recherchereise zu einem herzerwärmenden Erlebnis machen.

Besonders tief verneige ich mich vor den vielen Buchhändlerinnen und Buchhändlern, die alles geben, um selbst unter schwierigen Bedingungen jeden Bücherwunsch ihrer Kundschaft zu erfüllen.

Und schließlich ein ganz herzlicher Dank an alle meine Leserinnen und Leser! Denn erst durch Ihre Fantasie und Ihre Liebe für den Norden werden Kommissar Krumme, Pat und ihre Abenteuer wirklich lebendig.

Unsere Leseempfehlung

384 Seiten
Auch als E-Book erhältlich

384 Seiten
Auch als E-Book erhältlich

608 Seiten
Auch als E-Book erhältlich

Eigentlich ist der Wiener Privatermittler Peter Hogart ja Versicherungsdetektiv. Doch immer wieder wird er in mysteriöse Todesfälle mithineingezogen – bis hin zur lebensgefährlichen Jagd nach einem Serienkiller. Drei atemberaubende Thriller in drei faszinierenden Städten.

Unsere Leseempfehlung

464 Seiten
Auch als Hörbuch
und E-Book
erhältlich

Als kleiner Junge wurde er im Wald gefunden, allein und ohne Erinnerungen. Niemand weiß, wer er ist oder wie er dort hinkam. Dreißig Jahre später ist Wilde immer noch ein Außenseiter, lebt zurückgezogen als brillanter Privatdetektiv. Bis die junge Naomi Pine verschwindet und Staranwältin Hester Crimstein ihn um Hilfe bittet. Was zunächst wie ein Highschooldrama aussieht, zieht bald immer weitere Kreise – in eine Welt, die Wilde meidet. Die Welt der Mächtigen und Unantastbaren, die nicht nur Naomis Schicksal in den Händen zu halten scheinen ...

Um die ganze Welt des
GOLDMANN Verlages
kennenzulernen, besuchen Sie uns doch
im Internet unter:

www.goldmann-verlag.de

Dort können Sie
nach weiteren interessanten Büchern *stöbern*,
Näheres über unsere *Autoren* erfahren,
in *Leseproben* blättern, alle *Termine* zu Lesungen und
Events finden und den *Newsletter* mit interessanten
Neuigkeiten, Gewinnspielen etc. abonnieren.

Ein *Gesamtverzeichnis* aller Goldmann Bücher finden
Sie dort ebenfalls.

Sehen Sie sich auch unsere *Videos* auf YouTube an und
werden Sie ein *Facebook*-Fan des Goldmann Verlags!

www.goldmann-verlag.de
www.facebook.com/goldmannverlag

 **GOLDMANN**
Lesen erleben